La Rumeur d'Orléans

Du même auteur

LA MÉTHODE

La Nature de la Nature (t. 1), *1977, Seuil*
(Nouvelle édition coll. « Points », 1981)
La Vie de la Vie (t. 2), *1980, Seuil*
(Nouvelle édition coll. « Points », 1985)
La Connaissance de la Connaissance (t. 3), *1986, Seuil*

A paraître :
Le Devenir du Devenir
L'Humanité de l'Humanité

ANTHROPOLOGIE FONDAMENTALE

L'Homme et la Mort, *1951, Seuil*
(Nouvelle édition coll. « Points », 1977)
Le Cinéma ou l'Homme imaginaire, *1956*
Minuit (Nouvelle édition, 1978)
Le Paradigme perdu : la nature humaine, *1973*
Seuil (Nouvelle édition coll. « Points », 1979)
L'Unité de l'homme, *1974*
(en collaboration avec Massimo Piattelli-Palmarini)
Seuil (Nouvelle édition coll. « Points », 3 vol., 1978)

NOTRE SOCIÉTÉ, NOTRE TEMPS

L'An zéro de l'Allemagne, *1946, La Cité universelle*
Les Stars, *1957, Seuil*
(Nouvelle édition coll. « Points », 1972
Commune en France : la métamorphose de Plodemet, *1967, Fayard*
Mai 68 : la brèche, *1968, Fayard*
(en collaboration avec Claude Lefort et Cornelius Castoriadis)
L'Esprit du temps (t. 1), *1962.* (t. 2), *1976, Grasset*
Mais, *1978, Néo* (dessins de Marek Halter)
Pour sortir du XXe siècle, *1981, Nathan*
1984, Seuil, coll. « Points »
De la nature de l'URSS, *1983, Fayard*
Le Rose et le Noir, *1984, Galilée*

POLITIQUE

Autocritique, *1959, Seuil*
(Nouvelle édition coll. « Points Politique », 1975)
Introduction à une politique de l'homme, *1965*
Seuil (Nouvelle édition coll. « Points Politique », 1969)

DE BOUCHE A BOUCHE

Le Vif du sujet, *1969, Seuil*
(Nouvelle édition coll. « Points », 1982)
Journal de Californie, *1970, Seuil*
(Nouvelle édition coll. « Points », 1983)
Journal d'un livre, *1981, Inter-Éditions*

COMPLEXUS

Science avec Conscience, *1982, Fayard*
Sociologie, *1984, Fayard*

Edgar Morin

avec la collaboration de Bernard Paillard,
Evelyne Burguière, Claude Capulier,
Claude Fischler, Suzanne de Lusignan,
Julia Vérone

La Rumeur d'Orléans

édition complétée avec
LA RUMEUR D'AMIENS

Éditions du Seuil

ORLÉANS. Orléans est le chef-lieu du département du Loiret (430 000 habitants). La ville proprement dite compte 88 000 habitants et l'agglomération 170 000 habitants en 1968 (16 communes). L'agglomération comptait 90 000 habitants en 1953, et s'est accrue de 60 000 habitants dans la décennie. Orléans est à mi-chemin entre l'Est et l'Ouest de la France, et à 110 kilomètres au sud de Paris.
Les activités économiques sont diverses (industrie, commerce, services) et aucune n'est particulièrement développée par rapport aux autres. Orléans est une ville moyenne à de nombreux titres ce qui a retenu l'intérêt des instituts de sondages d'opinion.

« *Le département du Loiret est celui du « juste milieu ». Équilibre, harmonie, tels sont les mots qui peuvent nous résumer.* »

Guide pratique de poche : *Orléans et le Loiret*, Éditions P.P., 1969, page 9.

EN COUVERTURE : Toyen, *Ils se lèvent à la pointe du jour*, 1950 (43 × 43). © SPADEM.

ISBN 2-02-006280-1
(ISBN 1re publication : 2-02-002290-7.)

Synthèse

par Edgar Morin

Préface
à l'édition de 1970

Depuis la première publication de cet ouvrage et grâce à des lettres de lecteurs, il nous est apparu que les phénomènes de même nature que la Rumeur d'Orléans, mais d'ampleur moindre étaient bien plus nombreux que ceux que nous avions déjà recensés et pouvaient être relevés dans la plupart des villes de France [1]. De plus il y eut en mars 1970 l'affaire d'Amiens, conforme dans presque tous ses traits, de façon étonnante, à la « Rumeur d'Orléans ».

Tout ceci renforce à la fois notre présupposé méthodologique et notre présupposé sociologique. Notre présupposé sociologique nous conduisait à chercher l'élucidation d'un mythe, non pas dans les caractères singuliers d'une ville, mais dans les traits fondamentaux d'une société, et à interpréter le phénomène de la rumeur, non pas dans le cadre localisé, mais dans le cadre socialisé de la cité orléanaise. Notre présupposé méthodologique nous poussait à considérer l'événement comme le révélateur d'une structure, à voir dans l'extraordinaire le dénonciateur de l'ordinaire, à détecter dans l'épidémique la présence de l'endémique.

Notre information dispose donc aujourd'hui d'un nombre accru de bruits, et d'une seconde grande « Rumeur » (Amiens). Il faut à la fois distinguer et associer, ici, le phénomène « bruit » et le phénomène « rumeur ». Ils concernent le même mythe, mais à des paliers différents. Les bruits ne disposent ni de la puissance, ni de la diffusion de la rumeur. Ils demeurent localisés, soit dans un quartier, soit dans un ou quelques collèges, soit en des milieux féminins et juvéniles. Depuis dix ans, les bruits visant des commer-

1. Pour la « Rumeur de Strasbourg » cf. F. Raphael, Presse et Rumeurs à propos des affaires d'Orléans et d'Amiens, Revue des Droits de l'Homme IV, 1-71.

çants, presque tous juifs, se livrant soi-disant à la traite des blanches, se sont multipliés et répétés dans des villes démographiquement, économiquement, sociologiquement, provincialement les plus diverses, comme dans certains quartiers et milieux Parisiens. Ce sont ces bruits qui nous révèlent et nous confirment que l'origine et la thématique de la rumeur précèdent et dépassent Orléans ou Amiens.

Par contre, c'est seulement à Orléans et à Amiens, jusqu'à présent, que des bruits se sont transformés en rumeurs, c'est-à-dire qu'ils ont trouvé un terrain de propagation et d'amplification puissantes et rapides. Pourquoi? Ici, Amiens vient encourager l'hypothèse que nous avions avancée pour Orléans. Amiens comme Orléans sont deux anciennes capitales provinciales, qui ont connu la même expansion démographique et économique dans les dix dernières années, et qui, dans cette expansion, se sont profondément déstructurées. L'une et l'autre sont désormais à la fois trop près de Paris pour demeurer capitales provinciales, et trop loin pour devenir banlieue de la grande métropole; ce sont de moins en moins des cités (polis) et de plus en plus des agglomérations. Est-ce pour cela qu'à la différence de la Ville suprême et des villes de province plus éloignées, où des bruits ne se sont pas transformés en rumeurs, Orléans et Amiens, villes où la cité se rétrécit au profit de l'agglomération, villes « moyennes » à tous égards, se sont trouvées les lieux d'une des émergences du moyen-âge moderne? Attendons encore de nouveaux événements, peut-être de nouvelles rumeurs avant de nous prononcer...

En ce qui concerne le mythe lui-même, les éléments d'informations nouveaux nous renforcent dans notre conception d'un jumelage mythologique entre deux thématiques distinctes, l'une de traite des blanches, l'autre concernant le juif; celles-ci, aussitôt associées, se combinent pour constituer un mythe à deux faces, qui, en se développant, transforme des latences antisémitiques en virulences.

Jusqu'à présent, les deux grandes rumeurs, et la très grande majorité des bruits recensés associent la traite des blanches à des commerçants juifs. Mais il est des cas (Rouen, Dinan, mini-rumeur de Rodez) où le bruit persécute une boutique non-juive. Il faudrait maintenant une enquête nationale rétrospective, portant sur les douze dernières années, pour voir de quel ordre est la fréquence d'association entre la traite des Blanches et le commerçant juif. De toute façon, il s'agit toujours, dans tout ce que nous avons pu recenser, d'un bruit dont le foyer originaire est féminin, et particulièrement adolescent et juvénile. De toute façon, celui qui est visé, c'est celui ou celle qui présente quelque singularité par rapport à la communauté, c'est l'*Autre* (la femme seule, l'étranger à la ville, le commerçant qui a fait une rapide — donc bizarre — fortune). Ce qui s'intègre fort bien dans notre système explicatif : le juif est l'*Autre* idéal, mais il n'est pas seul à pouvoir tenir le rôle inquiétant, symbolique et émissaire que requiert l'incarnation du mythe.

Il reste donc à éclairer la probabilité et l'élasticité dans l'attraction que le thème de la traite des blanches fait subir au thème du juif. D'autre part, le cours futur de notre société nous dira si, dans toutes ces affaires, c'est le grouillement de fantasmes, d'angoisses, de fascinations et de désirs incarnés dans le scénario de traite des blanches qui est sociologiquement, historiquement et politiquement le plus important ou au contraire, le réveil de l'antisémitisme.

Ainsi l'épreuve du temps semble confirmer notre méthode, nos analyses, nos hypothèses et surtout le scénario que nous avons proposé. Si nous n'avons pas manqué de hardiesse dans la reconstitution de ce scénario événementiel-mythologique, nous n'avons pas manqué de prudence dans la zone d'interférence mythologique, puisque nous avons laissé un certain jeu, une ouverture certaine entre les deux mythes, les deux problématiques.

Il est certes immodeste de manifester ainsi notre auto-satisfaction sociologique. Mais cela nous est nécessaire, puisque nous sommes poursuivis par l'hostilité de la sociologie-qui-ne-trouve-rien, la sociologie-questionnaire-et-non-questionneuse, la sociologie décharnée et diafoiresque des « experts ». Il ne nous déplaît pas de démontrer, sous le nez des généraux Gamelin et Westmoreland de la sociologie, assurés de leur ligne Maginot et de leurs bombardiers lourds, que l'enquête-éclair, la recherche du franc-tireur, ont une efficacité qui leur est incompréhensible.

Si nous tenons donc à souligner l'efficacité de notre recherche, nous ne devons pas dissimuler que notre entreprise de démythification a été d'une inefficacité totale.

Il est bien entendu qu'une étude comme la nôtre ne peut modifier en rien le dispositif mythologique qu'elle dévoile, et ne pouvait nullement prévenir la rumeur d'Amiens. Mais elle n'a pas pour autant modifié les réactions à cette rumeur. Le corps enseignant d'Amiens a réagi comme celui d'Orléans. Du côté de l'anti-mythe, nous avons vu refleurir la thèse de l'agent d'intoxication politique, alors qu'un tel agent, dans l'état actuel des choses, serait tout au plus capable de répandre des bruits calomnieux, mais non de provoquer la lame de fond d'une rumeur. De toute part, on veut obstinément, inconsciemment, se détourner des problèmes de fond au profit de rationalisations politisées, simplistes, abstraites, et de surcroît mythologiques [1].

Répétons-le : il s'agit à Orléans comme à Amiens non pas d'une persistance de l'antisémitisme politique classique, mais d'une résurgence d'un antisémitisme archaïque en une ère où la grande prescription efface dans le souvenir collectif l'holocauste qui avait valu au juif une immunité de vingt ans, et où, en même temps, les remous amplifiés autour d'Israël réveillent, de façon nouvelle, la vieille étrangeté de l'être à double appartenance. Cette résurgence n'est pas le résultat de provocations politiques délibérées. Elle est le produit de déterminations inconscientes, dans des conditions d'une sous-politisation nouvelle et plus largement d'un « moyen-âge moderne ».

La rumeur d'Orléans nous ramène à ces sous-sols de notre modernité. L'incapacité de l'intelligentsia à saisir ces problèmes, l'aptitude à les refouler, font, elles aussi, partie du « moyen âge moderne ». Il faudrait pourtant comprendre qu'une dépression cyclonale se creuse sous ce qui semble le plus assuré de notre civilisation.

Post-scriptum. Des biologistes m'ont reproché l'emploi intempérant du mot *enzyme*. Ils ont raison. Dans mon esprit, je voulais donner un équivalent psycho-sociologique d'une bio-catalyse effectuée par des éléments singuliers ou minoritaires déclenchant, accélérant, amplifiant un processus. Il faudrait trouver un autre terme.

1. Notre collaborateur Claude Fischler est allé enquêter à Amiens. Le lecteur trouvera page 221 le texte qu'il a rédigé pour cette édition de *la Rumeur d'Orléans*.

Introduction

Une rumeur de disparitions de femmes agitant toute une ville alors qu'aucune n'est signalée à la police; la quasi certitude pour des milliers d'habitants d'Orléans que la traite des Blanches s'organise, au centre de la cité, dans les salons d'essayage de six magasins, tous juifs, sans que rien dans la presse, la radio, la télévision, ne mentionne le moindre fait dans ce sens; une sorte de panique médiévale s'emparant un jour ou deux d'une ville moderne au siècle des *mass-media;* une fantasmagorique menace sexuelle qui soudain fait surgir le spectre juif des antisémitismes; tout cela nous avait fascinés, à la lecture des articles du *Monde,* de *l'Express,* du *Nouvel Observateur.* Nous étions tentés de faire une enquête sur le vif, à chaud, dans le sens de cette sociologie « événementielle » ou « clinique» que nous essayons de fomenter dans notre section de « sociologie du présent » au Centre d'études des communications de masse [1], et dont nous exposons les principes dans le texte annexe au présent ouvrage (p. 243).

Mais les organismes officiels qui déversent leur manne sur les recherches sociologiques, non seulement ne s'intéressent guère aux problèmes qui nous passionnent, mais ne peuvent programmer des crédits en fonction d'un événement inattendu. Aussi avions-nous renoncé à plonger dans les étranges événements d'Orléans lorsqu'au début juillet, le Fonds social juif unifié nous sollicita et nous offrit les moyens d'une telle recherche. Que soient remerciés ici M. Kaufmann qui prit cette responsabilité, Léon Poliakov, qui lui suggéra l'idée d'une enquête sociologique, et notre ami Gérard Rosenthal, qui fut l'artisan actif d'une rencontre pour nous féconde.

1. Ecole pratique des Hautes Etudes, sixième section.

Après quatre jours d'étude préalable de l'affaire, une équipe constituée par Evelyne Burguière, Claude Capulier, Suzanne de Lusignan, Edgar Morin, Bernard Paillard, Julia Verone s'est abattue sur Orléans. Un mois s'était écoulé depuis les événements. La rumeur n'était pas seulement disloquée, apparemment disparue, mais son secret s'était refermé sur lui-même; secret des adolescentes, où avait incubé la rumeur, à l'égard de la société adulte; secret des Orléanais à l'égard de l'étranger, du Parisien-qui-rira-de-lui; peur désormais, devant des inconnus, des poursuites engagées pour « propagation de fausses nouvelles ».

Nous avons bénéficié au départ de l'aide des militants antiracistes, de journalistes de la presse régionale et des victimes de la rumeur, que nous avons invitées et confrontées au cours d'un « banquet sociologique » initial, où nous passâmes des gênes, intimidations, inhibitions réciproques des hors-d'œuvre aux jaillissements de vérité du dessert! Nous avons pu, exquis privilège, un peu interroger un officier de police et un peu confesser un prêtre. Mais dès le départ, notre problème était de nous évader des milieux militants ou officiels pour plonger dans la zone d'ombre, où la rumeur avait fermenté pour se répandre avec une puissance incroyable sur la ville. Pour cela, nous avons renoncé aux magnétophones qui remplissaient le coffre de notre voiture. Nous avons procédé par entretiens, prenant les contacts par remontée (de connaissances en connaissances), par dérive (au hasard des rencontres). Et surtout les cinq jeunes enquêteurs ont procédé par « dragage sociologique » dans les bistrots de jeunes, les salons de coiffure et autres lieux de rencontres.

Nous nous rendîmes compte dès les premiers contacts que contrairement à l'opinion des militants, des officiels et des victimes, la rumeur n'était pas morte, mais s'était métamorphosée en un grouillement de mini-rumeurs, de micro-mythes. L'affaire apparemment close continuait de façon souterraine et dérivée, s'infiltrant dans l'inconscient de la ville en même temps qu'elle se faisait digérer par les structures traditionnelles de la Polis.

Du coup nous nous rendîmes compte que nous enquêtions non pas trop tard, mais en un moment privilégié qui nous permettait d'embrasser tout le cycle d'une rumeur, de sa naissance et ses germes jusque dans ses résidus. Tout était fini dans un sens, ce qui permettait la rétrospection historique. Mais dans un autre sens rien n'était fini, ce qui permettait l'enquête sur le vif du sujet. Ainsi avons-nous travaillé à la fois à froid et à chaud, disons à tiède, la tiédeur des fins de combustion, la tiédeur des bouillons de culture.

Une telle enquête sécrète et modifie, sur le terrain même, son orientation, sa stratégie, ses hypothèses. Elle est très proche du reportage journalistique pour la part faite à l'improvisation, la détection, le flair, l'aventure. Mais elle s'en différencie, non seulement par la constitution plus systématique d'une documentation, l'utilisation plus réfléchie des techniques d'investigation, et la substitution du journal personnel du chercheur à l'article pour le journal de presse, mais aussi par le rôle attribué à l'échange, la critique et l'autocritique dans le travail d'équipe, et également le temps considérable de réflexion nécessaire entre l'enquête et la rédaction définitive. Si notre travail sur le terrain a été fécond en un temps extraordinairement court, cela tient à l'intercommunication incessante des découvertes, à la discussion quasi permanente; ce qui supposait, entre les membres du groupe, sympathie, mutuel intérêt, franchise, disons amitié, et en même temps passion pour les êtres rencontrés et les problèmes sans cesse jaillissant, amour, volonté frénétique de connaître.

Autrement dit, ce type de recherche exige, non seulement une curiosité quasi cynique, mais aussi le plein emploi de la subjectivité du chercheur, qui va vivre, par mimétisme hystéroïde, la situation et les sentiments qu'il étudie. Il ne faut pas que les sentiments étouffent la conscience, mais il faut que la conscience sache se laisser porter par les sentiments, sans se laisser déséquilibrer par eux, comme le *surfer* sur la crête de la vague.

C'est dans ce sens que notre entreprise a cherché, non seulement sa stimulation, mais aussi sa stratégie, son auto-correction, sa régulation. Dans ce sens également, elle se distingue de l'enquête sociologique standard comme du reportage journalistique.

Les trois jours d'enquête sur le terrain ont été suivis par la révision, la mise en question de toutes les hypothèses accumulées, la réflexion, la tentative de constituer un discours sur le phénomène étudié. Opérations enrichies, recommencées qui nous ont totalement occupés pendant près de deux mois, et qui aboutissent à ce texte, encore insuffisamment refroidi, que nous livrons au lecteur.

Bien des erreurs, espérons-le de détail, et des lacunes importantes doivent se trouver dans ce travail fondé sur une rapide enquête — dragage —. Nous serions très reconnaissants à tous ceux, d'Orléans ou d'ailleurs, qui nous apporteraient leurs informations, leurs corrections, leurs critiques que nous pourrions incorporer dans une seconde édition, si évidemment elle a lieu.

A cette étude proprement dite, nous joignons dans une seconde partie, malheureusement à l'état fragmentaire, les journaux d'enquête des chercheurs. L'intense activité sur place, à Orléans, nous a privés de temps pour tenir ce journal au jour le jour, comme nous l'avions voulu. En ce qui concerne Bernard Paillard et moi-même, nous nous sommes dès le retour attelés au travail de réflexion, de décantation, et il ne nous a plus été possible, psychologiquement, de reconstituer le tissu broyé, redistribué et restructuré après passage à la moulinette sociologique. Par ailleurs, il ne nous est pas possible de livrer au public des notations ou des propos qui pourraient alimenter la malignité ou le commérage local au détriment de ceux qui, sans le savoir, se sont livrés à nous.

Enfin, on trouvera en annexe, d'une part les documents que constituent les articles et communiqués parus dans la presse, d'autre part un texte définissant les principes de « sociologie du présent » qui ont animé notre recherche.

Ainsi, le lecteur passera de la synthèse au matériau, du rapport qui se veut objectif à ses adhérences subjectives, de façon à ce qu'il puisse rouvrir personnellement la dialectique entre les informations et la pensée systématisante qui veut les ordonner, c'est-à-dire qu'il pourra participer à son tour, de façon critique, à la recherche.

Cette rumeur dont nous avons sur le tard poursuivi la trace jusqu'à la retrouver, encore vivante, déjà métamorphosée, elle a fait frissonner toutes les branches, toutes les feuilles de l'arbre orléanais. Nous aurions pu, en prenant cette onde de choc comme test et prétexte, faire enquête sur Orléans même, cette ville si proche et si lointaine, si particulière et si commune, si moyenne, si centrale et soudain si étrange... L'enquête nous poussait effectivement vers deux directions : d'une part vers une Polis, avec ses structures économiques sociales et politiques, sa psyché propre, d'autre part vers les infrastructures mentales d'un mythe, les bas-fonds inexplorés d'un inconscient collectif dont Orléans n'a été que le point privilégié d'émergence, vers une crise qui nous éclaire peut-être sur le corps social tout entier. Nous avons réprimé, refoulé l'enquête sur Orléans. Nous avons conduit la recherche, non en fonction d'Orléans, mais en fonction d'un mythe. Nous avons voulu foncer dans ce que peut révéler cette rumeur archaïque dans le monde moderne dont elle est issue, et, au-delà, sur le problème, permanent et crucial, de la croyance [1].

1. L'étude sur *la Rumeur d'Orléans* a été rédigée par Edgar Morin. Bernard Paillard a lu de façon critique la première version et lui a apporté suggestions et corrections. Denise Barcilon a revu l'ensemble des manuscrits et Evelyne Burguière y a apporté les mises au point finales.

1. Histoire d'une rumeur

En mai 1969 naît, se répand et se déploie à Orléans, le bruit qu'un, puis deux, puis six magasins d'habillement féminin du centre de la ville organisent la traite des Blanches. Les jeunes filles sont droguées par piqûre dans les salons d'essayage, puis déposées dans les caves, d'où elles sont évacuées de nuit vers des lieux de prostitution exotique. Les magasins incriminés sont tenus par des commerçants juifs.

Il s'agit là d'une rumeur à l'état pur. Pur à double titre : *a*) il n'y a aucune disparition dans la ville, et plus largement aucun fait qui puisse servir de point de départ ou d'appui à la rumeur; *b*) l'information circule toujours de bouche à oreille, en dehors de la presse, de l'affiche, même du tract ou du graffiti.

I. L'ARRIÈRE-FOND ET L'ORIGINE

Une rapide prospection nous révèle que ni le thème salon d'essayage-traite des Blanches, ni la mise en cause de commerçants juifs ne sont originaires d'Orléans.

Le salon d'essayage piégé.

On trouve le thème du salon d'essayage piégé, antichambre clandestine du mystère et du danger, dans les basses eaux de la culture de masse, d'une part dans l'univers de la fiction à bon marché, d'autre part dans le journalisme à sensation.

Dans la première catégorie citons *Un couvent dans le vent* par Maz (collection Mystère-Espionnage, Presses de la Cité, 4e trimestre 1968) qui narre une des aventures de Shéhérazade, superbe rousse et agent secret britannique. D'innocentes clientes subissent l'action d'un gaz hypnotique dans le salon d'essayage de la boutique Véronique à Piccadilly; un mur coulissant s'ouvre sur un laboratoire secret où on les dépouille à la fois de leurs sous-vêtements, de leur conscience et de leur identité.

Dans la seconde catégorie, il semble qu'il y ait à la source des informations de presse sur une ou plusieurs affaires de trafiquants démasqués, qui auraient fourni comme le ou les modèles de scénarios imaginaires, dont celui d'Orléans. Nous n'avons pas eu le loisir d'effectuer une enquête rétrospective dans ce sens, mais comme nous discutions de notre recherche, au moment où nous corrigions ce manuscrit, avec notre amie Annette Roger, celle-ci évoqua un souvenir. Incarcérée à la prison des femmes de Marseille en 1959 pour soutien au F.L.N. algérien, elle y avait connu une détenue, condamnée pour complicité dans une affaire de traite des Blanches. Une jeune fille avait été droguée pendant qu'elle essayait un corset dans la boutique de deux vieilles commerçantes de la rue Saint-Ferréol. Son fiancé, qui s'impatientait au-dehors, était entré, et, devant le trouble des commerçantes, avait vérifié l'arrière-boutique où il avait trouvé la jeune fille sans connaissance. Le milieu des trafiquants marseillais utilisait la boutique des corsetières, quand, pressé par la demande, il ne réussissait pas à recruter par les moyens de séduction normaux la totalité du contingent de femmes à exporter.

L'affaire dut faire quelque bruit en 1958. Serait-ce là l'événement originaire de toute une prolifération mythologico-informative? De toutes façons, on voit le même thème réapparaître, situé et daté autrement, avec quelques modifications toujours secondaires, dans une littérature apparemment documentaire, mais très inégalement authentifiée. Ainsi paraît en traduction française, au début de 1969, l'ouvrage du journaliste anglais Stephen Barlay, *l'Esclavage sexuel* (Albin Michel), ample compilation de faits divers et d'informations érotico-sexuelles, dont celle-ci (p. 118-119) :

« Tout aussi typique est le rapt qui eut lieu tout récemment à Grenoble. Un industriel conduisit en voiture sa jeune femme dans une élégante boutique de confection de la ville. Il attendit une demi-heure, trois quarts d'heure, puis s'impatienta. Il alla s'enquérir de sa femme. « Nous ne l'avons jamais vue ici », lui répondit-on. Comme notre industriel était absolument certain d'avoir vu sa femme pénétrer dans ce magasin, il fut pris de soupçons, mais n'en laissa rien voir. Il présenta des excuses, remonta en voiture, et se rendit au commissariat de police le plus proche. Les inspecteurs, qui avaient certaines raisons de suspecter ce magasin, cernaient bientôt l'immeuble, et commençaient à perquisitionner. Ils devaient retrouver dans l'arrière-boutique la jeune femme plongée dans un profond sommeil. Sur son bras droit les policiers découvrirent la trace d'une piqûre : elle avait été droguée. »

Le magazine *Noir et Blanc,* dans son numéro du 6-14 mai 1969, reproduit ce texte purement et simplement, sans en indiquer la source, et le « tout récemment » suggère que l'information est de très fraîche date. L'article, intitulé « Les pièges des trafiquants », est illustré de photographies qui dans un autre contexte seraient purement érotiques. C'est ce texte qui, selon la police, aurait fourni le modèle à la rumeur qui va couver dans la semaine de la parution du magazine, aux environs du 10 mai.

La traite des Blanches juive.

Le rumeur d'Orléans n'est pourtant pas pour autant la première rumeur de ce type. Dès 1959, et surtout dans les années récentes, selon l'officier de police chargé de l'affaire à Orléans et selon les organisations antiracistes, des rumeurs visant des magasins locaux et construites exactement sur le même scénario ont surgi à Paris [1] (magasin « Hit Parade » de la rue Caumartin, boutique féminine du boulevard Saint-Michel), à Toulouse, Tours, Limoges, Douai, Rouen [2], Le Mans, Lille, Valenciennes, et, au moment même de l'affaire d'Orléans, Poitiers et Châtellerault. Au Mans, en 1968, la Chambre syndicale du vêtement de la Sarthe, « émue des propos calomnieux et diffamatoires concernant la disparition de femmes

1. Un rapide dragage sociologique, autour de nous, nous a permis de relever à Paris une quinzaine d'histoires de ce type surgies au cours des dernières années.
2. Cf. Note annexe, p. 218.

et de jeunes filles, et même de traite des Blanches, qui se seraient soi-disant produites dans différents magasins du commerce local » porte plainte. L'information est reproduite dans la presse locale.

A l'exception du Mans et de Rouen, croyons-nous, aucune de ces mini-rumeurs, transmises de bouche à oreille, n'avait jusqu'alors émergé au niveau de l'information de presse. Aucune investigation journalistique, sociologique ou policière n'avait été menée sur ces rumeurs. Tout au plus la police, dans les cas qu'elle a recensés, a dû effectuer de rapides enquêtes sur les magasins eux-mêmes, pour vérifier une piste de trafic de femmes. On peut donc supposer alors, qu'au moins l'écrasante majorité des rumeurs provinciales connues ne constitue que la mince couche émergée d'un mythe qui n'est ni local, ni isolé, ni accidentel, ni même strictement provincial, mais d'extension très largement urbaine et plongeant à d'assez grandes profondeurs dans l'inconscient d'une partie du corps social.

Si les rumeurs locales et les pseudo-informations des mass-media se ramènent toutes exactement au même modèle — disparition de jeunes filles ou jeunes femmes dans les salons d'essayage de magasins dans le vent, piqûre hypnotique et traite des Blanches — le thème du juif est totalement absent dans les mass-media, il n'émerge peut-être pas nécessairement à Paris (nous disons peut-être, vu l'extrême pauvreté de notre information), *alors que presque toutes les rumeurs provinciales concernent les commerçants juifs.*

Ainsi tout se passe comme si nous avions affaire à un mythe à deux étages; le premier est commun aux mass-media et aux rumeurs, bien que les pseudo-informations des mass-media (comme l'article de *Noir et Blanc*) et les pseudo-phénomènes dont font état les rumeurs ne coïncident jamais dans le temps et dans l'espace : l'information des mass-media se situe ailleurs, et auparavant; l'information de la rumeur se situe *hic* et *nunc,* ici et maintenant. Mais il y a sans doute une dialectique souterraine, entre l'une et l'autre série, que nourrit le même mythe.

Le second étage du mythe est spécifique aux rumeurs; c'est un thème virtuellement antisémite s'il ne fait qu'associer un ou des juifs à une activité méprisable — la traite des Blanches —, manifestement antisémite s'il conduit à des réactions ou jugement globalement défavorables aux juifs.

La source orléanaise.

La parution de l'article de *Noir et Blanc* est tout à fait insuffisante pour rendre compte de la naissance de la rumeur d'Orléans : on ne comprendrait pas dès lors pourquoi cet hebdomadaire, diffusé dans toute la France, n'a pas suscité au même moment des rumeurs du même type dans d'autres villes. On ne peut certes exclure qu'il ait déclenché de multiples fantasmes, voire même des débuts de rumeurs qui se seraient éteintes avant même d'émerger à la surface sociale. Mais même cela nous indiquerait déjà que le problème important, à Orléans, n'est pas celui de la source fantasmatique, mais celui du développement même de la rumeur. On peut tout au plus penser que l'article de *Noir et Blanc* est un élément catalyseur, qui a trouvé des conditions favorables à Orléans en mai 1969. La première de ces conditions serait un autre événement catalyseur, de nature spécifiquement orléanaise.

Ce second événement catalyseur pourrait être l'ouverture, le 10 mai, au centre de la ville, rue Royale, dans une boutique, d'un rayon Aux Oubliettes, destiné au vêtement de confection pour jeunes filles et jeunes femmes. Cassegrain, gros commerçant et notable de la ville, lance ce rayon spécialement destiné à la clientèle jeune. Les salons d'essayage sont dans une cave, où l'on a voulu créer un décor mystérieux et piquant qui évoque les oubliettes médiévales...

Ainsi, *Noir et Blanc* fournit le scénario, et les Oubliettes plantent le décor dans la ville même. Les deux événements simultanés appellent les mêmes fantasmes, encouragent la même mythologie. Ils deviennent catalyseurs l'un par l'autre, se surdéterminant, s'énergétisant l'un l'autre. Mais cela ne suffit pas encore pour expliquer un processus enzymatique extrêmement actif qui substitue Orléans à Grenoble et surtout Dorphé aux Oubliettes. Car le mythe, stimulé par les Oubliettes refuse de s'y engouffrer, s'arrache de lui-même à ce lieu prédestiné, mais dont le propriétaire symbolise la bourgeoisie traditionnelle d'Orléans, et va se précipiter, comme la foudre sur le diamant, vers le magasin concurrent juif pour y enfoncer « les oubliettes »...

Ici on peut se poser la question de l'agent enzymatique initial : qui a inventé ou lancé le mythe orléanais? Comment? Pourquoi? Y a-t-il eu à l'origine canular, auto-suggestion, volonté de nuire, provocation antisémite?

Les militants anti-racistes ont été naturellement portés vers cette dernière hypothèse que les rumeurs antérieures à celles d'Orléans encouragent et découragent à la fois : encouragent, dans le sens où la multiplicité des points d'incendie évoque l'hypothèse d'un pyromane; découragent dans le sens où cette multiplicité peut témoigner du surgissement spontané et désordonné d'un nouveau mythe, à partir des bas-fonds d'un inconscient collectif. Or, comme aucun indice politique ou policier ne vient appuyer l'idée que le mythe ait pu être inoculé par un groupement d'extrême-droite, comme le premier bouillon de culture de la rumeur a été constitué par des adolescentes ou jeunes filles, comme le thème du commerçant juif, à mesure qu'il se développe, se charge d'une plus grande virulence antisémite, tout cela réduit considérablement la probabilité de l'hypothèse de la provocation antisémite.

L'hypothèse de la malveillance d'un concurrent, et celle, plus plausible, d'un canular de garçons auprès des filles, voire — pourquoi pas — de filles elles-mêmes auprès d'autres filles ne peuvent être absolument écartées, mais elles n'ont qu'un intérêt anecdotique. L'important est la force de propagation de la rumeur, sitôt le premier départ donné. Or, rien ne nous interdit de penser que le premier départ est de même nature que la propagation de la rumeur elle-même, qui est une création continue de caractère hystéroïde, à partir d'une relation entre deux ou plusieurs personnes, et où chaque fois le mythe prend une nouvelle sève, une nouvelle vie, un nouveau départ.

On voit dès lors que la question « *comment* la rumeur est-elle née à Orléans? » n'a d'intérêt que si elle ne s'enferme pas dans la question « *pourquoi* la rumeur est-elle née à Orléans? ». Celle-ci n'a finalement pas de sens, d'une part parce que la même rumeur est déjà née de multiples fois dans des villes très diverses et qu'elle continuera à renaître ailleurs, d'autre part parce que le problème de l'acte de naissance atomise le problème pour le ramener à la psychologie, sinon hypothétique, du moins anecdotique, d'un pyromane originaire.

Par contre, une question fort pertinente serait « pourquoi une rumeur, parmi tant d'autres analogues, s'est-elle particulièrement développée à Orléans? ». Quels sont les mécanismes stimulateurs qui ont été plus forts qu'ailleurs, ou, et : quels sont les mécanismes inhibiteurs qui y ont été moins forts qu'ailleurs? Pour répondre à une telle question au-delà de l'action bi-catalytique de *Noir et Blanc* et des Oubliettes, il faudrait une connaissance multidimensionnelle exhaustive, non seulement d'Orléans — d'Orléans en mai 1969 —, mais des autres villes de France. Nous sommes évidemment incapables d'apporter une telle réponse. Bien que cette question nous soit fréquemment revenue à l'esprit, bien qu'elle ait fait lever en nous un certain nombre d'hypothèses que l'on trouvera éparses au long de cette étude, nous ne l'avons pas véritablement affrontée. Nous nous sommes attachés plutôt à scruter un phénomène dont Orléans est le théâtre.

II. MAI 1969 : DE L'INCUBATION A LA MÉTASTASE

Premier stade : l'incubation.

Il nous semble à peu près assuré que la première incubation s'est effectuée chez des adolescentes ou des jeunes filles et a très rapidement atteint tous les secteurs de la jeunesse féminine : collégiennes, lycéennes, vendeuses, employées, secrétaires, ouvrières.

Pour Bernard Paillard, le mythe aurait d'abord pris corps dans un milieu populaire, fortement imbibé de culture de masse du type *Confidences* ou *Nous-Deux,* disposant d'un stock relativement étendu de scénarii romanesques, encore à demi-étrangers à la nouvelle culture dont les magasins de confection incriminés sont les représentants à Orléans. Il me semble plus probable que l'incubation s'est d'abord effectuée dans des classes de jeunes filles (collèges religieux Saint-Paul ou Saint-Charles, lycée Jeanne-d'Arc), doublement propices à la transmission et à la prolifération fantasmatique, d'une part parce que ces milieux clos constituent de véritables caisses de résonance et d'amplification, d'autre part parce que leur population adolescente (15-18 ans) entourée du double cocon du lycée et de la famille, vit dans l'inexpérience du monde social. Là, le mythe aurait acquis sa force de crédibilité, qui lui aurait permis de rayonner sur les jeunes salariées. Indice, du reste fragile, en faveur de cette thèse : les premiers adultes qui, à notre connaissance, ont été touchés par la rumeur l'ont été, parents ou enseignantes, par des lycéennes.

Durant la première incubation, la rumeur ne vise probablement que le seul magasin Dorphé. C'est celui qui émerge le premier, souvent le seul, des récits rétrospectifs, c'est celui sur qui la rumeur s'est particulièrement concentrée. Cette boutique de confection pour jeunes filles et jeunes femmes est très moderne, achalandée, réputée à la fois pour sa qualité et son bon marché. Elle est tenue par un couple de commerçants juifs d'une trentaine d'années, qui sont assistés de jeunes vendeuses. Il y a salon d'essayage au fond du magasin et atelier de retouches au sous-sol. La première rumeur assure qu'il y a eu deux disparitions chez Dorphé. Les victimes auraient été droguées par piqûre au salon d'essayage, puis transportées dans les caves.

Le fantasme s'est déjà authentifié. On a localisé ici ou là les disparitions. La police a découvert deux femmes droguées dans les caves de Dorphé et celles-ci auraient été réanimées à l'hôpital. Cela est certifié de source sûre : « La femme d'un policier a dit à sa voisine qui est ma copine que... »; ou bien : « L'infirmière qui est allée de nuit à l'hôpital pour réanimer les femmes droguées a dit à ma tante que... ». Ainsi le mythe prend la réalité d'une information objective, qui viendrait de la source la plus autorisée, policière ou hospitalière, et qui serait attestée par la triple confiance que l'on peut avoir en la parenté, l'amitié, le voisinage.

La presse ne mentionne en rien une telle affaire, les commerçants soi-disant démasqués demeurent en liberté; le mythe adolescent, loin d'en être troublé, y trouve au contraire la source de sa vitalité; il faut que le trafic continue, pour que la rumeur se perpétue. Le mythe adolescent ne cherche nullement à expliquer le silence de la presse et l'inaction d'une police qui n'arrête pas les trafiquants qu'elle a démasqués. C'est pourquoi nous pouvons parler de création continue du mythe, qui fait courir parallèlement le trafic qui l'alimente et les arrestations qui l'authentifient, de cette façon illogique qui est proprement mythologique.

Deuxième stade : la propagation.

Il semble que c'est autour du 20 mai que, tout en continuant à se propager dans la jeunesse féminine, le mythe commence à déborder au-dehors, sur le monde adulte. De copine à copain, d'élève à enseignante, de fille à parents, de collègue à collègue, la rumeur s'étend dans les groupes de jeunes, les familles, les bureaux, les ateliers, les usines. Il fermente dans tous les lieux de papotage. La place des marchés, au centre de la ville, qui sera le 31 mai une formidable caisse de résonance d'où partira un début de panique, devient un centre de rayonnement vers tous les horizons économiques et sociaux. Les bonnes ramènent la rumeur à leurs patronnes de la bourgeoisie aisée, les ménagères la ramènent dans les communes avoisinantes. Le samedi 24 mai, veille de Pentecôte, avec ses emplettes, sorties, rencontres, accélère sans doute la diffusion du virus dans tous les milieux sociaux.

En même temps qu'il s'est diffusé, le mythe s'est amplifié. Les disparitions ont proliféré, parfois jusqu'à la soixantaine, dont 28 pour le seul Dorphé. Ce n'est plus un seul, mais un réseau de six magasins qui se livre à la traite des Blanches : la Boutique de Sheila, Alexandrine, Felix, le Petit Bénéfice, D. D., et bien sûr Dorphé. Tous ces commerçants sont dans la confection à la mode pour jeunes filles et jeunes femmes, sauf Félix, magasin de chaussures, où l'on inocule la drogue par une aiguille fichée dans le talon du soulier. Tous ces commerçants sont relativement jeunes, modernes, dans le vent. Tous sont juifs, sauf Alexandrine dont les patrons, nouveaux venus à Orléans ont succédé depuis quelques semaines à des prédécesseurs juifs. Les autres commerçants juifs de la ville sont toutefois épargnés par la rumeur, notamment ceux de la rue de Bourgogne, qui font de la confection populaire dans les genres traditionnels. De même la rumeur ne s'en prend, ni aux vieux juifs immigrés qui ont gardé un accent étranger, ni aux récents venus d'Afrique du Nord. Elle se fixe uniquement sur des commerçants qui n'ont rien d'exotique, qui ressemblent à tout le monde, mais qui, en cela même, dissimulent cette différence mystérieuse que tout le monde peut nommer : ils sont juifs.

Au niveau des adolescentes ou des jeunes filles, le mythe suscitait une frayeur curieuse, un frisson d'aventure; il commence à déclencher indignation et protection en débordant sur les femmes adultes. Des enseignantes, au moins au collège Saint-Charles et dans des établissements laïques, y compris une enseignante juive, mettent leurs élèves en garde contre les magasins dangereux et les invitent à se méfier de certaines séductions. Des mères de famille interdisent à leurs filles les boutiques-pièges. En prenant ces mesures de défense, ces femmes responsables authentifient le mythe de leur autorité, et contribuent à propager la rumeur.

En passant de l'adolescente à la femme adulte, en proliférant de Dorphé à cinq autres commerçants, dont quatre juifs, la virtualité antisémite du mythe commence à s'actualiser : « Ah! ces juifs! » Mais en même temps, le mythe rencontre des réfractaires et des incrédules : (« C'est ridicule... c'est pas possible... il y a des vendeuses... ») qui toutefois n'arrivent nullement à lui faire barrage.

C'est en abordant les hommes que la rumeur trouve un terrain nettement moins favorable. Déjà les lycées de garçons à la différence des lycées de filles, n'avaient nullement constitué des bouillons de culture du mythe. Les copains, les pères, les maris, les collègues qui reçoivent la rumeur la considèrent comme une demi-fiction, une histoire de bonnes-femmes, où il y a à boire et à manger. Le grossissement du mythe fait ressentir sa grossièreté à bien des gens, mais ceux-ci font la part de ce qu'ils croient être l'exagération, pour la rejeter, et acceptent souvent la substance première du mythe : une affaire de traite des Blanches qui a (eu) lieu dans un magasin tenu par un juif. Mais s'il y a quelque traite des Blanches sous roche, la plupart des hommes doutent que leur fille ou leur femme, voire les jeunes filles de la ville, soient directement menacées. Le mythe intéresse sur le plan grivois ou polisson, mais n'est nullement vécu de façon intime ou intense. La rumeur n'est pas repoussée, mais elle est filtrée et désamorcée. Très peu d'hommes, semble-t-il, ont fait crédit intégral à la rumeur.

Mais aucun n'en soupçonne la nature et l'importance. Avant le 20 mai, l'inspecteur de police F. est avisé par sa fille, lycéenne, des « enlèvements ». « C'est impossible, je le saurais. » Toutefois, il s'informe auprès de ses supérieurs, et le démenti dissipe à la fois ses soupçons et son intérêt pour la chose. Le 20 mai, le procureur de la République est interrogé par ses secrétaires sur les mesures qu'il entend prendre contre la traite des Blanches. Eberlué, il interroge le commissaire de police qui avoue son ignorance, mène une discrète enquête, non sur la rumeur, mais sur les commerçants incriminés, et, se rendant rapidement compte qu'il s'agit d'un faux bruit, abandonne l'affaire. Un journaliste, ami des commerçants suspects est avisé par le commissaire, et se préoccupe de se porter garant de ses amis plutôt que de s'informer sur l'accusation dont le caractère antisémite ne lui est pas plus apparu qu'au commissaire. Egalement dès le 20 mai, des militants communistes, et sans doute d'autres partis, entendent parler de disparitions et de traite des Blanches, mais ne considèrent ces bruits, ni comme une rumeur antisémite, ni comme un phénomène digne d'intérêt politique. Le 23 mai, Licht, de Dorphé, apprend par un ami dont la fille est au lycée qu'une calomnie court sur son compte personnel, mais non qu'il est englobé dans un mythe devenu géant.

Ainsi, avant même le 24 mai, la police, les corps constitués, les partis, la principale victime sont conscients de l'inconsistance d'une rumeur, non de son caractère mythologique et offensif. Du coup, l'incrédulité, la lucidité ou l'élucidation, loin d'être un obstacle à la propagation de la rumeur, lui donnent sans le savoir le feu vert. En ramenant le mythe à ce qu'il était à l'origine, un fantasme ou peut-être un canular, les esprits sérieux s'en désintéressent. La vérification par la police, loin de susciter la riposte, provoque l'abandon.

Troisième stade : la métastase.

Dès lors, en l'absence de toute répression, une incroyable métastase se produit les 29-30-31 mai. La rumeur devient proliférante. Elle se nourrit de tout et transforme même la plaisanterie des sceptiques en évidence accusatrice. On dit que les boutiques, certaines pourtant distantes les unes des autres de plusieurs centaines de mètres, sont reliées entre elles par des souterrains, lesquels confluent sur un gros collecteur qui débouche sur la Loire où de nuit, un bateau, voire un sous-marin, vient chercher sa cargaison (Lévy assure qu'il a lancé vendredi en blague le thème du sous-marin et que celui-ci est revenu en vérité le samedi).

Les disparitions se multiplient. Mais comment se fait-il que la police, qui est au courant, n'arrête pas les trafiquants? Poursuit-elle son enquête pour démanteler tout le réseau? Comment se fait-il que les journaux se taisent? Est-ce pour ne pas gêner l'enquête? L'angoisse va chercher et trouver une autre explication. Alors naît et se propage avec une vitesse folle la nouvelle rumeur au sein de la rumeur, qui commence à la parasiter et peut-être pourrait la dévorer : les policiers ont été achetés, le préfet a été acheté, la presse a été achetée : par les juifs. Les pouvoirs officiels sont vendus. Ils sont les instruments du pouvoir occulte qui règne dans les souterrains...

La rumeur court dans tous les sens. Le 30 mai, les commerçants visés le sont si directement qu'ils en sont avisés, et découvrent une hydre menaçante où ils reconnaissent soudain l'antisémitisme. Des voix téléphoniques anonymes réclament à Licht de la chair fraîche ou des adresses à Tanger. Le président de la Communauté israélite apprend par sa vendeuse espagnole les bruits qui courent sur les juifs. Les victimes se concertent. Dans l'après-midi, Licht va faire une intervention pressante au commissariat de police, qui lui demande d'attendre lundi, c'est-à-dire le lendemain du premier tour des élections présidentielles.

Le samedi matin 31 mai, la place du marché devient une zone cyclonale. Les ménagères venues de tous les horizons de l'agglomération orléanaise s'indignent et s'effraient. Des attroupements se forment autour des magasins tout proches : Dorphé, la Boutique de Sheila, Félix. Les clients se sont raréfiés à l'extrême en ce jour de grosse vente. Licht se sent environné par la haine. Il sent les regards ennemis, dans la rue, dans les voitures qui ralentissent devant ses vitrines. Il entend ou devine des exclamations insultantes. Il devine ou entend le « n'allez pas acheter chez les juifs! ». Dans la Boutique de Sheila, Jeannette Buki, qui tient seule son commerce depuis qu'elle est séparée de son mari, se sent en état de siège, et attend l'irruption d'une meute. Déjà, la veille, chez Alexandrine, le mari d'une employée était rentré brusquement, et s'était saisi de sa femme en hurlant : « Tu ne resteras pas une minute de plus ici. »

La foule est-elle aussi intimidée qu'intimidante? Empêche-t-elle les clientes d'entrer dans les magasins ou celles-ci sont-elles d'elles-mêmes épouvantées? (Il y a quelques clientes, toutes accompagnées.) Est-on au bord de l'explosion, et seule l'étincelle a-t-elle manqué? De toute façon quelque chose s'est passé, mais rien n'est arrivé. L'heure des repas, des retours chez soi, de la fermeture arrive. Les autobus qui ramènent les ménagères à la périphérie bourdonnent de commentaires scandalisés. Dans l'un d'eux, on apostrophe la femme de ménage des Amrofel : « Vous qui travaillez chez les juifs, vous devez le savoir! » Mais déjà commence l'entracte du week-end, entracte double puiqu'il s'agit aussi d'une journée où les esprits vont être occupés à la consultation électorale.

Ici, il convient de se demander s'il y a eu quelque relation entre la rumeur et la crise présidentielle de mai 1969. Le cheminement de la rumeur s'est effectué dans la période intérimaire qui sépare le référendum du 27 avril des élections présidentielles. Il semble que les deux phénomènes coïncident en s'ignorant : la rumeur ne s'intéressera à la *Polis* [1] qu'in extremis pour dénoncer la trahison d'une police et d'une presse vendues aux juifs, mais même alors, elle ne se mêle en aucun cas à la compétition électorale, laquelle a toujours ignoré la rumeur. Ceci consolide l'hypothèse de l'indépendance de la rumeur par rapport à toute force politique organisée, et, plus profondément, de son caractère « sauvage ». Toutefois, il est peut-être un autre type de relation entre la rumeur et la période intérimaire, si celle-ci a correspondu à une phase d'incertitude, d'inquiétude qui, puissamment refoulée hors de la conscience politique, aurait dérivé vers les bas niveaux inconscients.

Dans cette hypothèse, la période intérimaire n'aurait certes pas suscité la rumeur, mais aurait surdéterminé un développement qui, en d'autres circonstances, serait resté atrophié, du moins dans le monde adulte, en créant une sorte de vide, d'appel d'air où elle se serait engouffrée tumultueusement, notamment durant les deux journées cyclonales qui sont aussi les moments ultimes du suspense électoral. Comme la période intérimaire a affecté toute la France sans susciter de perturbations, il faudrait alors supposer soit que, l'inquiétude nationale ait été refoulée à de telles profondeurs que seule une perturbation psychique de très forte amplitude comme le fut celle d'Orléans ait pu l'atteindre et la faire sortir au jour,

1. *Polis* désigne ici la cité au sens politique et social du terme, et non au sens géographique (milieu urbain, agglomération économique).

soit qu'il s'agissait seulement d'une vague inquiétude, diffuse et quasi inconsistante, que l'angoisse d'Orléans ait réussi à condenser et à accaparer. Dans les deux cas, l'éventuelle inquiétude intérimaire n'aurait joué qu'un rôle second et secondaire par rapport à une rumeur déjà auto-développée, mais il n'est pas exclu que ce fut l'appoint décisif pour le déclenchement de la métastase. Cette hypothèse est évidemment quasi impossible à explorer et nous l'avançons ici sans aucune assurance.

Quoi qu'il en soit, les ultimes jours de la campagne sursoient la réaction des autorités, mais aussi le dimanche électoral casse partiellement, temporairement l'élan de la rumeur. Celle-ci redémarre le lundi, puissante, ardente, mais l'extension qu'elle a prise les 30-31 mai va lui faire rencontrer cette fois, et de front, la riposte.

III. JUIN 1969 : RIPOSTE, RÉSORPTION, RÉSIDUS, GERMES

Le 30 mai, après la plainte de Licht et l'intervention du président de la Communauté israélite, la préfecture et la mairie sont alertées, mais, traduisant aussitôt l'affaire en termes politiques, diffèrent toute intervention pour le lendemain des élections.

Le 31, les deux filles Amrofel, l'une étudiante, l'autre enseignante au C.E.S. sont alertées par leurs parents et se mettent en mouvement. La première est à Paris. Liée aux étudiants juifs, au cercle Bernard Lazare, elle avertit ces organisations, rencontre d'abord le scepticisme (« c'est un canular »), mais dès le 2, les organisations antiracistes nationales, L.I.C.A.[1] et M.R.A.P.[2] se saisissent de l'affaire. La seconde fille, Mme Klein, envoie une lettre à la presse parisienne. Un journaliste de la *République du Centre* transmet le 2 juin la nouvelle à l'A.F.P., nouvelle qui ne fut nulle part reproduite.

Le 2 juin également, Guy Brun, président régional de la L.I.C.A.,

1. L.I.C.A. : Ligue internationale contre le racisme et l'antisémitisme.
2. M.R.A.P. : Mouvement contre le racisme et l'antisémitisme et pour la paix.

est informé à son bureau, par une femme de ménage ou une secrétaire, de la rumeur antisémite, puis est alerté par Paris. Le 2 juin également Renée Cosson, ancienne résistante et militante communiste active, qui travaille dans une entreprise de faubourg, apprend par une secrétaire de vingt-deux ans l'histoire de la traite des Blanches. Elle connaît personnellement quelques-uns des commerçants visés, dont elle a protégé la famille pendant l'occupation. « Connaissez-vous leurs noms? » demande-t-elle à la jeune secrétaire. « Non, mais ce sont des juifs. » Elle pense aussitôt qu'il s'agit d'une campagne « fasciste » (« moi, je connais ça ») et avertit son parti.

Le 2 juin enfin (et surtout), deux articles courts mais virulents paraissent dans les deux quotidiens régionaux. Celui de la *Nouvelle République* (plutôt centre-gauche) est intitulé « Une odieuse calomnie »; celui de *la République du Centre* (plutôt centre-droit) est intitulé « Une campagne de diffamation ». L'un et l'autre indiquent que les victimes ont porté plainte; le premier seulement note que « l'on sent derrière cette cabale un vague relent d'antisémitisme ». Tout en parachevant l'extension de la rumeur, en la faisant pénétrer dans des secteurs où elle pouvait encore être ignorée [1], la presse lui porte un premier coup vigoureux. Du même coup, le phénomène jusqu'alors occulte et souterrain entre dans la Polis, la politique et la police.

Du même coup, la contre-offensive se développe avec vigueur, portée d'abord par la presse régionale, puis, à partir du 7 juin par la presse parisienne. Le premier communiqué paraît le 3 juin. Il émane de l'Association des parents d'élèves du lycée Jean-Zay et du C.E.S. Jeanne-d'Arc. Le signataire, Rebaudet, avait d'abord été troublé par la rumeur et s'était présenté le vendredi 30 au commissariat de police pour demander des éclaircissements; il y avait rencontré Licht (Dorphé) qui l'avait aussitôt détrompé; sa prise de conscience le catapulte à l'avant-garde de la lutte contre

1. Nous sommes incapables ici d'indiquer le pourcentage de personnes atteintes par la rumeur le 31 mai et le 2 juin, et parmi celles-ci, le pourcentage de contaminés. L'important est de concevoir qu'ayant touché avant les interventions de presse tous les secteurs sociologiques et géographiques de la population, elle a rencontré des secteurs « bons » et « mauvais » conducteurs, ce sur quoi nous reviendrons.

la rumeur. Les communiqués de protestation et de condamnation se succèdent du 3 au 9. Ils émanent des amicales régionales de déportés et résistants, des partis politiques de gauche et du centre, à l'exception de l'U.D. Ve qui s'abstient, de la F.E.N., d'un C.A.L. lycéen. Deux membres de la Fédération des parents d'élèves du lycée Pothier (ce qui indique que la Fédération n'a pas voulu s'engager) publient un communiqué.

L'évêque d'Orléans émet, dans une lettre, le vœu que « soit mis un terme à cette odieuse cabale ». Le syndicat interprofessionnel mixte des commerçants du Châtelet et l'Union des industriels et commerçants orléanais publient un communiqué de réprobation. Certains textes dénoncent « l'odieuse cabale » et la calomnie. D'autres, comme celui de la Fédération du Loiret du parti communiste, dénonce « la campagne antisémite » qui « rappelle les mœurs du IIIe Reich hitlérien » et indique que « les amis de Tixier-Vignancourt et de Xavier Vallat ne sont sans doute pas étrangers à cette odieuse cabale ». Sur le plan national, organisations juives et antiracistes diffusent des communiqués, interviennent auprès des autorités et des personnalités du département. Dès le 4 juin, la L.I.C.A. tient une réunion départementale à la mairie de Saint-Jean-de-la-Ruelle, avec de nombreuses personnalités dont des représentants du centre démocrate, des radicaux, des socialistes, des associations de déportés, et décide de porter plainte.

Le dimanche 8 juin, Louis Guilloux préside, à la Maison de la culture d'Orléans, une table ronde ouverte au public sur « la calomnie, la diffamation, le racisme », qui réunit des représentants de diverses tendances, dont des « gauchistes ». Un comité contre la diffamation est créé et une lettre-pétition soumise à la signature de la population (elle ne recueillera qu'un millier de noms). Du 7 au 10 juin, c'est l'entrée en lice de la presse parisienne, avec notamment l'article du *Monde* et les reportages de l'*Aurore, l'Express, le Nouvel Observateur.*

Ainsi, entre le 2 et 12 juin se livre un combat décisif entre le bouche-à-oreille et l'article de journal, entre le mythe et les démentis, entre la rumeur et la Polis. Le mythe ne pouvait dès lors que, soit se dégonfler, soit s'enfler jusqu'à en crever; il devenait en effet de plus en plus impossible de mettre aux ordres d'une traite des Blanches juive les institutions, presque tous les partis politiques, la presse nationale. Bien que les autorités officielles — préfet, maire, procureur — aient évité de se prononcer publiquement, les interventions des partis et des organisations, les plaintes en justice, les termes de calomnie, cabale, racisme, hitlérisme, en dépit des effets-boomerang secondaires qu'ils provoqueront, intimidèrent et dissuadèrent la rumeur. Vint le moment du refoulement « vaut mieux ne pas parler de tout ça » et d'une progressive amnésie (« moi, je n'y ai pas cru », nous dit un interlocuteur, non sans évoquer ses doutes provisoires, plus proches du soupçon que du scepticisme). Dès la fin de la première semaine de juin les commerçants visés avaient retrouvé leur clientèle.

Après le 15 juin paraîtront encore quelques informations sur les plaintes et les actes de protestation, mais le seul événement régional notable est la table-ronde du M.R.A.P. « Attention racisme » du 26 juin. Elle réunit environ deux cents personnes autour des dirigeants nationaux de ce mouvement, de la veuve de Jean Zay, qui fut député de la ville, au secrétaire départemental de la F.E.N., de l'abbé Sejourné au pasteur Dumas. Le 4 juillet, le leader d'extrême-droite Sidos tient un meeting (prévu avant l'affaire). Sont présents une vingtaine de déportés et une vingtaine de membres de la communauté israélite. La salle est entourée de nombreux cars de police. L'orateur ne souffle mot de l'affaire, ni des juifs.

La campagne anti-mythe s'éteint au début juillet. Les autorités classent le dossier. Tout semble liquidé, oublié à la veille de la fête nationale. Le 17 juillet, la police déclare par téléphone à Pierre Andrau, chargé d'une enquête télévisée pour la T.V. (Régie IV) : « l'affaire pour nous est enterrée ».

La rumeur pouvait effectivement être considérée comme anéantie dès la mi-juin. Mais au moment où nous menions l'enquête (début juillet), de multiples sous-rumeurs étaient nées de sa décomposition et rôdaient un peu partout. Le mythe était frappé et disloqué, mais il se morcelait en un grouillement de mini-mythes.

Nous avons pu relever et constater :

1° La rémanence d'une petite peur après que le mythe a été chassé : peur de femmes âgées qui n'étaient jamais entrées dans ces magasins (« désormais on évitera les magasins un peu fermés et juifs »), peur aussi des jeunes filles ou jeunes femmes, qui, au cours du mois de juin, entrent dans les boutiques, mais presque toujours accompagnées, par une amie, un homme, voire un chien. La disculpation des commerçants n'a pas éliminé une vague inquiétude à leur égard.

2° La persistance ou même la renaissance du mythe, sous une forme atténuée, dérivée ou résiduelle, dans certains secteurs sous-informés et périphériques de la population. Le 4-5 juin, une mini-rumeur assure que le beau-frère d'un des commerçants vient d'être arrêté par la police pour traite des Blanches. Au début juillet, une rumeur affirme que deux jeunes filles, parentes de la mercière de Saint-Marc, ont été enlevées (mais sans qu'on précise les responsables et les conditions du rapt). Le 7 juillet, le curé (âgé) d'une paroisse distante seulement de quatre kilomètres de la ville déclare à un de ses confrères : « Il paraît vraiment que chez Alexandrine on fournit des contrats à des jeunes filles » (contrats d'engagement pour de pseudo-carrières dans des pays exotiques) et le prêtre conseillait encore à ses ouailles d'éviter ce très mauvais lieu.

Très souvent, on conserve l'idée qu'il y a eu quelque part, de la part de quelqu'un, un trafic de femmes, ou au moins des disparitions louches. Mais on ne sait trop désormais comment localiser ce trafic. On pense qu'il a été attribué à tort aux commerçants incriminés par la rumeur, peut-être parce qu'un de leurs parents ou amis y a été mêlé, peut-être pour détourner sur eux les soupçons que faisait naître le vrai trafic, peut-être tout simplement pour leur nuire. Selon d'autres nouveaux bruits, il y a bien eu quelque chose de louche, commis soit par ces commerçants, soit contre eux, et le trafic a été inventé pour couvrir une opération d'une autre nature.

Dans tous ces cas, l'explication du mythe prend un caractère mythologique, et à l'ancienne rumeur se substitue une multiplicité de rumeurs : « Il y a un Allemand là-dessous » (qui serait l'inoculateur de l'antisémitisme parce qu'allemand, donc hitlérien), et on cite le nom de la chaine commerciale allemande implantée dans la région. « C'est une histoire de gros. » De vieilles gens des classes laborieuses voient dans toute l'affaire comme les retombées de la lutte éternelle que les gros se font sur le dos du petit peuple. « C'est une histoire de commerçants rivaux. » Les gros concurrents des commerçants juifs sont suspectés d'avoir voulu discréditer ces derniers, et parfois même les commerçants juifs sont suspectés d'avoir voulu faire croire qu'ils étaient calomniés pour discréditer leurs rivaux...

3° D'une façon très générale, la rumeur s'est repliée sur un soupçon insistant, qui s'exprime sous deux formes fatidiques : « on nous cache quelque chose », et surtout « il n'y a pas de fumée sans feu ».

Le « il n'y a pas de fumée sans feu » est le tronc commun de toutes les évidences, de toutes les suppositions, de toutes les nouvelles fermentations. C'est le point de départ des nouvelles proliférations et l'ultime résidu de la prolifération de mai 69. C'est l'alpha et l'oméga mythologique, le stade final qui fait regresser à un nouveau commencement. Mais, en juin et juillet, il n'y a plus un mythe, mais un micmac de mini-mythes; il n'y a pas de consensus général sur le feu d'où est sortie une aussi épaisse fumée.

4° Conjointement ou alternativement avec les thèmes déjà mentionnés, il y a tendance à discréditer la campagne anti-mythe :

a. ce sont les communistes, ou les partis de gauche, qui ont monté toute cette affaire pour faire de l'agitation;

b. ce sont des journalistes « en mal de copie » ou « en quête de sensationnel » qui ont inventé artificiellement un scandale à partir de quelques racontars de commères;

c. ce sont les commerçants juifs qui ont voulu se faire de la publicité.

De telles explications ne rejettent pas en fait le mythe, elles le refoulent jusqu'à l'amnésie, et du même coup voient dans l'anti-mythe une invention extravagante. Ultime résistance, ultime ruse de la rumeur : elle dénonce l'anti-mythe comme s'il était le mythe, la démystification comme si elle était la mystification, l'antidote comme s'il était le poison.

Les organisations qui ont combattu la rumeur, les journalistes deviennent les nouveaux coupables, et dans la troisième « explication » les commerçants juifs, s'ils ne sont plus coupables de la traite des Blanches, demeurent coupables de l'avoir fait croire. Cette dernière thèse admet implicitement que la rumeur de traite des Blanches était une vaste supercherie, mais elle englobe dans la même tromperie le mythe et l'anti-mythe, issus l'un et l'autre de l'esprit de lucre sans scrupule du commerçant juif. Elle réussit ce tour de force de rejeter le mythe dans une poubelle juive, c'est-à-dire d'en conserver le virus antisémite.

Une formule frappante, qui unit cette « explication » à la précédente (visant les journalistes en quête de sensationnel) a été recueillie à la sortie de la messe, le 20 juillet, par les reporters de la télévision. Une femme avait déclaré qu'il ne s'était rien passé à Orléans. « Mais alors, pourquoi tout ce bruit? » Et la femme, avec un sourire entendu : « Il faut bien que la presse se vende et que le commerce marche. »

Ainsi, l'anti-mythe a remporté la victoire sur le champ de bataille, mais comme une armée en territoire occupé, il ne s'est pas vraiment rendu maître du terrain. Le mythe a laissé des résidus et déposé des germes, qui mènent une guerilla de mini-rumeurs pour chasser l'étranger. En même temps, le mythe disloqué s'est dispersé vers des thèmes endémiques de la conscience populaire et les a ranimés : la lutte entre les gros au détriment des braves gens, la concurrence déloyale entre les commerçants, la presse-qui-ne-dit-pas-la-vérité, les conflits ou manœuvres politiques. Parallèlement, les remous politiques ont éveillé les souvenirs de l'occupation, de la résistance, des luttes pro et anti-communistes. Ainsi, la période de juin n'est pas une période de pure et simple résorption, mais une période où toute la mémoire collective est extrêmement secouée, et s'efforce, dans la plus grande confusion, et de façon très diverse, de digérer et de déglutir, d'assimiler et de rejeter le mythe et l'anti-mythe. La résorption est en même temps absorption, le refoulement chasse l'affaire non seulement vers l'extérieur, mais vers les profondeurs intérieures, l'amnésie devient la conséquence de cette dérivation vers les bas-fonds occultes de l'être. Et une étrange conconction, qui contient les résidus et les germes, s'enfonce dans l'inconscient de la ville, l'alimente, le colore... comment?... durablement?

Conclusion.

En deux mois, une rumeur a accompli un cycle complet à Orléans. Issue des profondeurs du sous-sol inconscient, elle y est retournée. Proliférant sur un germe dont on peut déterminer la double origine mythologique et la même source fantasmatique, elle incube (10-20 mai), entre en virulence et en extension rapide (20-27 mai), se déchaîne en une prodigieuse métastase (29-31 mai), se disloque sous la contre-attaque (2-10 juin), regresse dans le fantasme et les mini-rumeurs, s'enfonce dans l'amnésie, laisse des résidus et des germes.

Au cours de ce cycle, le « on dit » s'est transformé en certitude puis en accusation, puis est redevenu soupçon, inquiétude ou s'est noyé dans l'oubli. Le fantasme s'est mué en mythe, en délire, puis est redevenu fantasme, tandis que le mythe laissait en héritage des mini-mythes.

Une histoire fabuleuse s'est muée en pseudo-événement historique, a suscité scandale et début de panique, puis est devenue un puzzle louche, bizarre.

Ce on-dit, fantasme, histoire fabuleuse, a fermenté presque en même temps chez les adolescentes des lycées ou collèges et chez les jeunes filles des magasins, bureaux, ateliers; elle a rayonné des salons de coiffure, lieux publics, marchés; elle a débordé sur les parents, les collègues, les employés; elle a essaimé vers les faubourgs, la campagne. Passant des adolescentes-jeunes filles aux femmes, commençant à ébranler partiellement les hommes au moment où elle explose, elle a traversé toutes les strates de la ville et, avec des fortunes diverses, toutes les couches de la société. Au cours de cette évolution un mythe s'est développé et s'est transformé. Comme un être vivant, il a phagocyté, proliféré, combattu, puis il s'est disloqué en tronçons, vivants eux aussi, et il s'est assoupi. Il faut essayer d'élucider ce mythe.

2. Structure d'un mythe

I. TRAITE DES BLANCHES NEW-LOOK. UN NOUVEL ARCHÉTYPE

La traite des Blanches.

La traite des Blanches constitue la base de l'échafaudage mythologique d'Orléans. Il s'agit d'un phénomène réel, signalé, décrit, illustré, authentifié dans les faits-divers et reportages. La traite des Blanches s'effectue selon un schéma bien connu : des jeunes filles naïves ou sans argent sont, après un processus de séduction ou/et de mystification, alléchées par des promesses de voyage ou de travail richement rémunéré à l'étranger; expédiées dans des ports exotiques, elles sont, en fait, contraintes à se livrer à la prostitution. La traite des Blanches est une activité de la pègre, de mauvais garçons, proxénètes, racketters, gangsters, où l'on remarque notamment des Marseillais, des Corses, des Nord-Africains ou des « métèques », mais où, en France, le thème du juif n'apparaît guère [1].

La traite des Blanches, depuis qu'elle existe, n'a cessé d'entretenir une double fascination : elle lie celle des bas-fonds criminels à celle de l'éros en leur source unique et souterraine, pulsions élémentaires, à la fois agressives et sexuelles, que répriment constamment la société policée et le surmoi de la conscience morale, et qui ne trouvent d'exutoire que dans la lecture, le spectacle et le fantasme. A ce niveau, le thème lie un imaginaire masculin, porté vers la violence, le rapt et la possession des femmes, à un imaginaire

1. Il n'en est pas de même, semblait-il, en Pologne par exemple, voire dans d'autres pays, où la tradition semble attribuer aux juifs une part importante dans le trafic des femmes.

féminin, hanté par le viol, l'enlèvement et la prostitution. C'est pourquoi la traite des Blanches a suscité et suscite toujours, à destination de tout public, une très grande prolifération de romans, nouvelles, feuilletons de presse ou télévisés, reportages et informations. Dans cette prolifération, l'information stimule l'imaginaire, l'imaginaire stimule l'information, l'une et l'autre s'entre-contaminent dans un amalgame extrêmement actif réel/imaginaire.

Le thème de la traite des Blanches, sous sa forme traditionnelle, demeurait circonscrit dans les « mauvais quartiers », dans les « bars louches », et, pour les petites villes, se fixait sur tel ou tel cabaretier. Mais s'il est vrai que les trafiquants, se mettant à l'heure de la civilisation moderne, utilisent désormais l'appât des vitrines « dans le vent » et les techniques de la piqûre ou du bonbon drogué, si, de plus, ils installent leurs pièges en plein jour et dans les artères les plus fréquentées, alors le danger, jusqu'alors périphérique et circonscrit devient omniprésent. Situé au cœur même de la ville, il peut devenir du même coup une obsession fondamentalement et continûment féminine.

Le risque est statistiquement négligeable. Mais il est devenu psychiquement partout possible. On comprend donc que la formidable puissance fantasmatique-érotique investie dans le thème de la traite des Blanches puisse s'engouffrer et se répandre, au moindre stimulus inquiétant, dans la vie quotidienne. On comprend dès lors que le mélange entre la fiction romanesque et l'information réelle devienne de plus en plus actif, de plus en plus confusionnel; dès lors que, la réalité présente les traits romanesques de la fiction, la fiction peut emprunter les traits véridiques de la réalité. La frange de confusion entre fiction et réalité, déjà large dans les mass-media, ne peut que se trouver accrue dans les consciences naïves et dans l'âme des jeunes filles. Tel signe équivoque ou ambigu dans la vie réelle — un attouchement un peu prolongé dans un salon d'essayage, le regard insistant d'un commerçant, l'absence inexpliquée d'une voisine — appellera à la mémoire le scénario archétypique. Tel rappel du scénario, comme l'article de *Noir et Blanc,* peut transformer un élément habituel de la vie urbaine — une vitrine alléchante par exemple — en signe équivoque et ambigu; et au-delà d'un certain seuil, le signe équivoque devient parfaitement clair : il témoigne de la réalisation hic et nunc du scénario.

Le scénario en question, avons-nous dit, est très largement répandu dans la littérature et la presse à sensation depuis 1960 environ. Cette nouvelle version de la traite des Blanches, si elle intéresse l'homme, concerne surtout la femme, et en premier lieu l'adolescente et la jeune fille. On comprend qu'il corresponde à des fantasmes particulièrement virulents chez l'adolescente, là où la connaissance de la vie sexuelle est encore principalement fantasmatique, là où fermentent le désir, la crainte et l'angoisse de l'éros. L'émancipation de la jeune fille moderne, loin de contrarier le fantasme, au contraire l'attise. Ce n'est pas seulement que le danger de la traite des Blanches se trouve désormais au centre de la ville, en plein jour, planant sur chacune et sur toutes, c'est aussi que les adolescentes et jeunes filles, de moins en moins contrôlées, vont au café, pénètrent dans les boutiques, essaient des robes, sortent le soir, rencontrent des inconnus. Elles ne connaissent certes plus la grande peur de la grande ville qu'avaient la petite campagnarde ou la petite provinciale confinées. Mais désormais soumises de jour et de nuit aux hasards de la rue, aux sollicitations de l'éros, elles subissent le bombardement continu de mille petites incitations au désir, à la crainte et au fantasme.

Les mères et les éducatrices voient, dans l'émancipation précoce, une menace à la fois sur leurs jeunes filles et sur leur pouvoir tutélaire. D'où, en plus de la fermentation d'un éros fantasmatique qui ne cesse de travailler les femmes mariées, voire les mères de famille, la tendance à exagérer des périls afin de protéger et leurs adolescentes et leur propre autorité. D'où également la tendance à chercher et trouver des points de fixation précis sur lesquels cristalliser leurs craintes et leurs rancunes diffuses. Ainsi, pour des raisons d'une part analogues mais d'autre part radicalement différentes, la traite des Blanches peut servir de cristallisateur commun à des adolescentes et à des femmes adultes, et on peut concevoir que, dans une conjoncture propice, le mythe de la traite des Blanches puisse sortir de son milieu d'incubation juvénile pour se répandre dans tous les milieux féminins, et dès lors favoriser une dialectique de contagion et de confirmation qui entraîne sa propagation générale.

Ainsi donc, la modernisation de la traite des Blanches, la modernisation du mythe qu'elle engendre, la modernisation de la jeune fille, la modernisation de la vie et de la ville sont les conditions même de l'émergence d'une rumeur apparemment rétrograde, ou médiévale. Nous avons affaire, à Orléans comme ailleurs, non pas à des ragots de province arriérée, mais à des rumeurs déferlant au sein d'agglomérations modernes y compris la grande métropole (et qui, dans leur élan, entraînent les ragots provinciaux); non pas à des commérages de vieilles femmes, mais à des conversations entre jeunes filles « dans le vent », non pas à la fantasmagorie d'un monde clos, mais à un fantasme porté par le yéyé et l'esprit du temps.

Il s'agit d'analyser maintenant les succulences, les facteurs hallucinogènes dont est gorgé ce mythe qui enivra une ville.

La piqûre et le bonbon hypnotiques.

Avec la piqûre et le bonbon hypnotiques, la drogue remplace la drague. Cet élément nouveau se substitue utilement, du point de vue fantasmatique, à la subornation de candides jeunes filles par un louche séducteur, thème dont l'efficacité, avec le déniaisement apporté par l'évolution des mœurs et la connaissance du monde, ne pouvait que se rétrécir aux filles les plus ignares et les plus sottes. Désormais, le bonbon offert par des messieurs-dames d'allure honorable, et la piqûre subrepticement effectuée dans le salon d'essayage d'un commerçant ayant pignon sur rue centrale, sont de nature à abuser des filles à la fois honnêtes et déniaisées.

La piqûre et le bonbon accomplissent, sur le plan du fantasme, une double et interdépendante mission. La première est de disculpation; déjà la séduction subornatrice avait pour effet fantasmatique d'innocenter celle qui pouvait se rêver prostituée malgré elle : elle n'était pas coupable, mais victime, et pouvait jouir en imagination aussi bien de la compassion morale que du plaisir physique. Le bonbon, qui abuse du goût naturel de l'adolescente pour les sucreries (lequel cache les délicieux mystères de l'oralité), et la piqûre, qui endort par surprise la femme honnête, assurent la disculpation totale. La seconde mission est sur-érotisante. Si la drogue est réduite ici à sa fonction hypnotique, elle conserve en halo sa fonction aphrodisiaque. La piqûre qui l'inocule (préférée au bonbon par le fantasme) est une pénétration opérationnellement érotique et symboliquement sexuelle. C'est déjà une piqûre d'amour, non pas l'amour spiritualisé des idylles et des mariages, mais l'amour des bas-fonds du vagin, qui aime à se réaliser, du moins en fantasme, dans des bas-fonds de la déchéance sociale. La piqûre transforme la femme, non seulement en objet-marchandise pour le commerce du sexe, mais déjà en femme-objet d'amour, putain cosmique, vouée à un plaisir abyssal.

Il y a, croyons-nous, autre chose encore, qui se trouve, comme dans une boîte de Pandore, contenu dans la notion de drogue. Il est remarquable que le mythe ne spécifie jamais le produit utilisé, comme s'il craignait de s'appauvrir en indiquant un pur et simple hypnotique, comme s'il voulait maintenir, dans l'aura du mot drogue, toutes les connotations qu'il appelle et toutes les commutations qu'il pourrait assurer.

Notons ici que la drogue n'est plus une simple abstraction pour la jeunesse des villes, y compris Orléans. Introduite récemment dans certains groupes d'adolescents, les herbes mineures du type marijuana se diffusent rapidement; on parle, on rêve de l'acide bouleversant, avec fascination, c'est-à-dire attirance et répulsion, désir et peur. Aussi la présence de la drogue au point clé du fantasme juvénile de la traite des Blanches doit-elle irradier toute une dialectique inconsciente.

Tout d'abord, l'association drogue-voyage, l'inoculation de la drogue, dans le salon d'essayage, est le prélude à un voyage exotique. Or le voyage est un désir quasi obsessionnel, chez les jeunes filles et chez les femmes, qui émerge dès que nous prenons contact avec Orléans (« Vous voyagez, quelle chance! »), comme il avait déjà émergé dans d'autres rencontres, lors de notre enquête dans un bourg de province [1]. Est-ce hasard si l'évasion prodigieuse que procure la drogue, pour ses adeptes d'abord américains, puis français, se dit « voyage » (*trip*)? Plaque tournante du voyage à l'intérieur de soi-même et du voyage intercontinental, le thème de la drogue ouvre plus largement les portes de l'aventure imaginaire; celles des feuilletons télévisés ou des romans qui font voyager en

1. *Commune en France, la métamorphose de Plodemet*, Paris, Fayard, 1967.

esprit non seulement dans les bas-fonds criminels des cités, mais dans les mystères des services secrets qui l'utilisent comme arme... Ainsi, il y a, dans le thème mythologique de la drogue, non pas seulement un hypnotique doté d'une vertu aphrodisiaque latente, mais une prodigieuse invitation à tous les voyages, voyages hors de la ville, dans le vaste monde, voyages dans les univers parallèles de l'imaginaire, voyages dans les profondeurs cosmiques de soi-même.

On voit donc que la piqûre-drogue déborde inconsciemment, par toutes les connotations et associations qu'elle fait frissonner, son rôle opérationnel dans un trafic astucieusement organisé. D'écho en écho, d'analogie en analogie, de rêve en rêve, de mythe en mythe, du cortex cervical au sexe profond et vice versa, c'est la source même de l'éros et du fantasme qui est sollicitée, excitée par la piqûre hypnotique, dans une invitation occulte à l'amour maudit, au voyage impossible, à l'évasion interdite, à l'extase abyssale.

Le salon d'essayage.

Les significations ou fonctions érotiques de la toilette féminine moderne ne sommeillent que d'un œil. Clignant de cet œil, le vêtement « jeune » intègre et assagit les audaces décolletées ou mini-jupées de l'avant-garde émancipée, et, dans les villes de province, porte en lui les vertus d'élégance et de séduction de la parisianité. C'est dans les boutiques vouées à cette mode que se rassemblent et se déploient les puissances érotiques diffuses et latentes de la robe et de la jupe, des dessus et des dessous, de la parure et du chiffon; c'est dans leur salon d'essayage qu'elles se concentrent et fermentent. C'est dans des boutiques de ce type et dans leurs salons d'essayage que se fixe le mythe de la traite des Blanches, en annexant de plus, avec le magasin Félix, l'érotisme du pied et du soulier.

Le salon d'essayage est un lieu clos, un peu tabou comme le W.C., mais à la différence du W.C., il est mal clos, fermé le plus souvent par un rideau, et il est, par l'éventuel miroir, ouvert sur le voyeurisme et l'imaginaire. Là, le déshabillage est à mi-chemin entre celui du chez-soi et celui du strip-tease; on se contemple, on se redécouvre, sous le regard à la fois intime et étranger de soi à soi que renvoie le miroir; il n'est pas rare qu'un garçon accompagne une fille ou que celle-ci laisse le rideau entrouvert; certaines filles n'ont pas de culotte : est-ce pour l'occasion ou par habitude? Le narcissisme et l'exhibitionnisme y fleurissent naïvement. Le lieu le permet d'autant plus qu'il les disculpe : n'est-il pas nécessaire, normal, de se déshabiller, de jouer des hanches et du corps, d'appeler le regard d'autrui quand on veut essayer une robe?

L'essayage autorise ce qui serait autrement prohibé, soulève une petite barrière de censure, et devient chargé d'un sens érotique mi-latent, mi-manifeste. L'attouchement-retouchement de la vendeuse, s'il s'attarde, est volontiers ressenti comme caresse ou invite lesbienne. Chaque robe essayée provoque des poses de mannequin, un jeu d'attitudes, une comédie du corps, propre à déclencher des séquences imaginaires. On se joue, on se rêve, on se métamorphose.

On est venue pour une robe, mais on voudrait essayer d'autres robes, et aussi les plus belles, les plus chères, on voudrait tant de robes, et aussi toutes ces autres belles choses, si originales et si séduisantes, qui semblent offertes. Mais le frein est là : l'argent, et on ressent profondément que le salon d'essayage est un lieu de tentations, auxquelles on n'a pu succomber qu'en rêve.

Ainsi, le salon d'essayage est à la fois le lieu érogène où la jeune fille se transforme en source de séduction et en objet de désir, le lieu onirique où la nudité du corps et ses métamorphoses font naître mille fantasmes, le lieu de la tentation où le désir tournoie.

Cette serre chaude où l'éros, le fantasme, la tentation s'entremêlent et s'entre-stimulent n'est-elle pas, d'une certaine façon, une chapelle secrète de l'amour, où sans le savoir, on lui voue un culte, et où on appelle, inconsciemment, l'acte de transsubstantiation?

On comprend dès lors que le mythe ait pu s'y accrocher, s'y installer, et par là-même installer le salon d'essayage au centre de sa structure. C'est le lieu banal où vont de plus en plus les adolescentes, jeunes filles et jeunes femmes, et c'est le lieu insolite qui les soustrait soudain à la vie normale. C'est le lieu fonctionnel pour l'essayage d'une robe et c'est le lieu magique où s'effectue comme une répétition ou un mime du mystère initiatique qui accomplit la femme en être d'amour. C'est le lieu rassurant qui permet la tromperie et c'est le lieu inquiétant qui permet la piqûre. Installé dans le salon d'essayage, le mythe va pomper l'érotisme latent de la toilette et du déshabillage jusqu'à en recueillir et extraire la liqueur d'amour, que la piqûre va soudain inoculer en pleine chair. La piqûre introduit à la fois l'oubli et l'accomplissement du fantasme trop audacieux qui dépassait les bornes autorisées par la censure. Elle est comme la trappe qui s'ouvre brusquement sous le péché, pour l'engloutir dans la nuit des sens, et le réaliser, là-bas, très loin, ailleurs...

Ainsi, le salon d'essayage n'est pas seulement le lieu idéal qui se substitue au cabaret louche ou au bar borgne afin que chaque jeune fille, chaque jeune femme puisse se sentir personnellement concernée, troublée, menacée par la traite des Blanches. Il est aussi le lieu idéal où déjà la jeune fille, la jeune femme se trouvent catapultées dans le no-man's land mystérieux et fantastique qui sépare l'acte de se déshabiller et de se rendre désirable et l'acte de se prostituer. Il ne fait pas seulement qu'incarner un fantasme-mythe au cœur de la vie quotidienne et au cœur de la cité. Il recueille les vapeurs fantasmatiques et les virulences érotiques qui montent du cœur de la vie quotidienne et du cœur de la cité. Si la piqûre y accomplit mythologiquement la conjonction du péché et de l'innocence, cette conjonction se trouve déjà en germe dans la toilette féminine (qui sert à la fois à se vêtir et à se rendre désirable) et dans le salon d'essayage (qui sert à la fois à changer de robe et à s'exhiber narcissiquement).

C'est donc l'injection d'une piqûre sur-onirique et sur-érotique au salon d'essayage qui établit le centre gravitationnel du mythe. La liaison de ces deux éléments constitue le maillon nécessaire pour lier deux chaînes, la première qui part de la vie quotidienne, de la pure jeune fille, de la femme honnête et qui débouche sur la petite cabine de déshabillage; la seconde qui part des bas-fonds, de la prostitution, et qui rôdait dans la nuit des villes. Cette opération, qui permet de dériver le mal sur la piqûre et le péché sur le commerçant-trafiquant, permet par là-même de mettre en communication ce qui est disjoint par le surmoi social et individuel : l'innocence et le péché.

Ce faisant, le mythe de la traite des Blanches plonge à la source de tout mythe, qui réaccouple ce que la société sépare, réalise ce qu'elle interdit, unifie ce qui est contradictoire. Il vient se disposer au terme actuel d'une grande *Arkhe* [1] mythologique, qui avait fait proliférer au siècle dernier la fabulation romanesque où la vierge devient prostituée tout en demeurant pure. La traite des Blanches, phénomène social des bas-fonds, a donné un support à la fois moderne, réel et véridique à cette fabulation. Le nouveau thème de la traite des Blanches, issu de la modernisation de ce trafic, accentue cette modernité, la met au diapason de la nouvelle modernité, mieux, naît en tant que mythe de cette modernité et s'y installe en son centre : le cœur des agglomérations modernes.

Une fois encore, nous retrouvons, étroitement conjointes, l'*Arkhe* et la nouvelle modernité. Non pas rencontre de hasard... c'est, avons-nous déjà dit plus haut, la nouvelle modernité même qui engendre le retour de l'*Arkhe*.

Mais cette *Arkhe* est toute enrobée de la réalité des faits divers, des informations, de la vie, des magasins, de la ville. Et, dans cet amalgame de réalité, de plausibilité, de fable, *il s'est créé un mélange étonnant et détonant de réel et d'imaginaire* qui transfigure des lieux réels mais où fermente l'imaginaire, en y implantant un trafic imaginaire doté par ailleurs d'une existence réelle, ou plutôt qui, associant l'un à l'autre imaginairement des lieux réels et un trafic réel, mais l'un et l'autre arrachés à leur propre sociologie, les rend l'un et l'autre mythologiques.

C'est en s'appuyant sur ces deux piliers de réalité que le fantasme peut sécréter de façon hystérique sa propre réalité et devenir mythe. Que disent les jeunes porteuses de la rumeur d'Orléans à celles qui se montrent incrédules, en sus du témoignage personnel certifié de source sûre? : « Vous ne lisez donc pas les journaux? » (qui parlent d'enlèvements, de drogue, de traite des Blanches). « Vous êtes trop naïve » (de croire que cela n'est pas possible), ou, ce qui est la même chose (c'est-à-dire « vous n'êtes pas au courant ») : « Vous êtes trop vieille. » Ainsi s'opère un véritable renversement entre le croyable et l'incroyable, la crédibilité et la crédulité. Ainsi il s'agit bien d'un mythe, au sens archaïque du terme (et non pas au sens atténué où le mythe peut être ressenti sans être cru), c'est-à-dire un récit imaginaire, organisé et cohérent selon

1. *Arkhe :* Constitue un principe à la fois fondamental, primitif et idéal, que retrouvent inconsciemment ou que recherchent volontairement les mythologies modernes.

une logique psycho-affective, qui prétend se fonder en réalité et en vérité.

Mythe intermittent, sporadique, épidémique, certes. Il est comme ces virus, structures aminées complexes, dont la nature biologique est latente, mais qui soudain se mettent à vivre et à proliférer. Que lui manque-t-il pour trouver le souffle qui lui donnera une vie dévorante : le juif?

II. LE JUIF

Le juif est totalement absent dans les informations, les reportages et les fictions des mass-media concernant la traite des Blanches, et son apparition, dans les rumeurs provinciales, semble à la fois surprenante et saugrenue.

Le mythe, qui part du salon d'essayage et aboutit à la traite des Blanches, est apparemment un mythe complet, qui, sous forme de récit, semble se suffire à lui-même. Toutefois, quand on le compare au thème traditionnel de la traite des Blanches, on se rend compte qu'il y a une case vide, celle qui était occupée par le tenancier louche, le mauvais garçon suborneur, le Marseillais-Corse ou le métèque de la pègre. Certes, cette place est occupée par un commerçant, et n'importe quel commerçant pourrait tenir cet office d'homme à double visage. Mais du point de vue du besoin mythologique, c'est nettement insuffisant. Le commerçant ne doit être qu'en apparence n'importe qui. Il doit, comme le mauvais garçon, être *celui qui*. Si le mythe nouveau de la traite des Blanches retrouve un archaïsme fondamental, il lui est, sinon nécessaire, du moins très souhaitable, de recourir aussi à un archétype d'être à double visage, pour jouer le rôle central du commerçant-trafiquant.

Quel est ce commerçant-trafiquant? Quel est ce commerçant apparemment honorable qui tient une boutique moderne, et qui devrait se satisfaire de son affaire s'il n'était animé par une rapacité étrange? Quel est cet être qui ressemble apparemment à tous les commerçants, qui ressemble à tout le monde, mais qui appartient en secret à un monde mystérieux? Quel est cet être double, duplice, installé au centre de nos villes, et qui pourtant leur est étranger? Quel est cet être profondément inquiétant sous des dehors rassurants?

Ici le juif apparaît...

Tout d'abord, il est statistiquement plausible que, s'il y a traite des Blanches à partir des boutiques de confection, notamment en province, ce commerçant soit juif. Il faudrait voir quel est le pourcentage de juifs dans le commerce de la toilette pour jeunes filles et jeunes femmes, par rapport aux non-juifs, pour mesurer la probabilité statistique d'un mythe, qui, dès qu'il s'incarne en province se fixe, à 100 % semble-t-il, sur le juif. Le mythe s'écarte donc du non-juif, comme on l'a vu pour les Oubliettes de Cassegrain. Il ne tombe pas statistiquement au hasard sur le commerçant de nouveautés. Il le choisit juif. Mais il peut le choisir parce que l'importance numérique des juifs, dans la confection, le lui permet.

Ce choix est apparemment absurde dans le sens où rien jusqu'alors n'avait pu laisser supposer la moindre connexion entre des juifs et la traite des Blanches. Mais il devient cohérent dans la mesure où le juif élu colle exactement à l'être double qu'exige le mythe pour s'incarner; il est faiblement ou récemment enraciné dans la ville, et son commerce est relativement nouveau; certes, ce commerçant, souvent jeune, n'est pas comme les vieux juifs qui ont un drôle d'accent, dont on voit qu'ils ne sont pas de « chez nous »: il ressemble à tout le monde, il n'a même pas ce fameux nez qui permet de « les » reconnaître. C'est précisement ce qui en fait un être à double visage : il ressemble à tout le monde et il est autre, il est juif, c'est-à-dire qu'il dissimule sa mystérieuse, son inquiétante différence. De plus, il est déjà un peu suspect; non pas de la suspicion diffuse qui plane sur les juifs, mais d'un soupçon local sur ces boutiques qui, parties de rien, sont devenues en quelques années très prospères, et en particulier Dorphé.

« Il est arrivé ici les mains dans les poches » (c'est-à-dire les poches vides). « Comment a-t-il pu gagner tant d'argent si vite en vendant si bon marché? » Le mythe, ce qui du reste lui est accessoire, apporte l'explication de ce mystère économique : les robes se vendent bon marché, mais les femmes qu'elles appâtent se vendent cher.

Ainsi le juif permet d'incarner le fantasme hic et nunc. Dans le mythe lointain, qui se situe ailleurs, il n'y a pas de juif. Dans la grande capitale, milieu à demi-abstrait, y a-t-il déjà le juif?

Nous supposons qu'il émerge parfois, souvent?... l'insuffisance de notre information nous interdit de répondre. En tout cas, dans le mythe concret, celui qui se situe chez nous, dans notre ville, ici et maintenant, il y a un ou des juifs. Le juif permet d'incarner le mythe dans la cité parce qu il l'achève concrètement, en remplissant la case vide du coupable à double visage qui lui est nécessaire. Son apparence d'honorable commerçant disculpe totalement la jeune victime de tout soupçon de péché; sa nature suspecte de juif le porte à endosser la culpabilité.

La rumeur n'a toutefois nullement conscience de puiser, dans le vivier à coupables virtuels, celui ou ceux dont elle a besoin, ni même qu'elle dispose de ce vivier. En son état premier, naissant, il ne s'agit pas *du* juif, ni *des* juifs, mais *d'un* commerçant juif, *de* commerçants juifs. L'attribut juif paraît un caractère contingent, accessoire. A ce stade, le « c'est un juif » arrive comme une information seconde : « Je l'ai appris par ma fille au lycée... elle y croyait ferme... au début moi aussi... ce sont des juifs... » (femme de l'Action catholique). « On fait la traite des Blanches à Dorphé et dans d'autres boutiques. — Vous savez les noms? — Ce que je sais, c'est que ce sont des juifs » (discussion entre Renée Causson et une jeune secrétaire de son entreprise).

Ainsi, la séquence mythologique ne commence pas par un « ce sont les juifs qui » ou ne s'explique pas par un « parce que ce sont des juifs ». Il n'y a pas conscience d'antisémitisme à ce niveau-là, et les quelques personnes qui, à ce niveau-là, voient un bout d'oreille antisémite se font répondre naturellement : « Mais quoi, il peut y avoir aussi des juifs, comme des Auvergnats, comme des Bretons, qui font la traite des Blanches. » Cette non-conscience d'antisémitisme, du reste, favorise la propagation du mythe, et il a fallu la métastase délirante pour que sonne, aux premières oreilles, le signal d'alarme à l'antisémitisme.

Juif souterrain, juif fantôme, juif fantasme.

A l'origine donc, le mythe n'est pas utilisé contre le juif; il utilise un juif pour boucher son trou mythologique. Mais ce trou est celui de la malignité et de la culpabilité, et le bouche-trou porte déjà en lui le virus de malignité et de culpabilité. Aussi peut-on déceler un antisémitisme virtuel dès la naissance de la rumeur.

1° Apparemment, le commerçant visé n'est pas conforme à l'image antisémite traditionnelle, ce qui du reste contribue à occulter l'aspect antisémite de la rumeur à ses propagateurs : il ne se présente, ni comme l'usurier rapace, ni comme le commerçant avide, ni comme l'ennemi juré des gentils. Pourtant ne fait-il pas comme l'usurier, qui pousse le commerce au-delà des limites honnêtes jusqu'à faire trafic de chair humaine? N'est-il pas commerçant avant tout, commerçant jusqu'à la moelle, jusqu'à faire de la cliente une marchandise? N'est-il pas l'ennemi de la cité en apportant la corruption, le déshonneur, le malheur des familles?

Certes, il y a quelque chose de nouveau par rapport à la tradition antisémite française, qui, nous le verrons, a du mal à reconnaître son juif. C'est qu'elle associe le juif à un péril sexuel. Mais ne s'agit-il pas ici d'un trait latent de racisme? La menace du Noir aux Etats-Unis comme ce fut le cas pour celle du juif en Allemagne nazie, porte en elle une surabondance sexuelle et un péril de souillure du sang. Ici, certes, la souillure viendra de ces Arabes, Brésiliens à peau noire, étrangers de tous poils dans les bordels exotiques, la surabondance sera celle du sperme déversé dans les maisons de prostitution; mais la piqûre du commerçant symbolise une première défloration et appelle une souillure fondamentale. Du coup, si le mythe associe le commerçant juif à un danger sexuel et en dérive la réalisation sur d'autres races, il fait apparaître un trait plus obscur et plus archaïque; le trafiquant de chair pure, qui réduit la vierge innocente non seulement en marchandise, mais en objet d'immolation à la puissance ténébreuse du sexe par une opération infame, évoque l'écho atténué, atrophié du thème du sacrifice rituel médiéval sur l'enfant chrétien, nécessaire à la pâque juive. Dans ce sens la rumeur d'Orléans, déjà vague écho des grandes peurs qui traversaient le Moyen Age, en ressusciterait le même fantasme antijuif, mais atténué, déguisé, modernisé.

Si nous pouvons, à titre d'hypothèse, évoquer de telles analogies, c'est parce que le commerçant juif se voit assigner par le mythe la mission de fixer et de purger la culpabilité d'un vrai fantasme libidineux et d'un pseudo-trafic de traite des Blanches, et que cette culpabilité, puisée dans l'héritage culturel de notre société, réveille nécessairement le fantôme du coupable congénital enraciné dans deux millénaires d'Occident chrétien. La réapparition de ce fantôme, qui s'effectue avec la logique implacable de l'inconscient, s'effectue aussi dans la nuit sombre de l'inconscient. Le commerçant n'est pas coupable *parce que* c'est un juif au niveau de la conscience dite claire. Mais ce *parce que* souterrain apporte son intelligibilité mythologique à la conscience obscure. Le *parce que* est dans le fantôme du juif de la tradition, qui appelle derrière lui le fantôme du juif médiéval, qui porte en lui le fantôme du Judas et du Tentateur. Et tous ces fantômes s'éveillent, s'agitent derrière ce commerçant souriant, vendant des robes si attrayantes et à si bon marché afin d'endormir l'innocente et lui ravir son bien le plus précieux.

2° Le fantôme du juif coupable ne vient s'incarner que sur un, puis six commerçants, et n'affecte pas les autres juifs. Mais, pour l'ensemble des juifs, la rumeur réveille la mystérieuse différence qui inquiète, fascine, obsède, répugne. Notre enquête nous apporte un indice troublant en ce sens : alors que la rumeur courait dans la ville depuis environ deux semaines, nul ne prévient les autres juifs avant le 29-30 mai; les quelques cent familles juives d'Orléans sont tenues dans l'ignorance; les filles juives, au collège ou dans les bandes de copines, ne sont pas informées par leurs camarades; la rumeur n'arrive à quelques oreilles juives, dont une enseignante, que lorsque le terme « juif » est filtré, oublié, ou ignoré; M. Lévy, président de la Communauté israélite, homme enraciné dans la ville et qui rencontre quotidiennement, dans son magasin et au café, d'innombrables clients et amis, n'est prévenu que le 30 mai par sa vendeuse espagnole.

Certes, les « gens » ne pensent pas que la rumeur est antisémite, et il faut faire la part des pudeurs et des hontes provinciales, la part de la ségrégation de fait préexistante (nous y reviendrons), mais la chose est à notre avis significative : elle signifie que pour la rumeur, tous les juifs sont complices d'une façon indirecte et latente; elle signifie qu'il y a déjà, dans la rumeur, la tendance à passer des individus au genre, de quelques juifs aux juifs, ce qu'exprimera, au moment de la métastase, l'exclamation « n'allez pas chez les juifs! ».

Prodromes, non pogrom.

Le thème du juif-autre et le thème du juif-coupable vont développer leurs ferments au cours de la montée de la rumeur, des adolescentes à la société adulte, et du gonflement concomitant du mythe jusqu'à la métastase du 29-31 mai.

Dans sa phase conquérante, la rumeur va, non pas déclencher l'antisémitisme politique, mais racler les résidus antisémites déposés dans les différentes strates sociales et surtout éveiller les virtualités péjoratives dormantes à l'intérieur de la notion de juif-autre. (« Il faut dire qu'ils ont des têtes qui ne plaident pas en leur faveur », dit une militante catholique à la séance du 18 juin), ou surmonter des barrières que maintenait une auto-censure lucide : (« Je ne suis pas antisémite mais je me suis laissée aller à dire : ah! ces juifs », *ibid*). Mais c'est la métastase qui va accomplir d'une certaine manière le passage du singulier au générique, de quelques commerçants juifs en particulier aux juifs en général. C'est surtout le développement métastasique lui-même qui creuse et relie les souterrains juifs sous la cité de Jeanne d'Arc, fait surgir et développe le thème du pouvoir des juifs sur la presse et la police (dont le silence et l'inaction sont achetés par « les juifs »).

Un gigantesque fantasme reconstitue de lui-même, à l'échelle de la ville d'Orléans, l'archétype des *Protocoles des Sages de Sion,* c'est-à-dire de la puissance souterraine occulte qui ronge le monde et établit sa domination par la corruption de l'argent. Et, de même qu'il y a un siècle pour le *Protocole des Sages de Sion,* l'accomplissement moderne du mythe antisémite est en même temps l'accomplissement du mythe archaïque-médiéval, qui identifie en profondeur la puissance souterraine juive à la puissance infernale.

Ainsi, avec les développements métastasiques, le spectre du juif tend à devenir le centre du mythe et pourrait dévorer le thème de la traite des Blanches qui l'a appelé et nourri. Sous lui se creuse une angoisse de plus en plus vertigineuse, sur lui se déverse une culpabilité de plus en plus fabuleuse. Alors peut-être s'ébauche le processus de l'opération sacrificielle nécessaire pour purger la ville du mal soudain répandu. Quand les foules se rassemblent autour de Dorphé, n'est-ce pas déjà comme la première phase d'un pogrom possible?

Mais ce pogrom possible était en réalité impossible. Même dans le spasme délirant, le passage du singulier au genre n'est pas le passage à la totalité concrète des juifs; nous l'avons dit, dès l'origine, tous les juifs sont considérés par la rumeur comme des complices latents, mais jusqu'au bout, cette complicité est demeurée latente : la zone de malfaisance ne dépasse pas les six commerçants incriminés, ne s'étend pas aux boutiques de la rue de Bourgogne. Tous les juifs sont en principe atteints. Mais en fait, quelques juifs. D'autre part, bien qu'il y ait des poussées péjoratives à l'égard des juifs, le thème antisémite demeure encore étroitement dépendant du thème de la traite des Blanches, et même au cours de la métastase, n'a pas pris un caractère exclusif, rejetant la traite des Blanches comme le second étage d'une fusée spatiale rejette, ayant pris sa course, le premier étage propulseur.

Remarquons également que le grand fantasme du complot sur la ville a été une gigantesque bulle, qu'a rapidement fait éclater la contre-offensive du 3 juin, et qui du reste l'a provoquée. L'antisémitisme est rejeté en juin dès qu'il se découvre comme tel dans le miroir répugnant de la persécution hitlérienne que l'antimythe présente à la population; le fantasme se disloque, se disperse, se racornit. Mais en revanche, il faut remarquer aussi que tous les germes demeurent, avcc cn plus, dans la population, le sentiment aigu de la différence qui sépare les juifs des autres, un sentiment étonné et effrayé de tous les remous, anti et prosémites, racistes et antiracistes, polémiques et politiques que provoque la mise en circulation publique de ce mot : « les juifs ».

Ainsi le pogrom, s'il était à l'horizon psychologique d'une rumeur devenue tumultueuse, n'était pas à l'horizon sociologique de la Polis, car le développement même de l'antisémitisme déclenchait en retour l'intervention efficace des represseurs et anticorps nationaux et orléanais.

Un antisémitisme inachevé et renaissant.

Comme un fantôme, le juif est sorti des souterrains où il était rentré depuis la fin de la Deuxième Guerre mondiale, souterrains profonds, archaïques et médiévaux; il s'est incarné dans quelques commerçants vendant la minijupe et la robette de Sheila, il a vampirisé, il a fait régner la terreur, puis il a été exorcisé, il est rentré dans ses souterrains, il a rejoint le monde des ombres...

Comme on le voit, le thème du juif, dans toute cette affaire, est un élément instable, capable de s'enfler et de dépérir, dans un mythe ambivalent, symbiotique, évolutif, dont il ne se détache jamais véritablement. C'est un élément d'abord greffé, puis secondaire, puis unificateur, puis dominateur, puis plus ou moins expulsé. Il modifie sans cesse son rôle et son importance, mais il n'est jamais inoffensif et neutre, comme il n'arrive jamais à la maturation d'un mythe assuré et ferme. Il échappe aux normes de l'antisémitisme politique, mais rentre, à un second degré, dans celles d'un archétype matriciel. A la fois quasi invulnérable comme germe et comme résidu, il est très vulnérable aux antidotes sécrétés par la Polis.

D'où la difficulté de répondre à cette question, apparemment simple : la rumeur d'Orléans était-elle antisémite? Cette difficulté nous oblige à découvrir la seconde difficulté, celle de définir les frontières de l'antisémitisme. S'il s'agit d'une doctrine, d'une idéologie expliquant la malfaisance générique du juif, cette doctrine ou cette idéologie ne sont qu'à l'état virtuel à Orléans. Ce qui est virtuellement antisémite est-il déjà antisémite? A ce compte, toute parole neutre concernant le juif est virtuellement antisémite, car elle signale, révèle, réveille une mystérieuse différence, qui, encore dans notre société, est apte à ranimer le juif souterrain, le juif fantôme, le juif fantasme. Aussi, pour nous, le vrai problème n'est pas de marquer ou non de l'estampille antisémite le phénomène d'Orléans. Il est celui du corps social où subsistent et renaissent des ferments qui, dans certaines conditions, feraient renaître l'antisémitisme.

Or le corps social est en train de perdre l'immunité acquise en 1945. Il existe un terrain d'incubation nouveau : c'est celui d'un mythe de traite des Blanches, c'est l'âme candide et combien rêveuse des jeunes filles en fleur. Ce terrain d'incubation nouveau, qui modifie un élément important dans le code génétique du mythe juif traditionnel, l'adapte en même temps à la société moderne. Le juif visé n'est pas le vieux juif typé enfermé dans son quartier, ce n'est pas le gros juif financier, c'est le juif jeune, moderne et bourgeois, sans aucun signe distinctif apparent. Mais, répétons-le, ce juif jeune et moderne qui se révèle commerçant sans scrupule faisant de tout marchandise, comme ses ancêtres mythologiques, porte aussi comme eux, en germe, les caractères archaïques du Judas, fixateur de l'angoisse et de la culpabilité dans le monde chrétien occidental.

Toutefois, là encore, rien n'est stabilisé, tout est encore ambivalent. Nous avons vu que le germe a incubé dans un bouillon de culture moderne, mais nous avons vu que les milieux traditionnellement antisémites ont joué un rôle au plus très effacé : ils n'ont pas reconnu leur juif! Nous avons vu la force de la poussée antijuive quand modernisme et archaïsme sont entrés en résonance, mais nous avons vu sa faiblesse quand ils se sont disjoints sous la première poussée extérieure.

En fin de compte, Orléans nous a donné à voir un antisémitisme, ni encore tout à fait actuel, ni déjà tout à fait virtuel, se mettant en route du virtuel à l'actuel, mais régressant avant d'avoir atteint l'actualisation, disons un antisémitisme inachevé et naissant. Un antisémitisme inconscient à celui qui le porte en germe, *mais dont l'analyse découvre ce germe, avec son code génétique connu, et l'élément nouveau inconnu.*

III. L'ÉMANCIPATION FÉMININE ET LA VILLE MODERNE

Toute l'affaire part d'un archétype modernisé de la traite des Blanches, mijote dans des milieux d'adolescentes et de jeunes filles modernes, se fixe sur des magasins qui sont des centres de diffusion de la toilette féminine moderne.

La modernité n'est pas seulement le support du mythe, elle

en est aussi un des thèmes fondamentaux. Tout d'abord, la toilette moderne n'est pas quelque chose qui puisse s'abstraire des mœurs et de la vie même de la femme. Les mini-jupes, les dessous troublants, les tenues à la mode portent en elles symboliquement non seulement le désir de plaire, mais aussi le culte de la nouveauté, l'affirmation conquérante de la jeunesse ou la volonté de demeurer jeune, l'aspiration à vivre de la façon parisienne, c'est-à-dire, croit-on, heureuse et libre, l'émancipation de l'adolescente par rapport à sa famille et l'émancipation de la jeune femme par rapport à la tradition, une structure de la personnalité et un style de vie.

Orléans est une ville soumise à une métamorphose rapide qu'accélère la proximité solaire de la capitale. Dans cette métamorphose, les jeunes filles et les jeunes femmes sont les véritables ailes marchantes de la transformation des mœurs, c'est-à-dire de la nouvelle modernité. Le magasin Dorphé, au centre de la ville, élément de cette grande métamorphose, est un centre fascinant et actif de cette nouvelle modernité féminine. C'est un lieu, où non seulement on vend des nouveautés, mais d'où rayonne la nouveauté. C'est un lieu d'initiation à la féminité moderne, aussi bien pour l'adolescente qui se plonge dans le premier bain d'érotisation vestimentaire que pour la jeune fille ou jeune femme qui adhèrent à l'esprit du temps. C'est un lieu, peut-être le lieu symbolique de l'émancipation féminine.

Cette émancipation, dont l'évolution est plus rapide dans les apparences extérieures que dans les âmes, se trouve dans un no-man's land culturel, entre l'abandon ou la volonté de rejet d'un ancien genre de vie, et l'aspiration à, ou la recherche d'une vie nouvelle. De l'adolescente à la jeune femme, chacune conquiert, acquiert ou élargit sa propre zone d'autonomie, mais chacune voudrait aller au-delà, souhaite voyager, substitut raisonnable à l'aventure, rêve d'aventures. Les satisfactions sont encore insuffisantes, les attentes sont encore insatisfaites, et déjà pourtant se multiplient les inquiétudes latentes : inquiétudes de l'initiation chez les adolescentes, inquiétude de rompre avec les normes traditionnelles chez les autres, et chez les unes et les autres, en même temps que son attrait, inquiétude du nouveau.

L'éros, encore à demi-engagé dans la morale traditionnelle, aspire aux plaisirs que pourrait procurer une érotisation générale de la vie dont la toilette offre plus le simulacre que le gage, ressent confusément qu'elle signifie également péché et danger, en ressent donc les angoisses. D'où un climat propice aux fantasmes où il y aurait à la fois émancipation totale et disculpation totale. Et c'est bien cela que porte en lui le mythe d'Orléans pour les adolescentes et jeunes filles qui constituent son milieu d'incubation; le frisson qu'il fait courir mêle en lui le plaisir et l'angoisse : il ouvre les portes fatales de la prostitution et de la drogue tout en ouvrant secrètement les portes bienheureuses du voyage, de l'aventure, de l'extase. Mais ce mythe d'évasion ne doit pas nous occulter le discours secret et problématique que la nouvelle modernité féminine, avec ses aspirations et ses difficultés s'adresse à elle-même. Et si le magasin Dorphé est le premier centre de gravitation de ce mythe, c'est, entre autres caractères idoines dont le caractère juif, que cette boutique de la jeune fille concentre en elle symboliquement les problèmes de la jeune fille.

Bien avant la rumeur, les femmes traditionalistes d'Orléans, avec répulsion, et les mères de façon attentive et inquiète, considéraient qu'effectivement les nouveaux magasins comme Dorphé étaient les centres de propagation du nouveau virus de la modernité, et que les nouvelles toilettes portaient en elles la dangereuse émancipation de la jeune fille.

Dans les années 60, à Orléans comme ailleurs, le yéyé avait été le thème d'affrontement, non seulement entre les générations, mais entre deux conceptions de la vie, deux morales, et, depuis, les mères et les éducatrices, bien que ne pouvant endiguer le courant, s'efforçaient de le freiner ou le canaliser. Quand la rumeur de mai 69 pénètre dans la société adulte, les mères de famille et une partie des enseignantes voient dans le trafic des salons d'essayage comme le prolongement funeste du yéyé, comme l'incarnation concrète des périls qu'il recèle. Ce péril, elles ne cessaient de le dénoncer comme dissipation, frivolité, érotisation prématurée et dangereuse, voire dégradation ou immoralité. Elles tiennent désormais la preuve de sa nocivité. Plus largement, et du reste plus obscurément et profondément, elles sentent que le mythe ne fait pas qu'agiter les fantasmes de viol, rapt, prostitution; il développe sous la forme monstrueuse de la drogue et de la prostitution ce qui est impliqué en germe dans l'émancipation de la femme :

la licence sexuelle et la dissolution des mœurs. La prolifération du mythe confirme l'induction logique d'une crainte conservatrice : la mini-jupe conduit à la prostitution.

Mais alors que la minijupe creusait le fossé entre les générations, la crainte de la prostitution crée un pont. C'est, pour les éducatrices et les mères, l'occasion d'une reprise de contact et d'autorité sur les adolescentes alarmées. Le mythe, discours licencieux et problématique *de* la jeunesse, devient pour la mère ou l'éducatrice, discours moral et édifiant *à* la jeunesse. Plus largement, ce fantasme-mythe né de la culture adolescente devient l'occasion, pour les forces traditionnelles de la société féminine provinciale, de mener une contre-offensive sur le yéyé. Le commerçant juif apporte son renfort involontaire aux forces traditionnelles, non seulement en injectant le péril juif dans le péril yéyé, mais en fournissant à celui-ci son fondement métaphysique vertigineux qui est le mal et la désintégration.

Le mouvement tourbillonnant entre l'attirance sécrète des jeunes filles pour le mythe et la répulsion des mères pour le yéyé, entre la crainte des filles pour la traite des Blanches et l'attirance secrète des mères pour ce mythe si utile et parfois peut-être aussi troublant, tout cela constitue le mouvement cyclonal même de la rumeur qui se répand dans la ville. Dans ce cyclone, le mouvement des anciennes et le mouvement des modernes, qui s'étaient heurtés violemment lors de la querelle du yéyé et qui s'opposaient depuis lors, sont provisoirement réunis par la rencontre de deux inquiétudes. C'est dans cette réunion que peut se trouver une des explications de la force de propagation formidable de la rumeur en milieu féminin, dans la période du 20 au 31 mai.

Mais cette union ne dure que le temps d'une rumeur. L'éclatement du mythe ramène la situation antérieure. Une semaine après, les commerçants incriminés retrouvent une clientèle, qui du reste n'avait pas diminué dans les autres magasins du même type. La nouvelle culture adolescente, la nouvelle modernité féminine sont déjà trop solidement implantées. Mais nous avons pu voir que leur problème-clé est celui qu'a vécu le temps d'une rumeur, à travers une fable, toute une ville : le mythe d'Orléans est aussi, en creux, un mythe de l'émancipation féminine, et plus largement, de la nouvelle vie moderne.

La ville.

La vie moderne, c'est aussi la ville moderne. La ville d'Orléans n'a pas été qu'un simple décor pour un mythe. Elle s'est trouvée directement impliquée dans l'action.

Nous avons vu que le mythe moderne de la traite des Blanches fait désormais planer le danger, auparavant refoulé à la périphérie des mauvais lieux, dans les profondeurs des bas-fonds, et dans l'obscurité de la nuit, désormais en plein centre de la ville et en plein jour.

Dans ces conditions, le centre de la ville cesse d'être le noyau civil et civilisé, ordonnateur et régulateur, d'où rayonne l'autorité protectrice-paternelle de la Polis. Il demeure le foyer de l'animation, mais dans une ville livrée seulement à son activité sociale et économique. Dès lors, ce n'est pas seulement le centre qui se trouve comme vidé de sa cervelle, c'est toute la ville qui semble psychologiquement et éthiquement énucléée. Ce n'est plus une cité, c'est une agglomération déstructurée et informe, sans tête ni cœur. Or cette vision qu'impose le mythe correspond, de façon à la fois schématique, exagérée et fantasmatique, à une évolution réelle qui transforme les cités provinciales en agglomérations modernes, et qui affecte très fortement Orléans au cours de la dernière décennie. On comprend dès lors que la dégradation d'une civilisation de la Polis, le développement d'une agglomération informe puissent susciter un malaise qui creusera comme un sentiment de vide diffus qui se précipitera sur le centre lorsqu'on s'apercevra soudain que la Polis n'y fait plus régner sa protection tutélaire, et qui apportera à l'angoisse générale une angoisse de la ville.

Le mythe, dans sa métastase, revient à nouveau sur la ville, mais cette fois pour en miner les sous-sols. La rumeur ressuscite soudain un thème que toute ville ancienne porte en elle, celui des réseaux souterrains, et que les romans populaires avaient redéployé au XIX siècle, dans les capitales qui se déstructuraient et se restructuraient, se métamorphosant en énormes agglomérations. C'est la grande ville qui, sous son vernis lumineux et bruyant, sous son animation populeuse, sous son pouvoir civil, cache un labyrinthe souterrain où règne une puissance occulte.

A Orléans, le mythe fait réapparaître les souterrains mystérieux des souvenirs d'enfance : « Tout le monde connaît les souterrains, ils datent de Jeanne d'Arc. » Brusquement, on sent que la ville est minée de toutes parts : « Orléans? Du gruyère. » Les anciennes carrières ou catacombes redeviennent passages secrets des temps médiévaux, séjours et voies de communications de la puissance occulte.

Ainsi l'angoisse de la traite des Blanches, mêlée à l'angoisse du juif, fait émerger une angoisse qui ne leur est pas totalement réductible, et qui, partie du centre urbain, s'enfonce et se répand dans les sous-sols, attaquent les fondations de la ville.

Que dire de ces deux angoisses, l'une installée en ce qui aurait dû être le cœur rassurant de la cité, l'autre sapant les bases même qui la soutiennent? Nous avons supposé qu'elles étaient latentes l'une et l'autre, mais de façon différente. L'une, née de l'évolution récente de cette ville, qui subit très fortement l'influence de Paris, et où il y a depuis dix ans un très fort accroissement et rajeunissement de la population, est issue de ce processus de modernisation même. L'autre, qui resurgit de l'*Arkhe* des récits d'enfance et de l'*Arkhe* de la ville, a été ressuscitée, non seulement par le développement des caractères archaïques du mythe enjuivé de la traite des Blanches, mais aussi par l'angoisse moderne de la ville. Ainsi, ici encore, l'angoisse moderne ressuscite l'angoisse archaïque. Ici encore, nous voyons, au foyer de la puissance énergétique du mythe d'Orléans, la conjonction d'une résurrection d'archaïsme et d'un développement de modernisme, sous l'impulsion même de ce nouveau développement moderniste.

De plus, comme dans le problème de l'émancipation féminine, nous voyons la conjonction devenue virulente de deux inquiétudes latentes, venues de deux sources opposées, et qui se confondent : d'une part la cité traditionnelle, la société bourgeoise provinciale, qui se défait, se rétrécit, occupe de moins en moins la place centrale dans la ville, n'y fait plus régner son super-ego souverain; d'autre part, l'agglomération moderne des immigrés du département et d'ailleurs, de nouvelles couches juvéniles.

Pour le premier Orléans, la cité est effectivement vidée de l'intérieur, devient de plus en plus une agglomération informe; la ville est de plus en plus menacée par la corruption et la désintégration qu'apporte la nouvelle modernité.

Pour le second Orléans, et surtout pour sa part féminine, la ville est un tissu urbain anonyme, confus et mystérieux; on ne sait pas si on est dans un lointain et énorme faubourg délaissé de la capitale, où si l'on est dans une petite ville désuète, et l'on se sent souvent et dans l'un et dans l'autre; la Polis, avec ses structures, est bien au-dessus des têtes, bien au-dessus de la vie quotidienne. Il n'y a pas une civilisation de la Ville, qui permettrait à chacun d'être un citoyen responsable. Au sentiment du vide provincial, que creuse le développement de la mentalité moderne, s'ajoute un vide diffus, confus.

Ce sont les jeunes qui ressentent le plus nettement, le plus fortement le vide. L'ennui spécifique d'une ville, qui leur semble éteinte et morne à côté de la grande capitale, est puissamment surdéterminé par le grand ennui de la jeunesse moderne, lequel, inconscient de sa nature, croit souvent trouver sa source et son exploitation dans la provincialité confinée d'Orléans. Dans cet ennui, tous les besoins de poésie, d'aventure, d'exaltation sont irrités, plus qu'excités par les randonnées, parties, et petites expériences illicites. Déjà, dans certains groupes, celles de la marijuana, du haschisch, et peut-être ici et là, de la piqûre d'héroïne.

Ainsi pour tous, bien que ressenti de façon différente, il y a un vide au cœur même de la ville. Le vide éthique, le vide politique, le vide affectif, le vide existentiel se rejoignent dans un grand vide, et pour tous, le vide suscite un malaise.

Les adolescents et les jeunes filles sont comme à l'intersection de tous ces vides, comme au creux du grand vide commun. Elles le ressentent aussi bien comme ennui que comme angoisse, ou plutôt chez elles les angoisses de l'éros, celles de l'entrée dans la vie adulte, celles de la nouvelle modernité, se mêlent indistinctement à l'angoisse de la ville. Ce sont elles qui se nourrissent le plus avidement de la poésie imaginaire que répand la presse magazine et particulièrement la presse féminine. Ce sont elles qui, au centre de l'ennui, du malaise et de l'angoisse, vont disposer au centre de la ville, dans le magasin qu'un coup de pouce rend fabuleux, la boîte de pandore magique d'où sortiront la drogue, le juif à double visage, la plongée dans les bas-fonds, le voyage au-delà des océans, la prostitution.

A ce niveau, la piqûre du salon d'essayage est aussi une injection de poésie transfiguratrice dans l'ennui de la ville. Mais, en injectant cette poésie, la jeunesse féminine d'Orléans éveille en tous l'angoisse, y compris en elle-même. Et c'est dans le vide commun, d'où et où jaillit l'angoisse, que tous les Orléans se sont également retrouvés, le temps d'une rumeur. Les malaises des uns et des autres se sont rejoints et ont trouvé une fabulation symbolique qui puisse les exprimer, en les exaspérant et en les exagérant. L'Orléans ville de province et l'Orléans agglomération urbaine se sont trouvés en résonance. La rumeur de l'agglomération moderne, cheminant à travers lycéennes, vendeuses, secrétaires, a mis en action les cancans et ragots des commères provinciales.

Ici, on peut entr'apercevoir l'une des conditions qui ont permis au mythe de fructifier à Orléans, c'est-à-dire cette coïncidence de provincialité et de modernité, qui caractérise sans doute la plupart des villes du pays, ce qui les rend toutes potentiellement propices à la rumeur; à Orléans, provincialité et modernité sont comme exaspérées par le voisinage de Paris, et sont comme exemplaires, à ce point que les sondages en font une ville moyenne. Ville moyenne parce que ville double, où les inquiétudes de la cité provinciale déjà vaincue ont su profiter d'un mythe venu des inquiétudes de l'agglomération moderne pour y déverser leur propre afflux, tout en lui offrant la caisse de résonance que constitue un centre provincial parisianisé et creux.

Ville où se défont les anciennes structures de tous ordres (emprise d'une bourgeoisie traditionaliste ou libérale, stratification rigide de la société, mœurs hautement surveillées par l'ancienne morale) et où les nouvelles structures ne sont pas encore constituées. Ville où la provincialité dépérit, mais où la métropolité ne se fait pas. Ville où a effectivement émergé, pour les uns et pour les autres, sous le déguisement affabulateur, le problème de la déstructuration généralisée de la ville — c'est-à-dire en même temps de la société.

IV. UN MYTHE POLYMORPHE

Le mythe d'Orléans n'est pas une invention politique d'origine antisémite. Ce n'est pas pour autant un simple fantasme d'adolescentes, jouant des inventions perverses de l'éros, et trouvant sa disculpation dans un juif bouc émissaire. Ce n'est pas non plus le simple rechapage d'un thème traditionnel achevant son usure, et qui redémarre efficacement avec un habile vernis de modernité.

L'éros n'est pas seulement jeu à Orléans, il est aussi souci. La modernité n'est pas le vernis, elle est la source.

Notre étude a retracé l'histoire de ce mythe; elle a essayé d'isoler et de connecter les différents éléments qui l'ont composée chacun se modifiant sans cesse, modifiant et la structure et la nature de l'ensemble. Comment rendre compte, globalement, d'un mythe aussi évolutif, symbiotique, complexe, ambivalent!...

Un événement réel, en 1958 (mais qui nous dit qu'il n'a pas pris sa source dans la lecture d'un roman criminel?) a sans doute permis la restructuration totale de l'ancienne thématique de la traite des Blanches. La nouvelle structuration mythologique, qui modernise l'archétype en le modifiant, va transformer un fantasme érotique en un mythe concernant intimement les problèmes de la jeunesse féminine et liant étroitement tous ces problèmes les uns aux autres. Dès le départ, la modernisation d'un mythe érotique n'est autre que l'acte constitutif d'un mythe moderne érotisé. Moderne non seulement par son décor, qui est le décor de la vie quotidienne d'aujourd'hui, moderne parce qu'il implique le problème moderne de l'émancipation de la jeune fille, lequel contient en lui, d'une part, celui de l'émancipation de la femme, d'autre part, celui de l'émancipation de la jeunesse, moderne parce que se situant au cœur de la ville moderne, il affecte de par là-même tous les problèmes vécus dans le nouveau milieu urbain et tous les problèmes posés par la transformation des villes de province.

Dès le départ également, ce mythe fait communiquer les tanières de *l'Arkhe,* où règnent à l'état élémentaire le désir et l'angoisse, avec la robe, la mini-jupe, la vitrine des magasins, les rues de la ville, c'est-à-dire avec la trivialité empirique de l'univers de la jeune fille, et plus largement de chacun et de tous.

Dès le départ enfin, le mythe dégage une poésie fabuleuse, avec la drogue, la piqûre hypnotique, l'enlèvement, le voyage exotique, la prostitution, et en même temps donne à cette poésie la plausibilité d'un fait-divers, la crédibilité des témoignages et reportages parus dans la presse.

Dès le départ donc, le mythe est gorgé d'une richesse sociologique prodigieuse et, dispose déjà en germe de la constellation mythologique qui va s'épanouir à Orléans, sauf de l'élément juif. Dès le départ, il est profondément onirique et profondément réaliste.

C'est pourquoi, dès le départ, tout le pousse à s'incarner : il ne dispose pas simplement du décor quotidien et de la véracité que confirment sans cesse les mass-media, c'est aussi les mass-media et le décor quotidien qui l'incitent à s'incarner; il ne dispose pas seulement des avantages de la modernité, c'est la modernité qui le nourrit et l'attise; il ne dispose pas seulement de la magie du mythe, c'est la logique inconsciente du désir et de l'angoisse qui lui donne vie. L'information et le mythe, le vraisemblable et le fabuleux, l'inconscient archaïque et la conscience moderne, qui sont conjointement mobilisés par une histoire de traite des Blanches la mobilisent à son tour pour qu'elle puisse s'incarner hic et nunc.

Mais il lui est nécessaire, pour s'incarner hic et nunc, d'un tentateur à double visage. La concentration sociologique et la dispersion géographique des commerçants juifs précisément dans le secteur concerné, celui de la toilette pour jeunes filles et jeunes femmes, permettent de trouver ce tentateur. Ici intervient le fait absolument imprévu dans la logique endogène du mythe : la présence, dans son champ d'action, de ce bouc émissaire idéal. Du coup, la galaxie mythologique de la traite des Blanches, en extrayant le satellite dont elle a besoin, attire à elle une autre galaxie, qui semblait devoir se disperser dans le ciel des fantasmes, celle du péril juif. L'affaiblissement surtout dans la jeunesse féminine, très faiblement politisée, des répresseurs et inhibiteurs protégeant le juif depuis 1945, permet cette attraction. La symbiose de deux mythes commence. Dès lors, le juif prend en charge un nouveau capital mythologique qu'il fait fructifier, en même temps que cette fructification fait fructifier un antisémitisme naïf, infrapolitique, par cela même archaïque.

Quelle poussée, quelle rupture de digue transforment-elles le pseudo-fait-divers local — deux filles droguées chez Dorphé — en une épidémie de disparitions ininterrompue? Toujours est-il que, dès lors, adolescentes et jeunes filles font sauter la barrière qui protégeait l'univers juvénile de celui des adultes et vont au contraire chercher auprès de ceux-ci la protection. Le mythe, en se répandant chez les femmes adultes, réveille en elles l'angoisse du yéyé et de la nouvelle émancipation des filles, laquelle angoisse leur permet d'être réceptrices au mythe. A travers filles et femmes, tous les malaises issus de la nouvelle modernité juvénile, sociale, urbaine se précipitent dans la dépression cyclonale. L'angoisse devenue commune met en résonance les angoisses archaïques, les angoisses traditionnelles, les angoisses modernes, tandis que tout ce qui isolait et refoulait ces angoisses entre en latence. Dans cette rencontre prodigieuse, et toujours principalement à travers la part féminine de la société, les jeunes et les adultes, le vieil et le nouvel Orléans se rencontrent en une communion hallucinatoire. C'est alors le grand épanouissement de la constellation mythologique.

Mais cet état de résonance généralisé, ce moment d'épanouissement, ne peuvent être qu'éphémères. Le mythe, à trop s'enfler, doit éclater, à la fois parce que sa crédibilite devient d'une minceur de bulle et parce que son gonflement, déclenchant une première panique agressive, met en alerte la Polis, laquelle, comme le voyait le mythe avec l'extralucidité que contiennent les délires, était affectivement absente de l'univers concret où se déployait la rumeur. C'est alors le tamponnement entre ce mythe qui monte à l'assaut d'une ville, et la Polis.

3. Les anti-mythes

L'anti-mythe spontané : l'incrédulité.

La rumeur n'a pas fait l'unanimité; elle a rencontré des incrédules d'autant plus difficiles aujourd'hui à chiffrer que l'antimythe a opéré une très large dissuasion. Mais ces incrédulités, ilôts de résistance à la rumeur, ne lui ont pas fait obstacle; celle-ci les a contournés, et a poursuivi son cours; on peut penser que les zones d'incrédulité couvrent, non seulement une bonne partie de la population masculine, où le terrain de propagation n'était pas favorable, mais aussi des femmes et des jeunes filles. Répétons-le, nous n'avons pas la moindre idée du pourcentage d'incrédulité chez les personnes atteintes par la rumeur.

Il y a trois types d'incrédulité :

1. L'incrédulité qui, comme la crédulité, se fonde sur la relation personnelle (parenté, amitié); mais qui, à la différence de la crédulité ne se fonde pas sur des témoins imaginaires mais sur les commerçants incriminés : « Je les connais, ce sont des amis, ils sont incapables d'une chose pareille. » Ce n'est pas le mythe qui est rejeté, c'est l'aptitude des parents ou amis à commettre un forfait. Cette zone d'incrédulité est assez restreinte.

2. La prudence vérificatrice. Il ne s'agit pas d'incrédulité à proprement parler, puisqu'il n'y a pas de rejet immédiat du mythe. Il y a un mélange d'incrédulité et de crédulité, qui déclenche un processus de vérification; ce processus est quasi automatique chez les policiers qui vérifient auprès de leur propre administration s'il y a eu ou non disparition; rares sont ceux qui, dans la population, remontent à la source policière, comme M. Rebaudet. *Encore*

plus rares, semble-t-il, sont ceux pour qui la non-arrestation des commerçants chez qui la police, selon la rumeur, aurait découvert les femmes droguées, et le silence de la presse constituent la preuve patente de la fausseté de la rumeur.

3. L'examen critique, non pas de la véracité du « on dit », mais des caractères intrinsèques du mythe. C'est l'incrédulité qui naît de l'incrédibilité du mythe. Il y a tout d'abord une incrédibilité analytique, qui isole le maillon défectueux dans la chaîne du scénario : « Il y a des vendeuses, tout de même! », dit une jeune coiffeuse incrédule dont l'acuité critique s'appuie sur sa propre expérience (mais il est remarquable que cette réaction n'ait pas été générale chez les employées des magasins). Il y a une incrédibilité synthétique, qui jaillit de l'énormité même du mythe : « Mais c'est ridicule » (patronne de La Ripaille). Cette incrédibilité synthétique peut s'allier à une dissociation du mythe en ses données plausibles et invraisemblables : « Il y a traite des Blanches, d'accord, il y a peut-être des disparitions... mais ce n'est pas possible que ça se passe chez Dorphé. »

Tous ces incrédules vont pulvériser la rumeur en cancans, ragots, racontars, mais ne percevront pas qu'elle est portée et qu'elle porte un mythe puissant, comme ils n'en apercevront pas l'aspect antisémite. Aussi l'incrédulité a fait fonction de résistance individuelle au mythe, mais sans jamais pouvoir faire naître une force collective anti-mythe. Elle procurait l'immunisation personnelle, mais non l'anticorps actif.

L'anti-mythe de dissuasion.

L'anti-mythe de dissuasion est constitué par la conjonction des plaintes en justice, des interventions de personnalités, d'associations, d'autorités, des articles parus dans la presse. Il s'agit d'un tout constitué de parties diverses, et on le verra, jusqu'à un certain point hétérogènes voire contradictoires. Mais ce tout comporte un minimun d'unité, d'une part, à la source initiatrice, constituée par un état-major de fait, d'autre part à l'arrivée, où les articles, communiqués, etc. agissent cumulativement sur la population d'Orléans.

D'où la nécessité d'un premier regard d'ensemble, avant l'analyse des éléments particuliers, qui précédera l'ultime regard d'ensemble. Le premier caractère à souligner est que l'anti-mythe est une *force* de dissuasion. Les arguments et les explications qu'il avance sont appuyées par, et vont à l'appui d'actions entreprises par des particuliers, des associations, des partis, et qui visent à mettre en mouvement, non seulement des groupes sociaux, mais les autorités de la Polis, à commencer par la police. L'entreprise de réfutation est intimement liée à une entreprise de condamnation, non seulement morale et politique, mais judiciaire.

1° Démenti et condamnation. Explication et dénonciation.

Ainsi la réfutation des accusations portées par la rumeur ne cherche pas à faire une enquête qui prouverait l'absence de disparitions, l'absence de souterrains, etc. Elle veut faire une enquête chez les accusateurs. Elle ne cherche pas à obtenir des démentis, mais elle cherche à fonder le démenti dans la dénonciation et la condamnation. Elle se fonde sur la proposition « c'est condamnable, donc c'est faux » plus que sur la proposition « c'est faux donc condamnable ». C'est une condamnation que l'action anti-mythe demande aux autorités de la ville, et, c'est a la rigueur, devant la réticence de la mairie et de la préfecture à s'engager, qu'elle accepterait un pur et simple démenti. Tout se passe comme si l'action anti-mythe sentait que le simple démenti ne peut que renforcer un mythe à l'état virulent, selon le syllogisme anti-aristotélicien qui trouve parfois sa confirmation : « on dément, donc c'est vrai ». Ainsi le démenti, s'il n'émerge jamais en tant que tel, à l'état isolé, est impliqué avec virulence dans la contre-accusation dissuasive : « mensonge, calomnie ».

2° De même l'explication proposée de l'affaire est inséparable d'une dénonciation. Toutefois l'anti-mythe veut aller au-delà de la simple et pure dénonciation de la calomnie. Il propose ou plutôt veut imposer, une explication cohérente et globale qui rende compte à la fois du mythe et de la rumeur.

Il va lutter contre une rumeur informe, insaisissable comme le vent, portée par tous et par personne, sans affiches, sans tracts, sans graffiti, sans signature, en lui donnant une forme, une structure, un visage, un auteur, un but. La rumeur n'est pas seulement une calomnie, c'est une « campagne de calomnie ». C'est une « campagne de calomnie », une « odieuse cabale », qui vient du fascisme et qui aboutit au fascisme, et cette calomnie a un visage : c'est l'antisémitisme.

Le « complot antisémite ».

La démarche explicative de l'anti-mythe suit deux lignes fondamentales :

1. La constitution d'un schéma qui ramène le phénomène nouveau, d'Orléans à un phénomène connu à la fois dépassé et condamné. Ici, l'anti-mythe a immédiatement dégagé deux modèles; le premier est celui de la « médiévalité », c'est-à-dire d'un univers d'arriération mentale, de chasse aux sorcières, de superstitions, de frayeurs ridicules; mais ce modèle a surtout servi d'appoint au modèle contemporain le plus barbare et le plus étranger et dont on a eu expérience directe : le modèle hitlérien. Si la force explicative du thème hitlérien est mince, sa force dissuasive est grande, car elle permet à la fois de frapper fort et de dériver sur l'étranger, c'est-à-dire de dénoncer comme étranger à la communauté autochtone le mythe qui lui aurait été inoculé à son insu. C'est identifier le mythe à l'ennemi qui a occupé Orléans et la France, qui a été responsable des horreurs concentrationnaires et auquel personne ne peut *s'identifier*.

2. La tendance à localiser la cause et l'origine du phénomène dans l'action consciente et volontaire d'agents maléfiques.

C'est évidemment le complot (« odieuse cabale », « campagne de calomnies ») qui permet à la fois de résoudre le problème de la causalité et de la responsabilité de la rumeur. Il rend compte de ses caractères occultes et obscurs, surmonte la difficulté d'en percevoir l'origine et la finalité, et du même coup explique son aptitude à duper d'innocentes populations. Le complot permet d'utiliser les mêmes structures mentales que le mythe, mais en inversant le sens : il y a eu complot, non des (commerçants) juifs, mais contre les (commerçants) juifs. L'idée du complot naît spontanément chez les commerçants juifs qui ont tendance à se voir victimes, soit d'une machination très concrète de concurrents, soit d'une opération antisémite. De même, les militants antiracistes ou antifascistes alertés cherchent le complot. Renée Cosson réagit immédiatement le 2 juin : « C'est un complot antisémite... ça vient d'un milieu politique fasciste, ça ne peut venir que d'un milieu fasciste. » Katian, de la Maison de la culture, alerte l'abbé Sejourné : « Affaire anti-juive... Action française. » Le thème du fascisme unifie l'aile gauche de l'anti-mythe, la plus décidée, la plus active, mais en fait il se disperse.

Selon que l'on retienne l'acception restreinte ou élargie du terme fasciste, on cherche soit du côté des groupements d'extrême-droite, soit du côté du parti gouvernemental; certains cherchent même à discerner dans l'affaire la preuve d'une liaison occulte entre l'U.D. V[e] et les groupes fascistes, et font des groupes C.D.R. ou S.A.C. les agents du complot. Certains se limitent au complot local et s'efforcent de le relier aux actions d'un commando « fasciste » en mai-juin 68 où aurait été compromis le fils d'un ministre; d'autres y voient le ballon d'essai d'un vaste complot à l'échelle nationale : « Ça vient de très haut et ça ira très loin » (Renée Cosson). La police elle-même devient impliquée dans le complot; si elle ne trouve pas les coupables, c'est qu'elle ne les cherche pas; « La police sait très bien ce qu'elle fait » (un orateur gauchiste à la maison de la culture). L'anti-mythe reprend le thème du pouvoir occulte sur la ville, mais cette fois le maire, la police, la justice, sont gangrénés non pas par les juifs, mais par un fascisme caché derrière le pouvoir étatique et (ou) municipal.

Sur le thème du complot, l anti-mythe se disperse, voire se divise; mais de la machination d'un concurrent antisémite (qui aurait renvoyé son laveur de carreaux parce qu'il travaillait chez ses rivaux juifs et aurait exigé des certificats de baptême de ses employés) au gigantesque complot visant à instaurer le fascisme en France, du complot strictement antisémite au complot utilisant l'antisémitisme dans des buts anticommunistes ou anti-populaires [1], le complot est la structure anti-mythe fondamentale, elle-même, faut-il le dire, mythologique.

1. Et au complot d'origine arabe. A Paris certaines personnes dans les organisations juives se demandent s'il ne faut pas chercher du côté des étudiants arabes qui se trouvent au campus de la Source (Université d'Orléans).

Faiblesse et force de l'anti-mythe.

La force et la faiblesse de l'anti-mythe sont étroitement liées. Sa force de dissuasion principale — l'intimidation — est liée à son faible pouvoir d'élucidation. Certes, il apporte une lumière crue sur la face cachée du mythe, son caractère antisémite, mais cette lueur est en même temps aveuglante et comporte son point aveugle. Cette lumière confond le virtuel et l'actuel, le possible futur est la réalité d'aujourd'hui. Elle plonge dans l'ombre brusquement l'autre face du mythe, qui est la traite des Blanches ou ne la considère que comme simple rampe de lancement. Elle ne rend pas compte du caractère nouveau du thème antisémite.

L'anti-mythe porte en lui des germes d'explication de la rumeur, quand il note son caractère quasi médiéval. Mais il écarte le phénomène de la rumeur en tant que tel, comme si la reconnaissance de son mode de propagation spontané, semi-inconscient risquait d'atténuer la condamnation. Effectivement, ceux qui reconnaissent ou soulignent que la rumeur est constituée de « ragots », « cancans » affaiblissent par là-même la thèse de la campagne orchestrée ou de la cabale, qui fait la force de choc de l'anti-mythe. L'ébauche de vérité sur laquelle mettent les doigts les modérés est quasi démobilisatrice : on retrouve le vent, le tout le monde et personne, l'ennemi invisible et sans nom.

Et ici on retrouve l'autre faiblesse-force de l'anti-mythe. Il a besoin d'une structure mythologique, homologue et antagoniste à celle du mythe qu'il combat. Le complot ne sert pas seulement à localiser-nommer-dénoncer l'ennemi, et par là-même à innocenter l'ensemble d'une population, qui, mystifiée, devient victime à sa manière. Il devient le moyen de communiquer avec les structures mentales qui ont nourri le mythe, et un des effets de l'anti-mythe fut de déplacer l'épicentre du complot, hors des commerçants juifs, sur d'autres commerçants, — des Allemands, et bien sûr les fascistes. Si, comme il est plausible, les « fascistes » n'ont joué aucun rôle direct dans l'origine et la propagation du mythe, ils sont là pour se substituer aux juifs dans la fonction de bouc émissaire — non plus de la traite des Blanches certes, mais de la rumeur criminelle, de l'angoisse, du scandale et de la colère. La seule et importante différence est qu'il n'est pas déraisonnable d'attribuer une activité antisémite à des antisémites, alors qu'il est délirant d'attribuer la traite des Blanches à des juifs.

Ainsi l'anti-mythe est aussi, par certains de ses traits, un mythe. Un autre anti-mythe était-il possible? L'élucidation aurait-elle permis la dissuasion? Cette question est, dans le fond, tragique.

Les variantes anti-mythes

1. L'anti-mythe, dans sa force de frappe la plus résolue tend à englober tous les éléments que nous avons dégagés. Il pourrait s'énoncer ainsi : « C'est une cabale antisémite de caractère moyenâgeux et surtout hitlérien qui a déclenché une campagne de calomnies dont les promoteurs relèvent des tribunaux. »

Toutefois cet énoncé n'a pas été totalement endossé par tous ceux qui se sont opposés à la rumeur; il y a des versions fragmentaires, de l'anti-mythe. Plus elles sont fragmentaires, plus elles correspondent à une attitude modérée.

2. Ainsi l'anti-mythe restreint, dénonce l'odieuse cabale, la campagne de calomnie, mais laisse indéterminée la source et l'origine; l'antisémitisme n'est pas ou peu évoqué et dans ce cas, il apparaît plutôt comme « relent » que comme ferment.

3. L'anti-mythe minimal élimine la cabale et la campagne de calomnies; il retient essentiellement le cancan, le ragot, la « bêtise » des gens, et rejoint par là, l'incrédulité, attitude critique et raisonnable spontanée, méprisante à l'égard du mythe et surtout, de la rumeur, mais dénuée de toute force offensive.

Chacune de ces variantes porte en elle, virtuellement, une politique. S'il y a complot, il faut frapper le complot. S'il y a campagne, il faut dénoncer la campagne. S'il n'y a que ragots et cancans, il faut hausser les épaules, tout au plus démentir...

Ainsi, c'est bien le thème du complot qui unifie l'action anti-mythe. Mais il la divise en même temps. Il y a ceux qui tout en dénonçant la cabale, se refusent à l'identifier, soit par prudence critique, soit par prudence politique; ceux qui veulent modérer la politisation de l'affaire sont du reste en général ceux qui sont politiquement des modérés. Il y a ceux qui situent le complot hors de la politique stricto-sensu, dans d'âpres rivalités professionnelles (cette thèse, bien que rarement formulée dans la presse, et seulement à titre d'hypothèse, court toutefois, on le verra, dans divers milieux), et ceux qui veulent la localiser dans la politique. Ici encore, les variantes apparaissent, selon que l'on cherche la localisation dans l'extrême-droite [1] (Action française, Occident) ou dans la droite classique, voire dans le parti gouvernemental, selon que l'on cherche, par ce complot-même, à identifier le parti gouvernemental au fascisme.

Mais ici déjà, l'affaire entre profondément dans les canaux et les clivages de la politique locale et nationale. L'anti-mythe va se trouver nécessairement transporté, attiré et rejeté à gauche, et le parti gouvernemental va s'employer désormais à réduire, voire étouffer l'anti-mythe, qui met en cause soit sa complicité, soit son inaction.

Les effets de l'anti-mythe.

Nous avons déjà diagnostiqué les effets de l'anti-mythe : la rumeur fut anéantie, mais donna naissance à une prolifération de sous-rumeurs, encore persistantes à la mi-juillet; le mythe fut disloqué, mais il y eut naissance et grouillement de mini-mythes. Il y a donc efficacité globale de l'anti-mythe, mais ce qui est important ici de percevoir, ce sont les limites de son efficacité.

1. *Les résidus.*

L'anti-mythe, bien qu'axé essentiellement sur l'antisémitisme, a atteint la croyance qui portait la rumeur. Mais il ne l'a pas véritablement frappée au cœur. Il a disjoint le hic et le nunc du trafic, mais il reste un hic et un nunc séparés, mais tenaces. L'idée reste, non seulement que « la traite des Blanches, ça existe », mais qu'il y a eu vraiment une affaire de traites des Blanches, déformée peut-être par la rumeur, mais occultée en tout cas par l'anti-

1. Bien entendu, le complot est non pas dépolitisé, mais hyperpolitisé lorsque l'anti-mythe antifasciste refuse au fascisme la dignité politique pour le considérer comme malfaisance criminelle pure et simple.

mythe. Plus profondément, l'anti-mythe n'a pas atteint l'idée qu'il y a quelque chose de louche dans la ville. Il l'a presque confirmée.

2. *Les boomerangs secondaires.*

D'autre part, les projectiles décochés par l'anti-mythe sont revenus le frapper par un choc en retour, non pas certes exactement comme un boomerang, où le retour est prémédité dans le jet lui-même, mais renvoyé en rebond avec une percussion atténuée, par le mythe lui-même.

Ainsi la publicité faite à l'affaire a eu un effet boomerang. Si la presse en a fait état, c'est qu'elle est avide de sensationnel et que les journalistes sont en mal de copie. Cette publicité est même conçue comme une habileté publicitaire des commerçants apparemment victimes. D'où la phrase narquoise lancée au journaliste de télévision : « il faut bien que la presse se vende et que le commerce marche ».

Dans un autre sens, la publicité faite aux juifs, attirant l'attention sur eux, attire l'attention nécessairement sur la mystérieuse différence qui les sépare des autres, jusque dans leur aptitude à attirer la calomnie sur eux. Le « ils ne sont pas comme nous autres » s'accroît. C'est bien ce qui inquiétait le commerçant Félix, préférant la politique du caméléon qui se fond dans le paysage, craignant que le boomerang soit l'effet principal de l'action anti-mythe.

De même que le démenti provoque le sentiment secondaire qu'il cache une confirmation, de même, et en vertu du principe cardinal qui domine toute l'affaire d'Orléans, et selon lequel il n'y a pas de fumée sans feu, l'importance, la puissance et la virulence de la mobilisation anti-mythe laissent supposer qu'il y a eu quelque chose de très sérieux et de très mystérieux qui s'est trouvé mis en cause par la rumeur.

Enfin, la peur, provoquée par la plainte en justice et par la force de dissuasion de l'anti-mythe, provoque une vague hostilité. L'anti-mythe va susciter un ennemi nouveau, celui du parti du silence, vaste coalition embrassant tous ceux qui veulent oublier et faire oublier l'affaire. Dans le même mouvement, il va susciter un anti-anti-mythe.

L'anti-anti-mythe.

L'anti-anti-mythe n'est pas tant, ni seulement la réaction de défense du mythe frappé durement par l'anti-mythe. C'est la conjonction des résidus, des boomerangs, du parti du silence, de forces politiques, et qui déplacent le centre d'intérêt de l'affaire non plus en mai, mais en juin, non plus sur le mythe mais sur l'anti-mythe. Ici, réapparaissent les processus de rationalisation qui tendent à comprendre-dénoncer un phénomène comme complot. L'anti-mythe devient une machination politique montée par la subversion, avec toute une gamme de possibilités : de la subversion large (la gauche politique) à la subversion restreinte (les communistes, voire plus rarement les gauchistes, lesquels sont identifiés aux communistes dans les bas niveaux de la conscience politique). Et il y a, ici encore, la possibilité de fédérer toutes ces oppositions, c'est-à-dire de voir dans l'anti-mythe lui-même la preuve que tous les opposants sont liés.

A cela s'ajoute sourdement l'idée que les juifs eux-mêmes, soit profitent de la circonstance pour jouer aux martyrs, et faire du tapage, selon leur habitude, pour échapper aux reproches très précis qu'ils méritent, soit qu'ils ont été les organisateurs de toute l'affaire. Ainsi, les juifs auraient été les instigateurs à la fois de la rumeur et de la contre-rumeur. On arrive à la rationalisation antisémite ultime où le juif est responsable de tout ce qui est scandale, y compris de l'antisémitisme, non seulement dans le sens où l'antisémitisme serait provoqué par l'attitude méchante du juif, mais aussi dans le sens où c'est sa méchanceté qui susciterait consciemment l'antisémitisme pour en faire retomber ensuite la responsabilité sur les gentils.

Le micmac syncrétiste.

Mini-mythes, anti-mythes, boomerangs, anti-anti-mythe, tout cela se mêle et tourbillonne dans un grouillement de mini-rumeurs en juin-juillet 1969. La seule structure solide est celle du complot; elle soutient des systèmes antagonistes et les esprits incertains peuvent passer d'un complot à l'autre et mélanger les complots; elle laisse au moins une certitude, c'est qu'il y a eu complot, on ne sait pas de quoi ni de qui.

Le micmac syncrétiste vient de l'effort des gens pour y voir clair, en faisant un mélange éclectique du mythe, de l'anti-mythe, de l'anti-anti-mythe. Pour les uns, tout s'explique par une lutte entre deux clans rivaux ou concurrents, ce qui expliquerait la double machination, la première était la rumeur provoquée par les uns, la seconde étant la campagne provoquée par les autres. Une femme de ménage fait appel à l'antique sagesse des petites gens pour voir dans « tout ça » « une bataille entre les gros » qui ont manipulé les « petits », comme ces guerres entre peuples que suscitent les marchands de canons.

La thèse déjà syncrétique qui expliquait la rumeur par une manœuvre de la firme allemande implantée dans la région s'enrichit, impliquant les communistes et de Gaulle. On retrouve vaguement le schéma de la résistance, où les communistes se battaient contre les Allemands, mais on ne voit plus très bien où se situent les gaullistes. Au début de juillet règne un micmac de rumeurs larvaires, incohérentes, se parasitant ou copulant les unes avec les autres... On doute des progrès de l'élucidation...

Ce doute est fondé : il reste un résidu inexpliqué par l'anti-mythe comme par l'anti-anti-mythe, et ce résidu est sans doute l'essentiel. Il y a un besoin puissant, formidable, unanime de trouver la cause intelligible, non plus seulement de la rumeur, mais de tout ce qui s'ensuivit. Il y a ce besoin de découvrir ce feu d'où sort tant de fumées, ce feu qui couve toujours quelque part, et dont on ne sait pas que les efforts magiques pour en découvrir la cause font partie de ces fumées. Il y a l'impossibilité à se passer d'un coupable, et ce besoin, soit pourchasse un bouc émissaire devenu baladeur, soit conserve l'ancien coupable en modifiant son forfait, choisit le coupable idoine dans le bric-à-brac des mini-mythes.

Ainsi l'anti-mythe de dissuasion, s'il a été immédiatement efficace, a laissé dans l'ombre de vastes régions du mythe, a obscurci en même temps qu'il élucidait, a provoqué des boomerangs et même un anti-anti-mythe. Qu'aurait-il fallu, que faudrait-il pour susciter un anti-anti-anti-mythe, c'est-à-dire pour une élucidation critique permanente?

4. Conducteurs et anticorps

I. LES MILIEUX CONDUCTEURS

C'est une rumeur qui a traversé les barrières d'âge, de classes sociales et partiellement de sexe... Mais il y eut des milieux meilleurs conducteurs que d'autres.

1. En premier lieu, par ordre de conductibilité, la jeunesse féminine. Peut-on faire des différenciations au sein de cette catégorie globale? Dire les adolescentes (autour de dix-sept ans) plutôt que les jeunes filles (autour de vingt-deux ans)? Les lycéennes (issues des classes moyennes principalement) plutôt que les vendeuses, secrétaires, ouvrières (c'est-à-dire issues de milieux populaires)? Les lycées et collèges ont été, nous a-t-il semblé, les lieux privilégiés et premiers de l'incubation, mais cela tient-il à l'âge ou au recrutement social de leur population, ou au vase clos, bouillon de culture, que constituent la classe et la récréation? Nous hésitons ici à formuler même une préférence hypothétique.

2. Les milieux spécifiquement féminins plutôt que les milieux spécifiquement masculins.

Est-ce dire que les milieux féminins seraient particulièrement cancanogènes et papotagéophores par rapport aux milieux masculins? Il peut sembler en effet que les lieux de bavardages masculins (cafés, bureaux) soient plus tournés vers les histoires publiques tandis que les lieux de commérages féminins soient plus tournées vers les affaires privées. Mais il nous semble plus important de proposer que l'incrédulité chez l'homme serait plus liée à une expérience plus grande de la Polis et que la tendance à la vérification chez les hommes viendrait moins d'un esprit critique plus grand que d'une aisance à se mouvoir dans les rouages de la Polis [1] (comme, par exemple, se rendre chez le commissaire de police pour vérifier). *Mais l'essentiel est, à notre avis, surtout ceci : le fantasme de la traite des Blanches est un fantasme parce qu'intimement féminin.*

3. Les milieux jeunes plutôt que les milieux adultes et âgés, avec ces deux remarques : *a*) qu'il n'y a pas une brusque discontinuité entre l'âge jeune et l'âge adulte, c'est-à-dire que celui-ci n'apporte, du moins dans ce cas, aucune expérience décisive; *b*) qu'il y a peut-être un regain de crédulité chez les gens âgés, dont l'ignorance des conditions de la vie moderne serait un terrain propice au mythe.

4. Les classes moyennes et populaires urbaines ainsi que les couches semi-rurales des environs plutôt que l'intelligentsia et la haute-bourgeoisie, du reste, peu prévenue dans son isolement, sinon par la confidence de la bonne ou celle de la dactylo, et prête à accueillir avec une ironie condescendante les fantasmes populaires.

Faut-il mettre l'accent sur les classes moyennes? sur les couches semi-rurales? sur les couches ouvrières? De toute façon il semble que ni les couches moyennes n'aient trouvé dans la culture urbaine-bourgeoise les lumières qui la distingueraient des couches sous-éduquées, ni que la classe ouvrière ait bénéficié dans sa conscience de classe d'un radar à détecter cette mystification. De toute façon, aucune de ces couches ou classes, à l'époque infra-politique du mythe en tout cas (mai 69) n'a présenté des résistances spécifiquement remarquables à la rumeur.

Ce n'est que dans la seconde phase (juin-juillet) où l'épicentre de l'affaire se déplace du mythe de la traite des Blanches vers l'idéologie et les conflits politiques que nous voyons apparaître des clivages; la haute-bourgeoisie et une partie des classes moyennes penchent pour étouffer l'anti-mythe, lequel (supposons-nous sans disposer du moindre indice) se propagerait dans les zones populaires où joue l'influence des partis de gauche.

1. Le militaire de carrière, qui vit dans sa caserne, à la périphérie de la Polis, semblerait avoir été apte à la crédulité.

En fait, le mythe a trouvé ses meilleurs conducteurs, grosso modo, dans les zones de sous-culture politique. Entendons le mot politique, non dans son sens restreint, mais dans le sens proche du concept matriciel de Polis, qui englobe la connaissance des mécanismes administratifs, économiques, sociaux et politiques de la cité et du milieu urbain.

Ces zones de sous-culture se trouvent évidemment à la périphérie sociologique de la Polis chez les jeunes, les femmes, les vieux, mais on les trouve aussi à la périphérie géographique (banlieusards, semi-ruraux), dans les classes subordonnées (ouvriers, employés), dans les milieux clos (ateliers, lycées) comme dans les strates sociales arrosées de façon quasi exclusive par la culture de masse (couches moyennes et populaires) : *autrement dit un peu partout.* Disons alors que c'est là où se retrouvent plusieurs de ces déterminations qu'il y a eu le meilleur terrain conducteur, c'est-à-dire dans la jeunesse féminine, qui est sociologiquement périphérique à double titre, parce que jeune et féminine, vivant dans le milieu clos des lycées et des bandes, et, ou qui consomme intensivement la culture de masse (jeunes filles des milieux salariés populaires). Ce qui nous renvoie à nos constatations premières, mais en réattirant notre attention sur le double clivage juvénile/adulte et féminin/masculin.

Le clivage juvénile/adulte est radical à l'origine, puisque la rumeur incube en milieu juvénile dans l'ignorance des adultes, mais il disparaît à partir du 20 mai. Le pont temporaire qui s'établit entre les âges est peut-être un des éléments les plus remarquables du phénomène d'Orléans. Mais même à ce moment-là le mythe est ressenti différemment, et les fantasmes continuent à faire chambre à part.

Le clivage masculin/féminin est visible dès la source juvénile de la rumeur, mais la rumeur circule aisément chez les garçons. C'est au niveau adulte qu'il apparaît comme le vrai grand clivage de toute l'affaire. Non pas, répétons-le, que les hommes aient été incrédules. Mais ils ont filtré la rumeur et n'ont que flirté avec elle : ils en ont recueilli le côté anecdotique, libidineux, voire sémitique, mais sans la vivre vraiment de l'intérieur. Toute notre enquête nous rend sensible cette séparation banale, évidente des sexes, mais sur un plan qu'on a généralement tendance à oublier : leurs rêves font vraiment lit à part.

Le grand clivage serait-il avant tout psycho-onirique? Non pas, *il nous renvoie à des expériences irréductibles, où se rencontrent, s'entredéterminent et s'entremêlent le biologique, l'économique, le sociologique et le psychologique, et qui sont les conditions : la condition féminine, la condition juvénile.*

Comme les problèmes de conditions chevauchent les différentes classes sociales (bien que se posant en degrés différents ou en termes sociaux différents), comme de plus le mythe posait secrètement les problèmes généraux de la ville et de la modernité, on comprend son caractère interclassiste, traversant les différentes et hétérogènes catégories sociales. Il n'empêche que son sens a été profondément modifié selon les milieux sociaux. Passant entre les mains des femmes adultes, le mythe est devenu une arme contre la trop précoce ou trop grande émancipation de la jeune fille. Passant dans les milieux traditionalistes, il est devenu un discours conservateur. Mais toutes ces différenciations se sont effectuées à partir d'une indifférenciation et dans une grande confusion, ce qui explique la contagion subie par tous les milieux.

Peut-on ramener la confusion interclassiste aux raisons que nous venons d'avancer? Il nous semble qu'il y a autre chose. On peut voir l'un des signes de l'homogénéisation de la société moderne, dans la généralisation d'un immense agglomérat de classe moyenne, sous la houlette de la culture de masse (laquelle, rappelons-le, a semé la rumeur d'Orléans), et où l'affaiblissement de certaines grandes barrières de classe permet désormais une circulation d'éléments mythologiques ou idéologiques de caractère très généraux ou très ambivalents.

On peut y voir aussi les symptômes psycho-sociaux d'un état confusionnel analogue par certains traits à ceux qui ont permis le développement des fascismes occidentaux modernes. Il y a, dans les deux cas, rencontre de couches hétérogènes de la population dans un même discours, profondément ambivalent, où chacun croit se reconnaître, et où se mêlent des poussées révolutionnaires piétinantes et frustrées (ici l'émancipation féminine, et plus largement une sourde poussée à changer la vie), les peurs, des giclées fantasmatiques tantôt déchaînées, tantôt captées par les forces conservatrices.

A Orléans, il est frappant qu'un mythe émanant des secteurs à la fois très modernistes, politiquement incultes, et très mal dégagés des craintes entretenues par une dépendance millénaire, ait pu d'une part, commencer à déclencher une hystérie collective avec son bouc émissaire juif, d'autre part devenir un discours conservateur. Il est frappant que dès l'origine. quelques matériaux de base du discours moderniste soient empruntés à la même mythologie archaïque qui a servi de support aux idéologies réactionnaires du passé. Il est frappant que l'extrême audace du désir déclenche dès le départ une peur régressive.

Dans ce sens, l'anti-mythe aurait été à la fois extrêmement lucide et extrêmement aveugle en parlant de fascisme. Aveugle : il visait un phénomène politique alors que la rumeur d'Orléans était infra-politique, dans tous les sens forts du mot Polis. Pourrait-on parler de fascisme féminin extralucide? Il y avait à Orléans à l'état larvaire, des processus analogues, une confusion mythologique analogue à ceux et celles qui ont pu nourrir les développements fascistes ou être captés par eux.

Bien qu'elles partent d'optiques théoriques différentes, rien ne nous interdit ici de connecter la thèse, qui considère les nouveaux développements homogénéisants de la société moderne comme analogues aux phénomènes qui ont constitué le bouillon de culture du fascisme; l'homogénéisation, loin de contredire, favorise des ferments psycho-sociaux, encore immergés sous la Polis, mais qui pourraient développer dans les conditions socio-politiques favorables — quoi? On ne peut penser encore ce quoi, mais il faut y penser.

Quoi qu'il en soit, les différents éclairages que nous avons projetés sur l'interclassisme de la rumeur nous font mesurer l'étendue d'une inculture. Celle-ci nous apparaît, non pas comme le résidu d'une ignorance en voie de dépérissement, car elle se rétrécirait alors aux couches trop peu urbanisées ou trop peu socialisées. Elle se développe dans les conditions de vie et de travail modernes, autant dans les couches moyennes que dans les couches populaires, autant dans les secteurs tertiaires que dans les secteurs productifs. Les moyens de communication modernes, s'ils ont permis de lutter contre la rumeur d'Orléans, lui ont apporté, avec les basses eaux de la culture de masse, leur germe.

II. LES ANTICORPS

Ils ont été constitués, par ordre d'entrée en scène et par ordre d'importance, par :

— les victimes,
— la communauté israélite,
— les militants antiracistes,
— les ou des militants politiques de gauche (dans le sens vague du terme incluant les gauchistes, les communistes, les PSU, les socialistes, les chrétiens de gauche, les radicaux résiduels),
— et simultanément une partie de l'intelligentsia.

III. L'INTELLIGENTSIA AMBIGUË

Ce qui nous a le plus frappé est la carence des enseignants, auprès de leurs élèves et de la population au moment où la rumeur incubait, puis se déchaînait; certains même, ou plutôt certaines, car il s'agissait d'établissements féminins, ont cédé, voire contribué à la rumeur. « Il faut regretter que des membres du corps enseignant soient intervenus auprès de leurs élèves pour leur demander de ne pas se rendre dans les magasins mis en cause », a déclaré un militant antiraciste au cours de la réunion de la L.I.C.A. Bien sûr, l'aspect antisémite n'était pas apparent au cours de la phase d'incubation, voire de généralisation (au point qu'une enseignante juive mit en garde, elle aussi, ses élèves), mais l'aspect délirant du mythe aurait pu alerter.

Au moment de l'offensive anti-mythe, un certain nombre d'enseignants se mobilisent de façon militante, mais non le gros de la troupe. La F.E.N. fait un communiqué de dénonciation qui ne présente rien de particulièrement remarquable parmi les autres communiqués. Les professeurs de l'université de la Source sont restés quasi en dehors de l'affaire. Bien sûr, la Source est géographiquement et quasi sociologiquement extérieure à Orléans, de nombreux professeurs sont parisiens et vivent dans la métropole. Mais le fait qu'elle soit demeurée à l'écart est un signe d'inertie.

Ecartons ici l'enseignement supérieur. Concentrons-nous sur l'enseignement secondaire féminin, où la carence est patente. Nous expliquerons cette carence par la conjontion de trois séries causales :

1. Les enseignantes, et surtout les nombreuses jeunes femmes, vieilles filles, et femmes âgées, sont, de par leur sexe et leur âge, dans la catégorie des bons conducteurs du mythe. Mais pourquoi cette appartenance a-t-elle pu submerger en de nombreux cas, l'appartenance à la classe cultivée?

2. Ici intervient une réaction allergique propre à la classe enseignante; pour les éducateurs, porteurs des humanités classiques, la culture adolescente moderne, dite yéyé, est le ferment de l'abêtissement, de la dissipation des élèves; le yéyé est la mauvaise culture qui chasse la bonne; c'est l'ennemi culturel qui substitue Sylvie Vartan à Racine et à la racine carrée, qui fait bayer aux corneilles et bâiller à Corneille, qui fait préférer Jean-Claude à Blaise (Pascal). N'ont-elles pas vu, ces enseignantes, l'occasion de porter un coup conjugué au yéyé et à la mini-jupe, en dénonçant ces magasins de frivolités qui cachent perdition et perversion? N'ont-elles pas vu l'occasion de récupérer une autorité perdue, et soudain réofferte par les adolescentes elles-mêmes affolées par leurs propres fantasmes? Ou du moins n'était-ce pas l'occasion d'ouvrir enfin un dialogue? Comme dit une militante d'action catholique « l'aspect positif, c'est que ça nous a permis d'aborder avec les jeunes un certain nombre de sujets ».

3. Tout ceci doit s'inscrire dans la crise très générale et très profonde du corps enseignant; sous l'assaut de la culture de masse, dans la crise générale des humanités, un esprit de renoncement se mêle aux progrès de l'esprit fonctionnaire ou petit-bourgeois; l'enseignement devient de moins en moins une mission d'*Aufklärung* [1]

1. *Aufklärung :* l'équivalent dans l'histoire de la pensée allemande de l'époque des lumières en France. Les expressions allemandes *Aufklärung* et *Aufklärer* (celui qui apporte les lumières) ont été préférées aux termes français, parce qu'elles expriment d'une manière plus riche et ramassée, la fonction quasi sacerdotale d'introducteur des lumières de la raison, d'éveilleur de l'esprit, qui a été pendant longtemps celle de l'enseignant.

et de plus en plus un métier. A ceci, il faut ajouter que l'enseignement devient lui-même un élément sous-cultivé dans et sur le monde moderne. Ce n'est pas dans les sondages d'opinion ou dans les enquêtes sociologiques, parcellaires ou bureaucratisées, ce n'est pas dans les idéologies à sa disposition qu'il va trouver les éléments de compréhension de la vie quotidienne et des phénomènes sociaux concrets. La traite des Blanches est un phénomène aussi mystérieux, aussi mythologique, pour l'enseignante que pour son élève, et le savoir qu'elle peut en avoir, puise aux mêmes sources; la connaissance du yéyé, de surcroît, lui est purement fantasmatique et les mœurs de la jeunesse quotidiennement côtoyée lui sont moins connues que celles des tribus amazoniennes sur lesquelles elle dispose des connaissances de l'ethnographie.

Si l'enseignement, ancienne place forte de l'intelligentsia, a été un point faible dans l'affaire, la Maison de la culture, par contre, a été son point fort. C'est que la Maison de la culture est un *nucleus* politico-culturel de caractère militant, où se concentrent les activistes culturels issus des diverses couches de l'intelligentsia, y compris étudiants et lycéens, et où le gauchisme est présent, voire influent. Aussi la Maison de la culture a-t-elle joué un rôle anti-mythe de choc en prenant l'initiative d'une pétition populaire (mais qui semble n'avoir obtenu qu'un millier de signatures), et en organisant la grande réunion du 8 juin sous la présidence de Louis Guilloux. Mais là aussi la force de dissuasion fut inversement proportionnelle à la force d'élucidation...

Notons enfin pour mémoire la question des étudiants sur lesquels nous sommes extrêmement peu informés. Ceux-ci vivent quasi exterritorialement à la Source; le mythe s'y est diffusé vers le 20 mai, et ne semble pas y avoir joué un rôle virulent. De même l'anti-mythe. Nous n'avons pu soumettre au moindre examen l'hypothèse que nous a soumise Léon Poliakov, et selon laquelle le pro-arabisme de la gauche étudiante aurait inhibé les mécanismes de rejet de l'antisémitisme. Ce qui nous est apparu, en tout cas, est qu'aussi bien à la Maison de la culture qu'aux deux C.A.L. lycéens, le gauchisme s'est manifesté de façon extrêmement virulente contre la rumeur, en visant à la fois le fascisme, le pouvoir et la police. D'une façon générale, il ne semble pas que l'antisionisme qui se développe dans l'intelligentsia de gauche ait joué un rôle, direct ou secondaire, dans la passivité d'une bonne partie de l'intelligentsia orléanaise. Mais nous n'avons nullement enquêté sur cet aspect de la question, nous bornant à examiner l'hypothèse avec les maigres indices dont nous disposons.

En tout état de cause, l'intelligentsia nous présente deux visages, selon que l'on considère deux pôles d'influence; d'un côté, le corps enseignant, de l'autre la Maison de la culture. D'un côté faiblesse et mollesse, mais sans lucidité particulière, voire même graves carences féminines. De l'autre vigueur militante, mais sans ce qui devrait être le rôle propre de l'intelligentsia : l'élucidation.

5. Le « stress » juif

La communauté israélite d'Orléans comptait une trentaine de familles avant-guerre, qui ont été décimées par la persécution nazie. On compte aujourd'hui une centaine de familles, pour moitié rapatriées d'Afrique du Nord. Ce sont des employés et des petits fonctionnaires. Comme nous l'avons déjà vu, la rumeur n'a visé, ni la haute catégorie des juifs français de vieille souche les plus anciennement implantés dans la ville, ni les « vieux » commerçants de la rue de Bourgogne, spécialistes de la confection bon marché, dont l'accent étranger est parfois encore sensible, ni les nouveaux venus méditerranéens, mais la nouvelle vague de commerçants, nés en France, jeunes, modernes, certains étrangers à la ville elle-même, mais par la parisianité et non par la météquité.

La Communauté vivait en état d'immergence cordiale dans la ville, mais sans doute aussi en état de ségrégation invisible et paisible. Il y avait des relations aimables avec des voisins, des amitiés et des camaraderies surtout au lycée avec les non-juifs, mais on se fréquentait entre soi, non pas tant à l'intérieur de la Communauté globalement parlant, mais entre gens du même âge, du même milieu. Tout cela semblait normal aux intéressés, et non pas relever d'une ségrégation imposée de l'extérieur ou voulue de l'intérieur.

La guerre des Six jours, en 1967, n'avait pas créé de faille entre les juifs et la population. En organisant une collecte pour Israël, le président de la Communauté avait éveillé de la sympathie et non de la méfiance. Les juifs se sentaient au contraire plus assurés, sentant rejaillir sur eux le prestige de la victoire éclair des armées israéliennes. Ce n'est qu'au niveau des étudiants de gauche qu'a pu apparaître une brusque cassure, un brusque sentiment de rejet. Pour la première fois, nous dit Monique Amrofel, qui était alors étudiante en lettres, j'ai entendu « toi, tu dis cela parce que tu es juive ».

Les foyers virulents d'antisémitisme avaient été balayés et dispersés avec la « kollaboration ». Pourtant, bien qu'il semblât acquis que les juifs étaient des hommes comme les autres, le sentiment de leur différence s'était largement diffusé. « On va acheter chez les juifs », disait-on depuis la guerre, terme qui voulait dire à la fois « ceux qui vendent bon marché » et ceux « qui ne sont pas comme nous autres ». La réussite rapide des nouveaux magasins pour jeunes femmes montrait qu'ils étaient « malins », qu'ils savent toujours bien se « débrouiller », ils étaient « voleurs » pour vendre si bon marché, mais cela tournait au profit des clientes; tout cela était loin d'atteindre la cote d'alerte au-delà de laquelle les sentiments péjoratifs normaux d'un groupe à l'autre se muent en sourde hostilité.

Ainsi la ségrégation invisible et paisible était, de part et d'autre, inconsciente. Elle nous semble pourtant bien confirmée par le fait que la rumeur se taisait brusquement lorsqu'elle s'approchait des juifs, ou, dans les rares cas où elle parvenait à un juif, taisait le mot juif. Il nous semble plus significatif qu'accidentel que le président de la Communauté n'ait été avisé qu'in-extremis (et par la bande). Son beau-père était orléanais depuis 1880. Il est lui-même orléanais depuis 1932, c'est un homme affable, en contact quotidien et familier avec des dizaines de clients dans son magasin d'appareillage électrique et avec de nombreux camarades de café. Or, c'est le 30 mai à midi qu'une vendeuse d'origine espagnole, qu'il avait recueillie aux lendemains de la guerre civile, l'avisa que, dans son bureau même, des bruits couraient contre les juifs.

Le 30-31 mai, le débordement de la rumeur atteint les commerçants juifs soudainement, brutalement. Ce qui les atteint, ce n'est pas seulement une accusation de traite des Blanches, c'est une menace antisémite, qui, dans les quelques jours qui suivent, va devenir pour eux l'aspect essentiel voire unique de la calomnie. Nous ignorons les remous immédiats provoqués par la métastase du 30-31 mai sur les autres catégories de juifs d'Orléans, et nous suivrons ici la réaction des personnes directement concernées.

C'est un véritable « stress », une perturbation affective extraordinairement violente. Elle dépasse de loin la perturbation économique provoquée par la baisse de clientèle, et qui semble avoir été minime. Mais c'est en faisant état de cette perturbation économique, en l'exagérant, que ces commerçants essaient de traduire une lésion indicible dans un langage qui soit intelligible à tous.

Ce qui surgit en eux, c'est un sentiment de solitude, de détresse, de peur. Des gens sont attroupés devant les trois magasins ce matin du 31 août, et les regardent. D'autres passent lentement en voiture et regardent. « Des gens me regardent dans les yeux », dit Jeannette Buki. Regards hostiles, inquisiteurs, curieux, badauds? Qui le sait? Mais ce que les Licht et Jeannette Buki voient, c'est le regard qui isole, stigmatise, frappe de l'étoile jaune, signifie Drancy, Auschwitz, crématoire. La peur sera brève, mais il restera encore au début juillet, et pour combien de temps, la conscience de la solitude. Une jeune lycéenne, fille d'un des commerçants, se voit (se croit? se sait?) abandonnée, trahie par une très bonne amie. « Elle disait des choses derrière mon dos depuis longtemps... Elle était antisémite. »

L'antisémitisme... A l'antisémitisme encore à demi-virtuel, non dégagé du mythe de la traite des Blanches, circonscrit non sur tous les juifs, mais sur quelques juifs, les victimes réagissent allergiquement. Une petite dose d'antisémitisme a fait l'effet terrifiant du poison. Un germe, un œuf, brusquement éclos dans l'esprit des victimes, a reconstitué le cycle complet de la persécution. En même temps que s'impose aux victimes la situation de persécution, que le magasin devient ghetto et que la rue devient prodrome de progrom, la certitude du complot s'impose. C'est « dirigé, orchestré ». Par qui? Des concurrents? Cette idée première est loin d'avoir tout à fait disparu au début de juillet. Mais au cours du mois de juin les organisations antiracistes et politiques l'ont recouverte par l'idée qu'il s'agit d'un complot venu de sphères politiques occultes.

Certes, au cours de la première décade de juin, les soutiens arrivent, les témoignages de sympathie se manifestent : commerçants du quartier, association corporative; les clientes reviennent. Mais les victimes remarquent que les clientes ne reviennent pas seules. Elle sentent l'indifférence des voisins cordiaux, l'hostilité des silencieux.

La ville est devenue maintenant étouffante. On a envie de partir. « On ne peut plus rester ici... », dit l'un. « Que ferions nous à

Orléans? », dit un autre. Les commerçants d'Alexandrine, juifs malgré eux, parlent aussi de partir. Partir pour Paris, la grande métropole dont la plupart sont venus, partir ailleurs.

Dans cette détresse, Israël apparaît comme le refuge, la bouée. Il n'y a pas de projet d'émigration, mais une famille annule ses réservations en Espagne et partira en vacances en Israël. Une autre est réconfortée par la venue de la télévision israélienne...

Si tous ont ressenti très durement la blessure, le réflexe contre-offensif n'a pas été unanimement partagé. Alors que les jeunes commerçants ont pour la plupart un réflexe *sabra* de riposte, leurs parents âgés, et même l'un des leurs craignent que la riposte aggrave le mal. Les deux commerçants vis-à-vis, Dorphé et Félix, offrent le visage de l'alternative juive. Dorphé fonce, porte plainte, reçoit les journalistes, participe à l'action anti-mythe. Félix ne porte pas plainte, ne parle pas aux journalistes, rentre sous terre, se fond dans le paysage.

Mais parmi les victimes, l'attitude de Félix est isolée, tandis que celle de Dorphé, principale victime, est à la pointe, entraînant le gros. Mais ce gros va se trouver confronté avec la politisation de l'affaire. En général, ils vont se laisser intégrer dans l'action anti-mythe de la L.I.C.A. et du M.R.A.P., sans trop chercher à voir ce qui différencie ces deux mouvements. Mais l'aspect communisant du M.R.A.P. entraîne des réticences chez les uns; la L.I.C.A. pourra sembler à d'autres, soit trop à droite, soit trop à gauche. Dans ce dernier cas, les modérés craignent que l'une et l'autres association rompent le contact avec les autorités officielles dont ils recherchent la tutelle. C'est le président de la Communauté isréalite qui se trouve au croisement de ces lignes de force. Il a encouragé les victimes à porter plainte. Il a vu d'un œil favorable l'entrée en lice des associations antiracistes et n'a pas voulu faire de choix entre elles. Vieux radical-socialiste, il a gardé des contacts cordiaux à sa gauche jusque chez les communistes mais aussi à sa droite. Il s'efforce à ce que sa communauté ne soit pas prise en sandwich dans l'affrontement politique qui s'opère désormais entre l'opposition et le pouvoir. Il recherche un soutien, même modéré ou implicite, des autorités.

Ainsi le président reflète et synthétise les multiples tendances et facettes, qui, sous le choc, se sont fait jour dans la communauté, et y ont provoqué des réactions différentes selon les âges, les professions, les opinions, les origines. Mais en même temps, il reflète le sentiment accru de solidarité et de communauté qu'a déclenché le choc.

Et puis le temps passe, atténue le choc. Le retour commence à s'opérer vers la ségrégation paisible et invisible.

6. Le ressac politique

Dès que la rumeur fait irruption dans la Polis, la politique se met en mouvement. Le 30 mai, Licht est au commissariat. Le commissaire : « Attendez quarante-huit heures, et après allez-y. » Il s'agit de ne pas perturber les deux ultimes journées pré-électorales. Dès le début de la semaine du 2 juin, les partis de gauche endossent l'anti-mythe et s'en font les supports actifs. A partir de ce moment, attentisme et activisme ne sont plus seulement des attitudes individuelles ou des options stratégiques pour lutter contre la rumeur, mais deviennent aussi des conduites destinées à atteindre certains effets politiques. La politisation de l'affaire est probablement attisée, dans la première quinzaine de juin, avec l'entre-deux tours de l'élection présidentielle. Mais l'événement national dont du reste se détourne alors l'aile gauche de l'anti-mythe, n'en modifie ni la nature ni le processus. Et il y a déjà, chez les victimes, trois politiques embryonnaires, celle de la dénonciation violente, celle de la tactique modérée, celle de la prudence silencieuse. Chacune va être récupérée par les forces politiques régionales. Dès le départ se dessinent trois politiques : la politique du scandale, la politique de la discrétion, la politique du silence.

La politique du scandale.

L'anti-mythe, le « complot antisémite » né de la réaction des victimes va devenir une arme politique dès lors que l'opposition prétend en dévoiler la nature fasciste. Pour le parti communiste comme pour les gauchistes, la rumeur trahit la collusion occulte du parti gouvernemental et de l'extrême-droite, en même temps qu'une complicité plus ou moins passive de l'Etat. De plus, le parti communiste tient peut-être à manifester qu'il ne confond pas l'antisionisme, attitude progressiste, et l'antisémitisme, attitude ignoble. Peut-être également le M.R.A.P. manifeste-t-il une grande ardeur pour répondre indirectement aux inquiétudes d'adhérents qui, à la suite d'informations récentes sur l'U.R.S.S. et la Pologne, pourraient craindre qu'une étoile jaune se cache sous l'étoile rouge; ou peut-être s'agit-il aussi, pour le P.C. et pour le M.R.A.P., de se démarquer indirectement par rapport aux démocraties populaires sur la question juive.

Par une dérivation naturelle, le scandale de l'anti-sémitisme, en se politisant, va devenir le scandale du fascisme dont on veut éclabousser le plus possible le parti gouvernemental, qui, à Orléans, dispose en outre, de la mairie.

La politique de discrétion.

Comme la politique du scandale, elle est, elle aussi, en germe dans une réaction juive, et s'est incarnée dans l'attitude du président de la Communauté, qui consistait à jouer du scandale, mais sans dépasser le seuil qui lui aliénerait les autorités constituées. La politique de la discrétion est, de par sa nature, une attitude de compromis entre des poussées contraires, une politique de milieu. Elle peut donc être aussi bien celle de la prudence, celle de la modération, celle de l'opportunisme, ou simplement le résultat de la pression de l'anti-mythe sur ceux qui doivent lâcher du lest mais ne veulent pas se laisser déborder. La politique de la discrétion dénonce la rumeur comme complot ou cabale, mais s'efforce de ne viser personne précisément. Elle s'efforce de contenir ou limiter la portée politiquement corrosive de l'anti-mythe. La politique de la discrétion est, diversement, celle des juifs modérés, celle de l'évêché, celle des organismes professionnels sollicités par les victimes et, pendant un certain temps et dans un certain sens, celle de la Préfecture, ou plutôt du compromis qui s'établit entre la communauté juive et la préfecture.

La politique de la discrétion trouve son illustration parfaite au moment du meeting Sidos. Ni le président de la Communauté, reflétant sans doute l'opinion d'une bonne partie de ses ouailles, ni la préfecture ne tiennent à ce que l'action anti-mythe ne bascule dans le camp de l'opposition politique. Ce qui les différencie, c'est que la communauté exige un minimum d'intervention officielle pour accepter la discrétion, alors que la préfecture, elle, ne voudrait intervenir que de façon quasi invisible.

On l'a dit, un meeting Sidos était depuis longtemps prévu à Orléans pour le début juillet. La préfecture pouvait soit l'interdire, c'est-à-dire verser dans « l'antifascisme » auquel elle se refusait, soit l'autoriser et verser dans la complaisance au « fascisme ». Le préfet, semble-t-il, prit l'initiative qui lui permettait, non seulement d'éviter l'un et l'autre écueil, mais de faire un acte positif en faveur des victimes sans qu'il puisse déborder contre le parti gouvernemental. Il autorisa le meeting, mais suggéra à la Communauté comme à la F.N.D.I.R. (Fédération des déportés, non communisante) d'y déléguer chacun une quarantaine de leurs membres afin d'intimider l'orateur et de l'empêcher de déborder dans ses propos contre les juifs tandis que la présence d'inspecteurs dans la salle empêcherait tout débordement anti-gouvernemental. La présence ostensible de nombreux cars de police aux alentours devait assurer la complète réussite de l'opération. Sidos n'attaqua ni les juifs ni le gaullisme. Le préfet avait fait un acte en faveur de la communauté et la Communauté un acte en faveur de la préfecture. Ce soir-là, la ligne de clivage passa entre les modérés et l'extrême-droite, et non entre l'anti-mythe et les modérés.

La politique du silence.

La politique du silence, elle aussi, répondait au départ à une tendance juive aussi fataliste que désabusée pour qui tout effort contre le feu ne fait que l'attiser. Mais dès le départ également, ce fut la politique des autorités municipales, c'est-à-dire du parti gouvernemental, et ce fut, la plupart du temps, celle de la préfecture. Le maire se refusa d'autant plus aisément à toute déclaration qu'il était en vacances au moment charnière de fin mai-début juin, ne faisant qu'un aller-retour dans sa ville pour le jour des élections.

L'U.D. Vᵉ fut le seul parti à ne pas répondre à la lettre de la L.I.C.A. Le préfet, sollicité par le S.C.R.I.F. (lettre du Dr Modiano) oscilla entre le silence et la discrétion, refusant également de se déclarer publiquement, mais alléguant officieusement que ses fonctions lui interdisaient toute manifestation de ce genre, et assurant les victimes de sa vigilance.

La politique du silence se légitime en avançant que les rumeurs sont d'ordre privé, et non politique, et que s'il y a eu ragots, voire calomnies, on ne peut parler d'antisémitisme. Officieusement, le parti du silence se présente comme le parti de la discrétion, c'est-à-dire qu'il assure que la meilleure façon de lutter contre la rumeur est d'éviter de la heurter de front. De fait, il semble plutôt que le parti officiel se soit efforcé tout d'abord de ne pas affronter la population, et, surtout, en juin, de ne pas se laisser engager à contre-pied dans un courant qui l'amènerait à ses antipodes. Le parti officiel craint justement ce que souhaite l'aile gauche de l'anti-mythe, c'est-à-dire que la dénonciation de l'antisémitisme entraîne la reviviscence des thèmes antifascistes qui sont ceux de la gauche. Il craint non seulement de se laisser entraîner sur le terrain de l'adversaire, mais de créer des heurts dans la coalition hétérogène de son électorat, où risqueraient de s'opposer notamment anciens résistants et anciens vichystes.

Dans un deuxième stade, le parti du silence devient le parti de l'étouffement. Cette fois il a affaire, non plus à la rumeur, mais à l'anti-mythe. L'anti-mythe est une machine de guerre contre le parti officiel. Il faut le casser. Mais là encore, non pas par un affrontement direct, de peur de sembler partisan de l'antisémitisme, mais en dénonçant ses supports politiques comme inventeurs d'une machination. Une fois de plus, le complot réapparaît. Le parti communiste, dit-on, a inventé toute l'affaire. Il a monté des cancans en épingle. On laisse entendre qu'il a peut-être même suscité ces cancans. Et ainsi, tandis que toute l'affaire se déplace en un combat gauche-droite, et de façon plus aiguë modérés-communistes, les modérés décident d'étouffer l'histoire pestilentielle, et cette fois la préfecture passe de la discrétion à l'étouffement. Le 17 juillet 1969, la police fait savoir au reporter chargé d'une enquête télévisée que l'affaire est « enterrée ». Le lendemain, le commissaire divisionnaire chasse de son bureau les journalistes : « L'affaire est terminée. Messieurs, avec toute la considération que je puis avoir, veuillez sortir. »

Le refoulement.

Ceci coïncide avec une volonté d'amnésie qui sourd d'une bonne partie de la population, du moins de ceux qui ont cru à la rumeur et qui se voient attaqués, condamnés ainsi que ridiculisés par les gens de l'extérieur. Et ainsi l'événement inouï, jailli dans les derniers jours de mai, est en même temps refoulé et récupéré. D'une part il rentre dans les souterrains infra politiques d'où il était sorti, entretenant des rumeurs larvaires; d'autre part il est récupéré par les antagonismes politiques traditionnels et se dissout en eux.

7. Les interrogations

L'événement d'Orléans.

Que s'est-il passé à Orléans? Une rumeur, un vent fantasmatique qui, prenant forme d'une dépression cyclonale, a fait réagir la Polis en désordre. L'événement d'Orléans, c'est cela : la rencontre tourbillonnante d'une rumeur déchaînée et des éléments répresseurs qu'elle met en branle, tourbillon qui, par actions-réactions en chaîne, agite toutes les fibres de l'être mystérieux que constitue une ville. Orléans a vécu une situation de crise, c'est-à-dire :

a. l'irruption dans la brèche soudain ouverte dans le corps social d'une réalité souterraine, cachée, inconnue, nouvelle;

b. le déclenchement d'un processus de déstructuration en chaîne;

c. le contre-déclenchement d'un processus de restructuration par l'entrée en action de la Polis, ce qui attise les conflits politiques locaux à travers lesquels la crise à la fois se prolonge, se dérive et après d'ultimes soubresauts, s'éteint;

d. le déclenchement de répresseurs psychologiques provoquant, conjointement ou de façon différenciée, la rationalisation (explication du phénomène nouveau par réduction à des schémas anciens), le refoulement (de l'élément nouveau ou du phénomène lui-même) et, à la limite, une amnésie analogue à celle qui, au réveil, dissipe les souvenirs du cauchemar.

Ainsi l'événement d'Orléans n'est pas seulement le surgissement d'un mythe dont la structure et le délire portent en eux une vérité somnambulique : c'est aussi comme une mini-crise. Or une crise, situation qui fait jaillir l'occulte et met en mouvement tout le corps social, est non seulement, par cela même, d'une considérable richesse sociologique, elle est de plus, selon le sens originaire et plus que jamais valable du terme : ce qui permet le *diagnostic.*

Essayons de faire un premier relevé de la richesse buissonnante de l'événement d'Orléans.

1. Nous avons pu en continuité voir la genèse, le déploiement, la métamorphose et la métastase d'une rumeur qui, attaquée alors par les répresseurs, a connu de nouvelles métamorphoses dans sa dislocation et son agonie.

2. Ce phénomène est en même temps celui de l'irruption, de l'incarnation et de l'efflorescence d'un mythe. Celui-ci a catalysé des angoisses flottantes, ou qui sourdaient comme des gaz, et qui sans cette crise seraient demeurées invisibles ou se seraient dispersées à la fortune des vents divers. Doué d'une puissance phagocytaire et métamorphique surprenante, il s'est trouvé très rapidement porteur d'un véritable grouillement mythologique. Le temps d'un mythe nous a-t-il révélé quelques mythes du temps?

3. Ce mythe, issu des tufs fantasmatiques de la jeunesse féminine s'est rapidement répandu dans tous les sous-sols d'une ville, et nous a du coup révélé les basses-eaux *sous-policisées* [1] d'une société, communiquant avec les basses eaux de la culture de masse.

4. La croyance en la réalité du mythe révèle un dérèglement dans le système de décantation entre le réel et l'imaginaire communément reçus, et ce déréglement, provoqué lui-même par la conjonction de la pression du mythe et d'une catalyse (*Noir et Blanc,* les Oubliettes, plus l'élément X) a provoqué le premier aspect de la crise.

5. Le second aspect est constitué par l'entrée en action tardive du système d'alerte et des répresseurs. Ce retard, tient pour une part à l'absence de radars couvrant ces zones sous-policisées jugées inoffensives, comme à l'absence d'un code apte à interpréter correctement les informations spontanément issues de cette zone.

Ainsi, il s'agit d'une crise, non pas seulement aux bas-niveaux sous-policisés, mais aux niveaux supérieurs de la Polis. Crise surmontée, certes, mais qui laisse résidus et germes.

Cette crise est strictement localisée et limitée à Orléans dans son double caractère : gonflement accidentel des basses-eaux mythologiques, défaillances du système d'alerte et de répression.

1. *Sous-policisées :* les termes « sous-cultivé » et « sous-politisé » seraient insuffisants ou trop précis. La policisation est l'insertion vécue et consciente dans la cité.

Mais si un tel gonflement des basses eaux mythologiques a été propre à Orléans, nous avons découvert rétrospectivement qu'il y avait des symptômes antérieurs, dispersés dans toute la France, ce qui nous pose à la fois le problème du renouvellement et de la réactivation des forces mythologiques souterraines et celui de la possibilité de nouvelles éruptions.

Le fait qu'il n'y ait pas eu de tels gonflements ailleurs peut nous faire penser que le gonflement est venu de carences spécifiques dans le système d'alerte et de répression à Orléans. Or rien ne nous a indiqué qu'il y ait à Orléans quelque donnée atypique concernant la population, le corps enseignant, les partis politiques, la presse régionale, les pouvoirs de la mairie et de la préfecture, et qui ferait d'Orléans un cas aberrant parmi les autres villes de France. Au contraire, Orléans est une ville moyenne, une ville test, chérie par les Instituts de sondages. Ainsi les carences qui se sont révélées dans le système social comme les débordements des bas-fonds ont une signification et une portée générale. Lesquelles? C'est ce que nous essaierons de voir, mais après avoir tenté d'établir un pont en dialectisant ce que l'événement d'Orléans peut nous apprendre sur la société française d'aujourd'hui, et ce que la société peut nous apprendre sur l'événement d'Orléans.

Le Moyen Age moderne.

Ce que nous a appris Orléans c'est notre ignorance des fantasmes de cet autre sexe, que nous fréquentons sans cesse et que nous aimons tant, c'est la découverte de nouvelles zones d'ombre dans ce continent encore si peu connu qu'est l'adolescence féminine et dont nous pensions être un explorateur, découverte, aussi, de thèmes inconnus, grouillants, de l'ombre de cette culture de masse et de cette mythologie moderne que nous étudions depuis plus d'une décennie, comme ce mythe des traites de Blanches que nous n'avions jamais décelé, découverte encore des ferments d'un néo-antisémitisme que, juif, néo-marrane, à cheval sur deux mondes, nous aurions pu pressentir.

Ce que nous allons essayer en revanche, c'est d'intégrer les nouvelles découvertes dans une société et dans un temps, c'est-à-dire dans une évolution générale.

On sait que la croissance économique qui démarre vers 1950, a modifié et continue à modifier, par répercussions en chaîne, tout le corps social; selon qu'on privilégie tel ou tel aspect du processus, on parle de développement de la société industrielle, ou de la société urbaine, ou de la société néo-capitaliste, ou de la société de consommation, ou de la société bourgeoise. N'entrons pas dans ce débat — ayant tenté ailleurs de donner une réponse synthétique.

Notons simplement la modification multidimensionnelle de notre société. Cette modification est d'autant plus accentuée que progressivement s'éloignent les séquelles de l'après-guerre qui ne sont pas seulement économiques, l'expérience marquée au fer rouge des générations de la guerre s'efface, au profit de nouvelles générations, de nouvelles expériences.

Or il nous semble qu'autour des années 60 se situe quasiment une charnière où coïncident la fin de l'après-guerre (le début d'une nouvelle avant guerre?) et la nouvelle société qui commence à dessiner son visage. C'est une nouvelle phase où les processus jusqu'alors ébauchés, naissants, s'affirment, et où s'opèrent déstructurations et restructurations.

C'est dans ce cadre que, tandis que les femmes sont de moins en moins atomisées et reléguées au foyer et saupoudrent de plus en plus les lieux de travail et la vie sociale, l'adolescence et la jeunesse commencent à constituer une classe d'âge. Les années charnière 60 voient également la naissance du yéyé et, coïncidence non fortuite, l'apparition des rumeurs dans la jeunesse féminine, sur la nouvelle traite des Blanches.

La nouvelle classe d'âge ne fait pas seulement pression sur la société adulte pour modifier la relation d'autorité qu'elle subit, elle exerce aussi un rayonnement et une influence. Chacun à leur façon, mai 68 et mai 69 l'ont montré.

Effectivement, en mai 1969, Orléans nous a montré qu'un mythe issu de la jeunesse féminine s'est répandu chez les femmes, a exercé une influence sur une partie de la société masculine adulte, et a provoqué une perturbation dans la société locale. Mais en même temps, Orléans nous montrait qu'en entrant dans la Polis, la jeunesse et la féminité demeuraient des corps à demi-étrangers, y apportant leurs propres zones d'ombre, étaient en quelque sorte à demi-incultes, à demi-policisés par rapport à la Polis traditionnelle.

Faut-il s'arrêter là? Nous croyons qu'il faut élargir la perspective. Au cours de la dernière décennie, la société urbaine ne voit pas seulement l'irruption d'éléments nouveaux (poussée démographique et accroissement de l'influence juvénile, émergence de la femme dans tous les secteurs de la vie sociale, afflux de ruraux), elle voit corrélativement une destructuration de l'ancienne hiérarchie provinciale, et la destruction des anciennes mœurs : la ville de province tend à devenir une agglomération moderne. Dans cet agglomérat, les formes d'emprise traditionnelle, issues des castes supérieures, des autorités de la Polis, des partis politiques, voire de la presse régionale, sont quelque peu fossilisées à la base; par contre, sur cette base, circulent les influences culturelles des mass-media et les basses-eaux de la culture de masse qui n'arrivent pas à communiquer avec les forces politiques ou à s'exprimer dans leur idéologie et peuvent alimenter des fantasmes ou des angoisses que connaissent mal ou peuvent mal exorciser les autorités de la Polis. Ceci nous ramène à la défaillance du système d'alerte de la Polis et au retard d'intervention des répresseurs à Orléans.

Poursuivons : les nouveaux développements favorisent les replis individualistes sur la vie privée et la parcellarisation du travail; les connaissances s'accroissent, tant sur le plan des savoirs spécialisés que des informations générales. Mais ni les uns ni les autres, ne permettent d'accéder à une compréhension globale, structurée et concrète de la société dans laquelle on vit; les premiers limitent un savoir cohérent, mais sans portée au-delà de la compétence professionnelle, les secondes fournissent des données sur tout, mais de façon incohérente.

Ainsi ce que nous venons de voir pour la jeunesse, les femmes, la ville, la vie quotidienne nous indique qu'il n'y a pas seulement destruction des anciens équilibres hiérarchisés en fonction des transformations, mais aussi que l'extension des zones d'inculture et de non-civilisation est liée à l'extension de la culture et de la civilisation, que les caractères progressifs du devenir sont en même temps des caractères régressifs. La sous-culture n'est nullement le résultat d'un soi-disant retrait de la culture humaniste. Celle-ci au contraire se répand en même temps que l'éducation secondaire. Le vide ne vient pas tant de la disparition de ces cultures régionales, pleines de richesses mais aussi terriblement pauvres; celles-ci sont remplacées par la culture de masse. Elle tient aussi à l'insuffisance radicale de la culture humaniste et de la culture de masse à comprendre le monde nouveau et à fournir des normes de vie, ce qui fait que les cultures deviennent des éléments de la nouvelle inculture.

De plus dans cette société qui pour les observateurs superficiels s'engageait vers l'acquisition du bien-être et la conquête du bonheur, les sources d'angoisse, loin de disparaître, semblent entrer en recrudescence. D'où viennent ces angoisses? Des menaces extérieures qui planent sur le monde? Des déracinements non compensés par de nouveaux enracinements? Du réseau serré de micro-répressions par lesquelles il faut acheter les avantages et les sécurités de la vie urbaine? Des nouvelles carences et des nouveaux problèmes qu'apporte le développement de l'individualisme bourgeois? Ici encore ne nous laissons pas entraîner trop au-delà et en-deçà de la rumeur. Notons seulement que celle-ci était animée et accompagnée d'angoisses sexuelles, d'angoisses modernistes et anti-modernistes, d'une angoisse de la ville, et que là-dessous, il y avait peut-être encore autre chose, de plus profond, de plus obscur.

Or la tendance naturelle de l'angoisse est de susciter des fantasmes, de chercher un refuge archaïque, de susciter par là-même les mécanismes d'expulsion et de purification : l'immolation d'un bouc émissaire.

Un des rôles essentiels de la culture de masse est de se nourrir de ces angoisses et de les nourrir. Elle est une nourriture d'âme. Lieu de fermentation mythologique, elle ressuscite des mythes archaïques en leur donnant une forme moderne. Elle dérive vers la fiction, la consommation mythologique et y fabrique sans cesse des coupables ou des victimes expiatoires qu'elle immole. Ou bien dès que les situations mythologiques s'incarnent dans la réalité, elle s'en empare et en fait des faits-divers. Or depuis la charnière décennique 60, on voit se déployer une poussée fantasmatique accrue dans la fiction, et l'image, notamment avec la diffusion de la télévision, fait une consommation accrue de morts, c'est-à-dire d'immolations. Il se constitue également dans certains magazines qui en font désormais leur spécialité, une zone trouble de pseudo-information, où cesse de s'opérer la décantation entre le réel et l'imaginaire, qui est une des fonctions principales de la culture de masse après qu'elle a réussi à faire vivre l'imaginaire (fiction) comme du réel et à faire vivre le réel comme de l'imaginaire (fait-divers).

Rappelons : c'est dans l'article de *Noir et Blanc* que s'est opéré le premier déréglement dans la dissociation du réel et de l'imaginaire d'où est issue la chaîne mythologique d'Orléans. Ce sont les basses-eaux de la culture de masse qui, à partir d'un épisode réel qui avait peut-être trouvé sa source dans un roman ou un film, ont repris le vieux thème de la traite des Blanches, lui ont donné forme moderne, lui ont insufflé une charge fantasmatique nouvelle, et ont donné au mythe formé un statut d'information et non de fiction. La rumeur a incarné hystériquement cette pseudo-information en lui donnant un caractère de réalité, hic et nunc. Certes, la zone policée des mass-media, qui est dominante, a pu refouler et disloquer la rumeur et rétablir sa suprématie, mais avec du retard et incomplètement.

Et ainsi peut-on « cadrer » le double mythe d'Orléans, mythe très archaïque et très moderne dont les origines remontent à la charnière des décennies 50-60. Il fallait les conditions que nous avons énumérées — et tenté de relier — pour qu'une poussée fantasmatique juvénile féminine puisse se répandre dans une ville entière, suscitant une faible défense de la société adulte-masculine-urbaine, pour qu'une angoisse sexuelle localisée puisse s'élargir et s'approfondir en angoisse généralisée, pour qu'un besoin archaïque-obscur d'un coupable remonte à la surface, avec le spectre médiéval du juif tentateur habillé en bourgeois et offrant la mini-jupe.

Pour que ce juif fantôme ressorte du souterrain, il fallait sans doute attendre l'après-après guerre — l'atténuation de l'exorcisme antihitlérien — l'expérience et l'inexpérience de nouvelles générations s'associant aux réminiscences larvaires des anciennes; il fallait de nouvelles poussées d'angoisses, et la dévitalisation des anciens boucs émissaires qu'entretenait la Polis : le « communiste » et le « fasciste », le communiste maintenant à demi-intégré dans la Polis, le « fasciste » à demi-oublié (et ce n'est pas par hasard, croyons-nous, que l'anti-mythe a réveillé le fasciste et l'anti-anti-mythe, le communiste, pour faire rentrer le fantôme juif dans son trou.).

On peut concevoir l'affaire d'Orléans comme un accident. C'est un accident, mais révélateur. On peut la concevoir comme issue d'un résidu du passé. Oui, si l'on conçoit que le germe est aussi un résidu. Pour notre part, nous concevons notre société moderne, dans son développement, non pas comme une société qui contient encore des résidus d'archaïsme, mais comme une société qui suscite un nouvel archaïsme, non pas qui chasse le mythe pour la rationalité mais qui suscite de nouveaux mythes et de nouvelles irrationnalités, non pas qui surmonte de façon décisive les problèmes et les crises de l'humanité mais qui suscite de nouveaux problèmes et de nouvelles crises. L'affaire d'Orléans, ce n'est pas une séquelle ou une poussée de Moyen Age dans le monde moderne, *c'est un aspect du Moyen Age moderne.*

Mais attention : si nous avons avancé cette formule qui nous a plu pour la part de vérité apparemment paradoxale qu'elle portait, celle-ci risque de s'effondrer sous le poids de la notion de médiévalité. Nous voulons souligner la part d'archaïsme qui entre et entrera de plus en plus dans la nouvelle modernité et qui prendra bien des formes diverses. Nous voulons écarter ici l'idée trop répandue, issue de l'us et de l'abus de la notion de société industrielle, qui nous ferait rentrer à la fois dans la rationalité et la stabilité. Mais nous ne voulons nullement dire que nous entrons dans une société qui va se stabiliser pour une longue période sur un équilibre entre le moderne et le médiéval.

C'est dans le devenir qu'il faut situer l'éruption d'Orléans, comme les phénomènes qui lui ont donné naissance. S'agit-il de phénomènes de passage, vers de nouvelles régulations? Ne peut-on penser que les femmes, les jeunes, vont être mieux intégrées dans la Polis, que la cité moderne va se restructurer et cesser d'être l'agglomérat d'une période de transformation? Ou bien sagit-il d'un des premiers abcès annonçant une crise générale de la Polis? S'agirait-il de l'impossibilité pour notre société, telle qu'elle est, de franchir le seuil au-delà duquel commencerait la véritable civilisation? Ou s'agirait-il au contraire du mal mortel de la civilisation annoncé par Freud [1] qui se fait déjà sentir par ses premiers malaises?

De toutes façons, nous sommes en un point où l'on ne peut prévoir le devenir de notre société, car celle-ci connaîtra, non seulement les *feed back* correcteurs, modificateurs, et l'effet de puissants contre-courants déterminés par les courants dominants, mais encore les contre-coups décisifs ou fatals du devenir d'une planète en crise. Aussi la tâche prévisionnelle d'une sociologie ne peut se borner à prolonger dans le futur les tendances techno-économiques du présent, et en leur attribuant un hypothétique taux de croissance, mais de signaler les dépressions cyclonales, les sables mouvants, les germinations, y compris les germinations mythologiques, les sources de nouveaux problèmes, troubles et conflits possibles.

Pandora.

Ici, bien entendu, la question de l'avenir de l'antisémitisme se trouve posée. Nous avons vu que du point de vue du thème juif, la rumeur d'Orléans ne pouvait être considérée comme l'embardée d'un mythe venu d'ailleurs et qui se dirigeait ailleurs. Mais il n'y a pas eu non plus machination antisémite. Sans conspiration, sans préparation ni propagande politique, il y a eu propension spontanée, d'une partie de l'organisme social, à contracter le virus, non pas certes encore de la grande vérole, mais celui de la petite.

Certes, tout cela a été éphémère, tout cela a été refoulé dans les bas-fonds, et désormais la Polis est alertée. Mais tout cela est loin d'être anéanti, et la suspicion à l'égard des juifs est plus forte après la rumeur qu'avant. La source s'est réveillée en un secteur inattendu, mais au sein de zones d'inculture qui sont actuellement plus en extension qu'en expansion, et qui sont, on l'a vu, très compatibles avec la culture scolaire, voire universitaire. Là c'est la jeune, la belle Pandora qui tient la boîte.

D'autre part, on peut se demander si les répresseurs de tout

1. *Malaise dans la civilisation.*

ce qui pouvait émerger comme antijuif, si vigoureux après la Seconde Guerre mondiale, ne vont pas s'affaiblir. On peut se demander si une bonne partie des anges gardiens du juif-victime, que constituaient les partis et l'intelligentsia de gauche, ne vont pas se muer en archanges soupçonneux, voire menaçants du juif sioniste. L'évolution de plus en plus accentuée de la politique en U.R.S.S. et dans les démocraties populaires, qui dissocie apparemment le juif-victime du juif sioniste, les réassocie en fait sur le même juif, dont la sympathie présumée, voire l'absence de haine pour Israël, pourront être a priori suspectes de sionisme. Ainsi le juif redevient le juif à double face.

Par une corrélation surdéterminante, les avatars de la guerre Israélo-arabe accentuent cette dualité, non pas seulement auprès des communistes, mais auprès de courants révolutionnaires gauchistes, et surtout l'intelligentsia de gauche, principal bouclier du juif. Celui-ci sera sentimentalement amené à voir dans Israël une seconde patrie et, de plus, à s'attribuer par identification les vertus militaires, agraires et productives que la tradition antisémite lui a toujours refusées. Il demeurera donc pour une fraction toujours plus grande de l'intelligentsia de gauche, de moins en moins le martyr de l'hitlérisme, et il deviendra de plus en plus le « soutien de l'impérialisme ». Ce n'est qu'un règlement actuellement improbable au Moyen-Orient, ou un éventuel massacre des Israéliens qui pourrait modifier cette situation, sans faire retrouver pourtant au juif l'immunité que l'holocauste de 5 millions d'âmes lui a value pendant 20 ans.

Mais tout ceci ne conduit pas à prédire un péril virulent d'antisémitisme en France. Cela signifie simplement que la phase de l'oasis privilégiée est passée, et qu'il y aura un travail larvaire plus actif des ferments antisémites à partir des résidus et des germes, sans que cela ne modifie sensiblement l'état actuel. Mais il ne faut pas oublier que par ailleurs, nous sommes dans une ère historique où des crises internes de société s'annoncent, où guerres de religions et guerres de races se rallument, où ni les nations, ni les groupes n'ont progressé d'un iota dans leurs rapports mutuels.

La seule chance des juifs serait d'être oubliés dans d'autres conflits ethniques, ce qui serait une chance catastrophique pour l'humanité. Ce qui nous montre du même coup que le mal que subit le juif n'est qu'un aspect, rendu perpétuellement atroce par sa situation perpétuellement minoritaire, d'un mal plus général dont rien ne laisse présager l'extinction progressive.

La conscience de ce monde.

L'événement d'Orléans, enfin, nous fait ressentir fortement que l'intelligentsia n'est pas la caste éclairée capable d'élucider les problèmes du Moyen Age moderne, mais au contraire qu'elle les subit elle-même à sa façon.

Une société accroît son inculture en même temps que sa culture, avons-nous dit. C'est vrai jusque dans ses sommets intellectuels. L'intelligentsia — y compris les éducateurs — sont extrêmement ignorants des bas-fonds dont ils condamnent, exorcisent les jets de vapeur, mais sans en comprendre la nature et l'origine. Il y a véritablement obstruction des communications entre la classe éduquée et le sous-sol. D'où la crédulité aussi bien des professeurs qui ont cru à la traite des Blanches, des commerçants du centre de la ville que de ceux qui ont immédiatement détecté le complot fasciste.

L'intelligentsia subit l'inculture de ce temps. Elle dispose, soit des humanités classiques qui ne donnent aucun élément pour la conscience du monde social et du monde moderne, soit de parcelles spécialisées de sciences, dont la conjonction n'arriverait même pas à composer un visage structuré de notre société, soit d'un chaos d'informations qui peuvent encore moins se relier les unes aux autres, soit des idéologies ou mythes que fournit le marché politique, et le plus souvent, de tout cela à la fois, dans le désordre.

Elle ne peut trouver dans la sociologie les clés de la société dans laquelle elle vit. La sociologie n'est pas seulement un agrégat de connaissances spécialisées et parcellaires, mais sa tendance dominante n'a voulu analyser la société moderne qu'en fonction de la détermination industrielle ou technologique, des nouvelles répartitions professionnelles, des modifications démographiques ou de sondages d'opinions qui ne recueillent que l'écume de la conscience ou de l'inconscience.

En élaborant un modèle mécanique qui ne rend compte que d'une dimension de la réalité, cette sociologie a suscité l'image d'une société rationnelle, qui, plaquée sur la réalité, camoufle non seulement l'aspect néo-médiéval de cette réalité, mais exprime une pensée scolastique néo-médiévale en même temps qu'elle constitue un mythe euphorisant et rationalisateur dont se nourrit l'esprit technocratique. Une partie de l'intelligentsia refuse ce mythe, ressentant les malaises de ce monde; elle va se saisir du thème de la révolution nécessaire, mais en fait un mythe, qui lui semble incarné ici ou là, là-bas, et va chercher dans les schèmes d'une vulgate idéologique l'explication de tous les phénomènes et perturbations du hic et nunc.

S'il y a plus irruption qu'élucidation des mythes dans l'intelligentsia, cela tient aussi à ce que, loin d'être à l'abri des angoisses qui sourdent de la société, elle les ressent de façon privilégiée, ce qui perturbe d'autant son aptitude à devenir la conscience de ce monde.

D'où les saisissantes carences de l'intelligentsia à Orléans. Une partie s'est laissé imbiber par la rumeur. Une autre partie est demeurée quasi indifférente. Une autre partie s'est élancée au combat de démythification. Mais c'est l'intimidation qui a prévalu, non l'élucidation. C'est l'anti-mythe, chargé de mythologie, qui a opéré, non la démythification. On a agité les spectres de plus en plus lointains de la Seconde Guerre mondiale et non les spectres qui annoncent peut-être la troisième.

On pourrait s'arrêter ici, sur le problème de la nécessaire conscience et connaissance du monde contemporain. Mais ce serait s'arrêter avant d'avoir même abordé ce qui se trouve avoir été fondamentalement mis en cause à Orléans, et qui est le problème de la croyance.

La croyance.

Réinterrogeons une dernière fois la rumeur : comment le mythe est-il passé à l'état de croyance? Ici nous avons affaire à un processus hystérique au départ. Non pas dans le sens où il y a eu hallucination directe et qu'une quelconque personne porteuse de la rumeur ait *vu* soit une femme droguée, soit un trafiquant opérer, voire même ait *de visu* constaté une disparition. Mais dans le sens où le fantasme a sécrété une vision indirecte, celle d'un témoin irréfutable.

La force probatoire du témoignage tient à ce qu'il est extrêmement proche de la personne qui a retrouvé la disparue : la femme du policier qui a perquisitionné dans la cave du magasin, l'infirmière qui a ranimé la femme droguée, ou extrêmement proche de la personne disparue : ses parents ou voisins; il est en même temps extrêmement proche de la personne qui relate l'information : elle la tient elle-même d'une parente d'une amie, d'une voisine, qui est en même temps parente, amie ou voisine du témoin probatoire. La force du mythe, c'est donc qu'il s'appuie apparemment sur la vérification la plus rigoureuse que l'on peut exiger, celle du témoignage direct qu'apporte et confirme une personne de confiance.

Et ainsi le mythe se transmet, appuyé dès lors sur un système de preuve fait pour convaincre le sceptique. Mais même, à ce moment, il présente des caractères hystériques constants :

1. Même très éloignée de ses origines, la rumeur continue à s'appuyer sur un témoignage premier quasi direct, c'est-à-dire que chaque transmetteur connaît une parente... amie... voisine en relation directe et intime avec l'infirmière... femme de policier... parente de la disparue. C'est-à-dire que le processus hystérique de formation du mythe se répète à chaque transmission. Chaque nouvelle transmettrice, en somme, supprime le maillon nouveau et reconstitue la chaine à deux-trois maillons.

2. Ce témoignage à deux-trois maillons, bien qu'extrêmement proche, est toujours assez éloigné pour éviter tout contact direct entre la personne qui porte le mythe et, non, seulement avec la disparue-droguée, mais même avec la femme du policier, l'infirmière, la parente de la disparue. C'est-à-dire qu'inconsciemment toute porteuse du mythe s'arrange pour ne pas avoir à vérifier directement l'information.

3. A ceci, il faut ajouter la très remarquable absence de souci de vérifier soit auprès de la police, soit auprès de toute autre source décisive.

4. La non-arrestation des coupables, pourtant pris en flagrant délit, ne perturbe aucunement la conscience dans les premières étapes de la rumeur. Ce n'est que lorsque celle-ci déborde largement dans les milieux adultes qu'il y a, non vérification, mais addendum

rationalisateur délirant pour expliquer que les commerçants soient, non seulement en liberté, mais libres de continuer leur trafic : on dit alors qu'ils ont acheté les policiers. Du coup le mythe devient à la fois plus frénétique et plus fragile.

5. De même enfin, on ne peut que s'étonner de la très faible frayeur, jusqu'au 30-31 mai, provoquée par un danger aussi radical et prétendu aussi répugnant. Plutôt que de presser la police de faire son devoir, plutôt que d'alerter les autorités, les jeunes filles auto-mythifiées se bornent à dire « je n'irai plus » ou continuent à y aller, accompagnées d'une amie.

Ainsi, le processus hystérique accompagne continûment la rumeur, il la constitue, la solidifie constamment, refoulant tout ce qui pourrait être vérification décisive, *refoulant même tout ce qui pourrait faire cesser la traite des Blanches, c'est-à-dire tout ce qui pourrait faire cesser la rumeur.*

Cela indique assez que la rumeur effrayée cache, enveloppe quelque chose de délicieux. Nous voulons souligner ici, non pas cet aspect, mais la présence d'une consciente inconsciente (allons, ces deux termes qui jurent ensemble n'arrivent jamais à se séparer vraiment) mystificatrice de soi-même et d'autrui, subtile et grossière, diabolique et innocente, mue par le besoin ou la volonté de croire, et qui présente le mythe toujours enrobé de vérification, c'est-à-dire apte à circuler sur le terrain de la certitude empirique.

Non seulement empirique, mais aussi rationnelle. Car la démarche de la pensée rationnelle, celle de la détection d'une cause qui assure cohérence à une série de faits associés entre eux, devient celle-là même de la rationalisation délirante.

La rationalisation n'est jamais explicitée dans la rumeur, mais elle trouve son fondement causal-latent dans la personne même du juif mythologique : c'est la soif insatiable de lucre, la duplicité, l'absence de scrupule qui expliquent pourquoi un honorable commerçant du centre de la ville peut se livrer à un tel trafic. Au stade de la métastase, le complot juif, qui achète la police et les autorités, devient le thème rationalisateur.

Au moment où le mythe éclate interviennent de multiples formes de rationalisation, les unes rassemblant des débris de mythe épars, les rattachant à des éléments nouveaux apportés par la campagne anti-mythe, d'autres essayant de donner l'explication dénonciatrice du mythe lui-même, d'autres encore s'efforçant de donner l'explication dénonciatrice de l'anti-mythe mais toutes se ramenant à l'idée de causalité occulte. Le « pas de fumée sans feu » est le dénominateur commun de cette causalité occulte qui veut réduire un phénomène inconscient, diffus, obscur, contradictoire. Et un peu partout, c'est le thème du complot, activité volontaire, camouflée et perverse, qui transforme le processus général inconscient en une action singulière, consciente, donne cohérence et forme au diffus, explique l'obscur, et enfin localise le mal sur un coupable. Pour le mythe, c'est le juif; pour l'anti-mythe, c'est le fascisme; pour l'anti-anti-mythe, c'est le communisme et dans le micmac mythologique, mille fantasmes témoignent d'une intense activité intellectuelle pour détecter le coupable : les Allemands, des commerçants rivaux, les commerçants juifs eux-mêmes, avides de publicité, la presse en mal de copie, etc.

Le complot, ultime recours de la causalité délirante, est en même temps la première étape de l'opération magique de purification. Le mal étant localisé sur quelques-uns, tous les autres sont innocentés (et du coup le vrai problème écarté, celui de l'aptitude du corps social à sécréter des mythes). La pensée magique et la démagogie politique y trouvent ensemble leur compte. La seconde étape se prépare : l'immolation des coupables. Mais l'antagonisme des divers complots empêche le mécanisme purificateur de se concentrer sur un seul coupable, comme cela pouvait se faire en d'autres temps et il ne reste, aux uns et aux autres que la forme laïcisée de la malédiction : l'imprécation.

Et nous voici au terminus, où l'on va renvoyer dans ses bas-fonds le mythe d'Orléans, et rejeter loin de soi, avec dédain, ce délire mythologique qui nous semble tellement étranger.

Arrêtons-nous encore un instant : délire? Mais c'est la caricature à peine poussée de notre propre pensée.

La recherche d'une cause cachée pour rendre compte des caractères constitutifs d'une réalité est la démarche même de l'investigation scientifique. L'intense activité intellectuelle imaginant mille fantasmes autour du « pas de fumée sans feu » est l'activité pensante elle-même, mais qui sait que les fantasmes sont des hypothèses. La confiance en des témoignages sûrs est notre pratique quotidienne. Le double jeu rationalité/rationalisation est le jeu permanent que nous jouons et qui nous joue. Le mélange subtil de l'empirique-rationnel et du magique-mythique : c'est toutes nos croyances. Enfin, même dans un aréopage scientifique, il n'y a guère d'argumentation pure, mais toujours mêlée d'autorité, d'intimidation, de pulsions et de résistances affectives.

Ainsi le problème de l'élucidation va beaucoup plus profond que de reconnaître et de dénoncer le mythe de la rue. Il va plus loin encore que le problème de l'intelligentsia, dont les rationalisations et les mythifications sont à peine plus subtiles que celles de la rue. C'est le problème de chacun, non tant le chacun moraliste qui s'adresse à tous et à personne, mais le nôtre, celui de notre propre travail sur le mythe d'Orléans. C'est nous qui désormais sommes engagés dans l'affaire.

Avons-nous évité d'inoculer de quelque façon hystérique nos propres fantasmes? Avons-nous évité de privilégier tel ou tel témoignage qui nous convenait? Avons-nous évité de suivre la pente d'une rationalisation qui nous semblait la rationalité même? Brisons ici toute assurance. Avons-nous cherché autant la vérité que notre vérité?

Journaux d'enquête

- fragments -

Edgar Morin

Vendredi 4 juillet 1969.

Le 7 juin, paraissait dans *le Monde,* dans la rubrique des faits-divers, un encadré intitulé « Des femmes disparaissent à Orléans » avec pour sous-titre « Canular ou cabale? ». Dans *le Nouvel Observateur* du 9, et je crois *l'Express* de la même date, il y a deux reportages sur Orléans.

Je suis assez frappé à la lecture de ces articles. Pourquoi? Rétrospectivement je crois que cela tient :

1. au caractère étrange (à mes yeux) de la rumeur, qui associe traite des Blanches » et commerçant juif (alors qu'il me semble que le thème devrait être plutôt associé à « maquereau-marseillais-corse »);

2. la virulence de cette rumeur qui résiste aux démentis : *a*) des autorités officielles; *b*) de la presse régionale et de l'ensemble des mass-media;

3. la résurgence et la modification des structures antisémites populaires.

Voilà, me dis-je, le type d'événement sur lequel il faudrait faire une enquête à chaud. C'est en effet un phénomène privilégié pour la « sociologie du présent », où l'on pourrait observer et intervenir de façon quasi expérimentale. C'est le type d'événement révélateur dans de multiples directions, et posant par lui-même quelques problèmes de fond, notamment à partir de la relation antagoniste rumeurs de bouche à oreille/information mass-media.

Mais je sais que pour de telles enquêtes, je n'aurai jamais les crédits nécessaires (impossible de faire des enquêtes sur des événements puisque l'événement n'est pas programmé à l'avance). Au surplus, je n'ai pas le temps.

Il y a quelques jours, Gérard Rosenthal me téléphone. En tant qu'avocat, il est sur l'affaire; la L.I.C.A. a porté plainte contre X pour « délits d'injures, de diffamations raciales et de propagation de fausses nouvelles ». Le Fonds social juif, de son côté, souhaiterait qu'une enquête sociologique soit faite sur la question. G.R. me sollicite de leur part. Je fais valoir mes objections « Pas le temps... beaucoup de boulot... il est un peu tard... il aurait fallu faire ça à chaud... », mais déjà, j'imagine une plongée à Orléans, avec Paillard, Johanne, une petite équipe, et je me dis que s'il est tard, on pourra voir où en est la rumeur, si le mythe est dégonflé, décomposé, comment... Bref, en quelques échanges de phrases, me voici prêt à partir immédiatement. Bien entendu, je subordonne la chose à l'accord de « mes collaborateurs ».

Gérard me demande quel budget j'envisage. Mais dans ce genre d'enquête, on ne sait pas à l'avance sur quel filon on va tomber, ce n'est qu'en cours de route que l'on commence à mesurer l'ampleur et l'enjeu de l'entreprise. Gérard insiste : « Donne un chiffre. » J'ai peur de demander trop ou trop peu. Finalement je lance : « Entre 5 000 et 10 000. » « C'est à peu près ce que je pensais. »

Le surlendemain, il m'annonce au téléphone que le Fonds juif est d'accord pour 5 000. De mon côté, Paillard est d'accord. Je recrute Julia et Capulier. On sera cinq. On pourra partir lundi 7 et rester trois jours. Ensuite, on verra.

Samedi 5 juillet.

Le rendez-vous de mercredi. Mercredi 2 juillet, rendez-vous chez Rosenthal. Bernard et moi, d'un côté, Rosenthal, Poliakov, Kaufmann (un haut responsable du Fonds social juif unifié). Poliakov est du petit gabarit, type Gurvitch ou Lukacs, de ces petits bonshommes judéo-slaves très intenses, très poétiques, qui peuvent être terriblement agressifs ou, et, océaniquement gentils. J'estime beaucoup son œuvre, et il me fait une impression très sympathique. Kaufmann, plutôt grand, a un aspect très correct, très sérieux de P.D.G.

Au cours de cette conversation, on prend une première connaissance du dossier de presse (coupures de journaux parisiens et quelques extraits des quotidiens régionaux), qui me sera photocopié et envoyé le lendemain.

On entrevoit une « préhistoire » de l'affaire :

— Rumeurs du même genre à Lille, Valenciennes, mais circonscrites et n'ayant pas atteint le scandale public.

— Extrait de *Noir et Blanc* sur un (soi-disant) rapt à Grenoble dans le salon d'essayage d'une boutique de confection (mais sans qu'il y ait le moindre indice qui puisse faire soupçonner que le ravisseur soit juif).

Bernard fait état du mythe provincial latent de traite des Blanches, disparition de jeunes filles.

On noue les premiers contacts. Par téléphone, rendez-vous est pris pour lundi matin avec Lévy, président de la Communauté israélite. On n'arrive pas à toucher Guy Brun, président de la L.I.C.A. d'Orléans, et grand animateur de la résistance au mythe. Serait-il en vacances? Je songe soudain que lycées, collèges, universités sont en vacances, et j'envisage un moment de renoncer à l'enquête... Il est peut-être trop tard... Il suffit de peu pour me relancer et la décision définitive est prise.

Première vision du terrain : on aura les « anticorps », les activistes anti-antisémites, et bien entendu, les victimes. Mais le plus intéressant, ce sont ceux — celles — qui ont cru en la véracité de la rumeur, qui ont été possédés par le mythe et qui aujourd'hui, soit sont détrompés, soit y croient encore. *Voilà le nœud de l'enquête* qui m'apparaît soudain. Comment les contacter?

Ce que nous avons appris : tous les commerçants n'ont pas été visés, et ce ne sont pas ceux qui pouvaient être les plus typés qui ont été visés (ainsi un Nord-Africain très velu avec un tarin proéminent aurait été épargné) il s'agit de quelques commerçants, dans l'habillement, jeunes (nous le dira plus tard Monique Amrofel); les gens qui croyaient en la rumeur ne se croyaient pas nécessairement antisémites. Ce qui nous frappe, Bernard Paillard et moi, c'est la jonction — virulente — de deux mythes. Certes, déjà en Allemagne nazie, le juif pouvait être associé à l'idée de péril sexuel, et il y a une propension propre au racisme blanc-aryen nordique à voir dans l'autre, le brun-méditerranéen-sémite-Pied-noir, une lubricité dangereuse. Mais en France?...

A la sortie, Bernard Paillard et moi nous remarquons que c'est la riposte qui a enfermé le mythe dans la catégorie antisémite-nazie (et je le verrai dès que je considérerai à tête demi-reposée le dossier de presse, médiévale chasse aux sorcières). Mais n'est-ce pas cette schématisation-déformation fournissant un « pattern » pseudo-rationalisateur qui permet de reconnaître et de nommer le mythe alors qu'il était insaisissable, comme la rumeur qui le portait; n'est-ce pas cela qui aurait permis de stopper et de désintégrer le mythe? Ne sont-ce pas des mythes antagonistes qui sont aptes à démolir les mauvais mythes, plutôt que les travaux d'élucidation dans lesquels nous allons nous engager?

Le jeudi et le vendredi, tout en terminant la relecture d'un article sur la culture, je suis de plus en plus happé par Orléans. Je téléphone à *l'Express* où j'obtiens l'adresse et le téléphone de la dame des amitiés judéo-chrétiennes d'Orléans qui avait écrit au journal; contact avec Colette Gouvion qui a fait l'enquête pour *l'Express*. Elle a eu des entretiens dans la rue, avec des filles et des femmes qui croyaient encore au mythe ou bien qui sécrétaient un mythe de repli (« ce sont ces juifs qui ont fait ça pour leur publicité ») mais elle n'a établi aucun lien personnel avec une personne mythifiée. On a fait des sondages dans la rue sur les mythifiées, on a fait l'enquête approfondie sur les victimes et les anticorps. Or c'est bien le contraire que nous devons faire. Comment?

— Y-a-t-il eu des lettres d'injures au journal?

— Oui, contre moi et Françoise Giroud disant que nous sommes des journalistes juives.

— D'Orléans?

— Non, aucune d'Orléans.

En somme la réaction antisémite réveille le vieil antisémitisme classique; tout ce que cette affaire apporte de nouveau se coule déjà dans les schémas anciens : c'est cela la retombée propre aux crises : après la période de problématisation, les nouveaux courants s'installent dans les sillons déjà tracés. Ce qu'il nous faut retrouver : la source!

Je joins Hector de Galard qui ne saurait me dire s'il y a eu des réactions de lecteurs à l'article sur Orléans. Il me donne le téléphone de Katia Kaupp. Personne.

Gérard me téléphone : Brun reste à Orléans, et me fait transmettre son téléphone personnel. Je le joins vendredi soir, prends rendez-vous pour lundi 15 heures, et lui demande de faire des invitations pour un banquet sociologique le lundi soir. Je me réjouis à l'idée de ces agapes où devront fonctionner à fond les méthodes de la commensalité et de la combibendalité.

Monique A..., vendredi à 13 heures. Bernard Paillard est là. Rencontre-clé avec une étudiante juive d'Orléans.

C'est une fille de vingt-quatre ans, visage grand et large, typologie de rousse, agréable. Elle est étudiante en lettres, enseignante suppléante à Orléans, mais vit la moitié de la semaine à Paris. Ses parents sont commerçants à Orléans. Elle a été élevée à Orléans.

Je lui demande de raconter comment elle a vécu l'affaire, mais le récit dévie souvent, parce que je ne résiste pas aux questions diverses qui me viennent à l'écouter.

« Je l'ai appris le jour où il y avait des attroupements à Orléans devant les magasins. C'était le premier samedi de juin, un grand samedi, avec des gens venant de la campagne faire leur marché. Il y avait des centaines de personnes dans les rues. L'accès aux magasins visés — dont ceux de mes parents — était interdit par les groupes qui s'étaient formés : « Faut pas acheter chez les juifs, ils font la traite des Blanches. » Mes parents affolés m'ont téléphoné. Ils savaient que je connaissais des organisations juives à Paris. J'ai contacté le cercle Bernard Lazare, d'autres organisations. *Personne ne croyait à la vérité de ce que je racontais* » (Je souligne.)

Ce qui ressort de capital du reste de ses propos (non enregistrés au magnétophone, faute de bande) :

1. La période d'incubation : à ses yeux, quinze jours, avant le 30-31 mai, et, d'après la version désormais accréditée, selon une hypothèse-policière? — qui semble être devenue dogme, posté-

rieure à l'article de *Noir et Blanc* qui a fourni le modèle (n° 6, 14 mai).

2. Le déchaînement d'un jour de folie, le samedi 31 mai; « tout le monde en parlait », la femme de ménage disait que dans son autobus qui la ramenait à la campagne (Olivet) toutes les conversations roulaient sur le scandale : « Vous qui êtes chez des juifs, vous devez être au courant. » Les attroupements autour de six magasins, tous d'articles féminins, tous tenus par des commerçants jeunes.

3. L'ignorance totale des personnes visées jusque deux ou trois jours avant l'explosion; signe d'une terrifiante et invisible ségrégation!

Car c'est toute la Communauté juive d'Orléans qui était tenue dans l'ignorance. Deux ou trois jours avant le samedi, le commerçant le plus visé (Licht?) est prévenu. Par qui? Il s'en rend compte. A quoi? Il va à la police. Réponse : canular. Les parents de Monique A... disent au téléphone à leur fille : « Il y a deux jours que nous sommes au courant » (voir comment s'est faite cette mise au courant).

La sœur de M. A., professeur à Orléans, vient de me dire au téléphone : « Depuis huit jours, on en parlait dans mon lycée, et je n'en savais rien. »

4. La rapidité de la réaction : le lundi 2 juin, la presse locale fait allusion aux événements, visant « des commerçants honnêtes » sans les décrire (un seul journal évoque des « relents d'antisémitisme ») mais dénonce dans de petits articles, « l'odieuse cabale » (*Nouvelle République*) et la « campagne de diffamation » (*République du Centre*). Le mercredi 4 juin, se tient le meeting organisé par la L.I.C.A.; le M.R.A.P. entre en action, semble-t-il (à vérifier) à peu près au même moment. Les parents de M.A. ont envoyé, semble-t-il, dès le samedi, des lettres aux journaux et aux hebdos parisiens qui envoient des reporters (y a-t-il eu information A.F.P.?). Articles dans *le Monde* (7 juin), *l'Aurore* (10 juin), *le Figaro*(?), *le Nouvel Observateur, l'Express* (9 juillet). Communiqués divers (en faire la liste) des autorités, des parents d'élèves, d'unions professionnelles, de partis politiques. Mous ou durs, évasifs ou précis, tous démentent le bien-fondé des rumeurs visant les commerçants juifs.

5. C'est donc au cours de cette période décisive du 2 au 15 juin que se livre une lutte titanesque entre la rumeur colportée de bouche à oreille et l'information officielle et mass-médiatique, lutte qui devait aboutir au reflux de la rumeur, à sa perte de virulence, sa métamorphose (?) sa décomposition (en quels éléments). Il semble que dans sa phase ultime et désespérée de résistance, la rumeur ait dû réfuter les allégations de la presse et des autorités et par là-même inventer le complot juif *in extremis* : « Ils sont payés par les juifs pour se taire. » Déjà semble-t-il le fait que les disparitions n'étaient pas signalées par la presse et ignorées de la police avait suscité la rationalisation bien connue « *ce sont des vendus* ». On dit que le commissaire aurait été payé trois millions, le préfet, six, etc. (tout ça à vérifier, bien dégager le mythe originaire du mythe décrit par l'anti-mythe, qui n'en retient que les aspects les plus grotesques, les plus énormes).

Où en est-on aujourd'hui, à peu près un mois après l'affaire? M. A. dit que la clientèle a beaucoup baissé dans les magasins visés (il n'y avait presque personne chez Licht le samedi 7 juin, « mais ça reprend maintenant ». Les femmes y vont, mais toujours accompagnées, soit par le mari, soit par un enfant, l'une d'elles par un chien. *Aucune ne rentre seule : (à vérifier).*

Le mythe semble à la fois affaibli et tapi dans l'ombre. La virulence de la riposte antiraciste l'a atteint, mais il ne s'est pas créé de communications entre les mythifiés antisémites et les anti-ces-mythes (voilà mon goût des calembours qui me prend).

Que s'est-il dit à la réunion de la Maison de la culture présidée par Guilloux. Je suppose une condamnation rationnelle-rituelle du racisme mais aucune tentative d'élucidation endogène (vérifier si cette hypothèse pessimiste est fondée)...

Une chose apparemment étrange : il ne semble pas que les enseignants aient joué un rôle d' « Aufklärer » en l'affaire. Ne parlons pas de ces bonnes sœurs d'établissement libre qui auraient conseillé à leurs élèves de ne pas aller dans les? dans ces? magasins juifs. Les enseignants auraient en majorité été passifs. Les premiers qui se déclenchent pour faire un communiqué réactif sont une association de parents d'élèves (du lycée Jean-Zay et du C.E.S. Jeanne-d'Arc) ou du moins leur président; je ne vois pas dans mon dossier de communiqué de la section F.E.N. ou S.N.E.sup.

Deux ou trois sources déplorent la passivité des enseignants, signalent que certains d'entre eux se sont laissé prendre aux rumeurs. Lycéens et lycéennes ont été semble-t-il, d'une très grande crédulité! Y a-t-il eu des anti-mythes spontanés chez eux?

Je demande à M. A. si ses relations avec les gens — des gens — se sont trouvé modifiées depuis ces événements. Elle me dit que non. En fait, elle n'avait pas beaucoup d'amis parmi les non-juifs. Certains de ses amis, intellectuels de gauche, étaient entrés en conflit avec elle depuis la guerre des Six jours; pour la première fois de sa vie, dit-elle, on lui disait : « Toi, tu dis ça parce que tu es juive. »

Ne pas oublier quand je verrai sa sœur : lui faire évoquer les classes de « chuchotement » qui l'ont amenée à appeler le directeur.

Suzanne. Les Lusignan arrivent de Washington. Dans la conversation je dis que je vais à Orléans et j'explique l'affaire. Suzanne, avec un air entendu : « Ça ne m'étonne pas. »

Son père est orléanais, d'une famille petite bourgeoise d'origine paysanne (comme Pompidou, souligne son mari). Il détestait les juifs. Suzanne a une grand-tante à Orléans. La perspective d'une plongée dans une bonne famille orléanaise, peut-être antisémite, est ouverte. Mieux, Suzanne viendra à Orléans avec nous et se chargera de ce secteur. Elle est très inquiète parce qu'elle « ne connaît pas les méthodes sociologiques ».

« Tant mieux! »

Je lui explique que le premier problème sociologique est, non pas de savoir poser des questions aux gens, mais de se poser des questions à soi-même, et ensuite de faire émerger cela naturellement dans les conversations. A écrire ces lignes, j'entends les ricanements de la techno-bureaucratie officielle.

(A propos, Claude Frère, rencontrée hier soir chez Colette, me dit : « Moi, je te défends toujours contre ceux qui t'attaquent en disant que tu m'as toujours fait rigoler. » Compliment coup de massue.)

Brusque révélation. Suzanne dit que Jean Zay a été député d'Orléans avant-guerre, Claude Lévy maire...

Clara. Ce matin, coup de téléphone de Clara Malraux. Elle me dit en général (ou plutôt à propos du *Vif*) : « On ne peut avancer que lorsqu'on ne sait pas où on va. » Cette phrase me plaît, me transporte, car ce n'est pas seulement ma vérité générale mais la vérité de cette enquête que je vais entreprendre. Je lui parle de l'affaire. Elle, sereine : « Mais il faut qu'il y ait des sorciers ou des sorcières... »

Quelles accumulations de craintes, d'obsessions, de frustrations, de colères se sont déchargées ainsi à Orléans le 31 mai? Et pourquoi Orléans?

RÉCAPITULATION

A. Récapitulation chronologique.

1. *La préhistoire orléanaise des événements.*

a. Données socio-économico-démographiques générales; l'évolution politique depuis l'avant-guerre (et le rôle de juif dans la vie politique, Zay, Levy) et les éventuelles étapes de l'évolution socio-économique.

b. La Communauté israélite; « Presque toutes les familles juives d'avant-guerre ont disparu » (Suzanne); actuellement une centaine de familles; le type de ségrégation invisible et paisible; « Les commerçants vivent entre eux » (M. A.); les autres?

c. Le fonds antisémitique; l'antisémitisme virulent (sans doute limité à des milieux restreints; quid sous l'occupation?); mais antisémitisme latent semble-t-il. Sources M. A. : « Des amis m'ont dit que ça fait des années qu'on disait que les juifs faisaient des choses pas nettes à Orléans »; « Les commerçants juifs travaillant bien, ne sont pas aimés des autres commerçants. »

Trouver ce commerçant très catholique, exigeant d'après M. A. certificat de baptême pour ses employés, et qui aurait renvoyé un garçon de vitrine qui lessivait aussi chez un confrère juif; il aurait été soupçonné d'avoir joué un rôle dans l'affaire.

2. *La préhistoire nationale.*

a. Le thème provincial-urbain de traite des Blanches et des disparitions mystérieuses.

b. Les récits localisés d'événements de ce type, et particulièrement dans les arrière-boutiques.

c. Les histoires juives de ce type : Le Mans (1968) [1], Lille, Valenciennes, Paris (Hit Parade)?

3. *Le (ou les) déclencheur (s).*

L'article sur Grenoble dans *Noir et Blanc*; un élément de complot volontaire (groupes d'extrême-droite?) peu plausible a priori; une mystification qui tourne mal (?) une fabulation issue d'où? On ne pourra vraisemblablement pas trouver la source affabulatrice, mais l'important est dans la virulence et l'ampleur qu'a pris le mythe.

4. *L'incubation.*

C'est notre zone d'ombre. Nous sommes du côté de ceux qui n'ont rien su, et qui une fois sollicités par l'offense et la défense, n'ont pensé qu'au combat, jusqu'à ce que, un mois plus tard, s'interrogeant sur l'affaire, le Fonds social juif ait l'idée d'une enquête sociologique, ce qui déclenche cette enquête...

Il faut trouver absolument des témoignages sur cette époque décisive, fabuleuse, où la rumeur archaïque a brisé toutes les résistances et s'est imposée comme une évidence.

Ce qui est extraordinaire, dans cette période, c'est que *le gonflement et l'authentification du mythe* semblent aller de pair. De la disparition dans un seul magasin, voire de la série de disparitions dans un seul magasin, on passe au réseau mythologique qui relie par des souterrains les sous-sols de ces magasins, et fait confluer

1. Voir documents : la plainte de la Chambre syndicale du vêtement de la Sarthe.

les souterrains sur la Loire. Le silence des autorités est intégré dans le mythe comme preuve de la puissance occulte et de la malfaisance de ces six commerçants qui sont en même temps « les juifs ».

5. *Chronologie.*

a. Essayer d'éclairer la chronologie des jours qui précèdent le samedi 31.

b. Ce samedi du scandale (31 mai) veille des élections, jour de grand marché, pratiquement début du mois, jour virtuellement chargé d'électricité collective. Mais si elle provoque l'orage à Orléans, c'est qu'il y a un processus déjà en cours.

c. Dimanche 1er : magasins fermés; mais le matin, élections... la riposte se prépare.

d. Lundi 2 : petits articles condamnant l'« odieuse cabale » et la « campagne de diffamation » dans la presse régionale.

e. Mardi 3 : publication du communiqué des parents d'élèves Jean Zay-Jeanne-d'Arc.

f. Mercredi 4 : communiqué de protestation de l'U.D.I.C.O. (Union des commerçants d'Orléans) contre des « propos calomnieux et diffamatoires ». Meeting de la L.I.C.A. avec des représentants des divers partis politiques (voir quand se situent les divers communiqués, politiques, corporatifs, d'associations, officiels).

g. Jeudi 5 : articles dans la presse régionale. Vendredi 6?

h. Samedi 7 : article dans *le Monde.*

i. Dimanche 8 : réunion à la Maison de la culture sur le racisme sous la présidence de Louis Guilloux.

j. 10 jours suivants : presse parisienne.

k. Chronologie après le 10 juin?

6. *Conséquences visibles.*

a. Dans la communauté juive : isolement, peur. Certains disent : « Il faudra partir » (pour Israël?) Tout va-t-il retomber?

b. Dans la population : grand mystère, second grand mystère à explorer.

c. Communications nouvelles ou ruptures entre juifs et non-juifs?

B. Récapitulation thématique.

1. *Le mythe composite.*

Le caractère composite du mythe c'est-à-dire son caractère neuf (tout mythe est composite à l'origine, puis acquiert son unité par consolidation) est la première chose à analyser :

a. Le salon d'essayage : c'est un lieu érotisé, trouble, où la femme se dénude, isolée et pas seule, effets-miroirs, regards appréciateurs, attouchements pour rectifier la pose ou préparer les retouches, etc. Tendance narcissique à prendre les attouchements pour des pelotages; lieu peut-être de pelotages réels et de contacts avec commerçants libidineux, lieu d'érotisme lesbien virtuel. Bref le salon d'essayage, lieu clos mystérieux, est une source onirico-érotique.

b. La drogue par bonbon ou piqûre, qui procure une hébétude ou sommeil, lesquels permettent le viol ou l'enlèvement. Il s'agit d'un thème feuilletonnesque, romanesque, télévisionnaire, cinématographique d'usage assez fortement popularisé.

c. L'union de ces deux thèmes constitue déjà un fait-divers, c'est-à-dire un événement possible qui mérite de piquer la curiosité publique. C'est effectivement le « fait divers » de Grenoble (vrai ou faux, car il y a de pseudo-faits divers, quand il y a carence d'événements pour alimenter les obsessions, fantasmes ou mythologies) : événement authentique (authentifié par le journal comme information) mais adhérant à une structure fantasmatique simple ou complexe, unissant de façon troublante différents fantasmes.

d. La disparition des femmes et la traite des Blanches sont des thèmes traditionnels qui alimentent à la fois la rubrique des (vrais) faits divers et les rumeurs des petites villes. La disparition des femmes est plutôt liée au maniaque sexuel; la traite des Blanches est plutôt liée au milieu de mauvais garçons (Corses, Marseillais, et souvent, « métèques »).

L'élément nouveau est évidemment la liaison entre le juif et la traite des Blanches, et plus largement entre tous les thèmes précédemment cités.

e. Le commerçant juif. Si dans l'antisémitisme allemand il y avait liaison entre péril sexuel et juif, le péril était le risque direct de la souillure du sang aryen; de même dans le racisme anti-Noir, le nègre est un péril de viol direct pour la femme blanche : nègre et juif sont dans ces cas les symboles à la fois de la surabondance sexuelle et de la souillure du sang. Ici le mythe est peut-être bien moins affirmé, il est peut-être même déguisé, dérivé en tout cas (sauf information nouvelle) sur un *commerce de chair fraîche,* qui transforme les jolies femmes en marchandises. Toutefois, même sous cette forme dérivée-déguisée, on voit émerger en France le thème liant le juif au péril sexuel. A l'appui de cette hypothèse, le fait que les commerçants visés sont des jeunes, exerçant en même temps les commerces érotisés de l'habillement féminin.

D'autre part, et du même coup, ces jeunes ne sont pas ceux qui ont l'air manifestement juif, c'est-à-dire manifestement autre. Et ici on rejoint un thème du racisme allemand, qui visait des juifs très fortement intégrés, mais cachant leur altérité sous le masque de l'identité commune. L'antisémitisme français s'en prenait par contre aux émigrés, parlant yiddish, manifestement étrangers et étranges.

A Orléans, c'est le juif qui n'a pas l'air juif qui est visé. Son apparence, parce qu'elle cache sa différence, rend plus énigmatique et irritante encore cette mystérieuse différence qui inquiète, obsède, fascine.

f. Ainsi le commerçant juif devient *le point de fixation et de liaison des fantasmes hétérogènes* qu'on vient d'évoquer. Il pourra fixer sur lui la culpabilité dans les fantasmes du viol et de prostitution qui sont les rêves légitimes des jeunes filles innocentes et des femmes honnêtes. Dans ce fantasme la fille ou la femme est irresponsable parce que droguée, parce que victime innocente d'un homme qui semblait normal et inoffensif (un commerçant ressemblant plus ou moins à ses concitoyens) mais qui cachait en réalité sa véritable nature et sa véritable identité.

g. Installé au centre unificateur du mythe ainsi formulé, le juif va pomper, récupérer son fond diabolique, latent, endormi, refoulé : le juif qui endort l'innocent non-juif, pour le dépouiller de ce que ce dernier a de plus précieux.

h. C'est le gonflement de la rumeur, sous l'effet de facteurs multipliants, grossissants *dont actuellement la nature nous échappe totalement* (je n'arrive pas à croire qu'il s'agit d'une exacerbation simplement produite par les conditions en vase clos, et quel vase clos?) qui a permis le déploiement, le gonflement des thèmes antisémites, endormis dans la nature du juif.

i. Il a fallu que prolifère *corrélativement* la mythologie des mystères souterrains de la ville, par réveil des bas-fonds archaïques de l'imaginaire urbain : l'oubliette, le souterrain, réapparaissent dès que l'on gratte les vernis de la ville lumineuse, bruyante, populeuse. Effectivement, à son apogée, le mythe proclame que les six boutiques sont reliées par des souterrains, qui communiquent, pour déboucher sur la Loire. Emprunté aux romans du XIXe siècle, le thème feuilletonnesque du souterrain urbain, comme voie de communication du pouvoir occulte qui menace la ville, réapparaît. Quels rapports (s'il y a rapport) cela peut-il avoir avec la transformation d'Orléans de ville de province figée et hiérarchisée, en agglomération déstructurée moderne? (essayer d'explorer cette hypothèse).

De toutes façons il y a correspondance entre le mythe antisémite du pouvoir occulte des juifs et de leur complot souterrain et le mythe du domaine souterrain occulte des six commerçants juifs associés dans leur besogne infernale (à l'apogée du mythe ils auraient déjà fait disparaître 26 femmes et se seraient apprêtés à continuer à une échelle encore plus vaste, à engloutir toutes les femmes de la ville, à ce point que le samedi c'est une véritable panique qui prévaut, et non l'aggressivité ou l'attaque. C'est le S.O.S. collectif « n'entrez pas chez les juifs », moment suprême d'accomplissement du mythe et qui ne pouvait qu'entraîner sa déchéance, son repli à des proportions plus modestes). Il y a une analogie de microcosme à macrocosme entre le *Protocole des Sages de Sion* et le complot juif orléanais au moment où il apparaît que les juifs ont acheté le silence des autorités, et sont en fait les maîtres occultes de la ville puisqu'ils tiennent par l'argent le commissaire de police et le préfet.

j. Réfléchir sur tout ce que suppose comme conjonction d'angoisses l'émergence du thème de la ville minée et du complot juif triomphant. Sur tout ce que cela annonce!

k. Le caractère composite du mythe, c'est-à-dire l'association d'éléments fantasmatiques encore hétérogènes jusqu'à présent en France (encore que nous pourrons mieux désormais en détecter rétrospectivement les manifestations avant-coureuses) explique son improbabilité : il fut inattendu et incroyable, et il demeure encore exceptionnel. D'autre part, la mise en virulence simultanée de chacune de ces composantes, et l'effet global (surpassant la simple addition des parties) que provoqua cette synthèse fantasmatique, permettraient d'expliquer son extrême ampleur et son extrême intensité. Et, du coup, dès que le mythe a été frappé fort, cette hétérogénéité composite a réapparu, l'unification trop récente s'est disloquée rapidement (autre chose est le problème des retombées).

l. Il s'agit ici de préexpliquer la mise en virulence de chacun des éléments mythologiques l'un par l'autre. Je reprends l'hypothèse que son caractère improbable est en même temps son caractère de plausibilité : au départ, il a la plausibilité du fait-divers, c'est-à-dire qu'il est plausible, si cela est affirmé par une source digne de foi, qu'un commerçant fasse de la traite des Blanches, et soit juif. Chaque élément du mythe peut passer à tour de rôle par le guichet de la critique, et la conscience ne se sent nullement alertée par un soupçon d'antisémitisme (ce qui explique que bien des vecteurs n'aient nullement eu l'impression d'être happés dans un mythe antisémite, *ce qui à la fois était et n'était pas le cas*).

En second lieu, le caractère composite du mythe lui permet d'être à la fois urbain et rural; le mythe urbain de la lycéenne rêvant d'enlèvement, drogue, etc. à travers les salons d'essayage, s'adapte au mythe rural des filles qu'on enlève à la ville et des juifs qui sont de mauvaises gens.

En troisième lieu, il y a articulation entre les caractères modernes et les caractères archaïques du mythe : le salon d'essayage communique avec les souterrains du rêve, comme la drogue avec l'hébétude du sommeil. Les fantasmes modernes se mêlent aux fantasmes médiévaux, et, à un certain point d'intensité, les ressuscitent. Et le juif, surtout, est le trait commun répulsif des angoisses et fantasmes modernes et archaïques, urbains et ruraux. *Il joue un rôle d'unification mythologique fondamental.*

2. *S'agit-il à proprement parler d'antisémitisme?*

Nous arrivons au point dialectique crucial : *les caractères antisémitiques sont les caractères secondairement greffés sur un mythe érotique-urbain mais qui vont devenir centraux.* Le thème antisémite arrive appelé par une angoisse fantasmatique (et s'il arrive extérieurement, il n'arrive pas artificiellement, car le fantôme du juif surgit dans notre civilisation, dès qu'il y a angoisse). *Il fait la liaison entre différents fantasmes, et, de connexion, il va devenir structure. L'élément de la liaison, dès qu'il associe en un système des éléments disparates, devient la structure de ce système.*

Il n'est nullement dit qu'on en soit arrivé là à Orléans, ni qu'on en arrivera là ailleurs, mais c'est la tendance. Au moment où éclatent les événements, on en est au stade ambigu où l'antisémitisme est au service des mythes érotiques urbains mais où déjà les mythes érotiques urbains sont à son service. C'est un mythe réversible. C'est un état de symbiose, de double parasitisme, où il ne s'agit pas encore de diagnostiquer qui l'emporte, mais de voir la configuration.

Aussi les caractères antisémites sont-ils doublement ambivalents, d'une part parce qu'ils sont liés à une thématique extraraciste (ce qui fait que l'on ne se sait pas antisémite quand on croit en ce mythe), d'autre part *parce que cette thématique donne à l'antisémitisme des caractères inconnus des structures antisémites françaises modernes,* mais remarquables dans d'autres structures racistes ou antisémites. Ainsi, quand un téléphone anonyme demande au commerçant Licht des billets gratuits pour Beyrouth il y a évidemment dissociation dans l'esprit de son auteur entre les traits typiques de la judéité (qui présentement par le truchement du conflit israélo-arabe, mettent en opposition Beyrouth et Jérusalem); quand un autre téléphone lui demande 20 kilos de viande fraîche, il retrouve un thème de l'antisémitisme archaïque à travers le thème érotique-sexuel.

Quels sont les thèmes proprement antisémites (qui affleurent progressivement, tandis que se développe le mythe)?

a. Le sentiment que les juifs sont complices de façon latente (puisqu'on ne parle pas aux autres juifs des accusations qui pèsent sur les quelques commerçants visés).

b. La tendance à passer très rapidement de l'individu au genre. Ce que l'on reproche à un juif devient le trait constitutif des juifs. Ainsi le 31 mai « N'allez pas chez les juifs ».

c. Le lien entre juif et danger, et ici le nouveau danger sexuel. Ainsi le lien entre l'éros et le juif, au départ superficiel, devient de plus en plus profond jusqu'à former le substrat psychanalytique du phénomène considéré.

d. La résurgence des thèmes archaïques : puissance occulte, substitut du meurtre rituel d'un enfant innocent par le trafic de la chair fraîche des femmes innocentes.

3. *La réaction anti-antisémite et anti-mythe.*

Il fallait lutter contre du vent; il n'y avait pas de tracts, d'affiches, de graffiti; aucun individu, aucun groupe n'émergea comme inspirateur ou chef d'orchestre de ce déferlement collectif. Il fallait reconnaître l'ennemi, ce qui était compliqué par la nature composite et ambiguë du mythe. Il fallait donc le nommer.

Trois appellations ont été proposées :

a. La calomnie, la cabale, le complot, qui permet de surmonter le mystère du diffus et de l'impalpable en le ramenant à l'action consciente et volontaire d'individus ou de groupes, c'est-à-dire *de localiser le mal sur des responsables à découvrir ou découverts.*

b. L'évocation des superstitions, obscurantismes, magico-médiévaux, qui permettent de ramener le phénomène nouveau à du connu qui soit en même temps du dépassé et du condamné.

c. Les modèles de l'antisémitisme le plus évident, le plus répugnant, le plus barbare, celui du IIIe Reich.

Le contre-mythe, dans sa force de frappe la plus résolue, a associé ces trois thèmes et a vu dans le mythe à la fois le nazisme, la médiévalité, la calomnie.

Mais les trois thèmes n'ont pas toujours été associés; ils ont été aussi dissociés et antagonistes, parce que les deux premiers permettaient de ne pas évoquer l'antisémitisme, ce qui convenait à ceux qui craignaient de réveiller l'antisémitisme en l'évoquant, comme à ceux qui craignaient de réveiller l'antifascisme (c'est-à-dire les virulences de gauche) en l'évoquant, c'est-à-dire certains juifs, et la plupart des éléments officiels et modérés.

Il y a eu cette dualité, chez les juifs et chez les non-juifs.

Chez les juifs, les deux réactions ont été très fortement allergisées :

a. Pour les uns a dominé le sentiment, issu de toute une expérience, que moins on parle des juifs, mieux ça vaut, donc qu'il vaut mieux qu'on en parle le moins possible; ceux-là veulent se borner à évoquer la calomnie et le retour au Moyen Age, c'est-à-dire dénoncer les caractères vils et archaïques de la rumeur.

b. Pour les autres, il fallait au contraire faire éclater le scandale en centrant tout sur le germe de mort inclus dans le mythe, c'est-à-dire sur l'identification à l'hitlérisme, qui demeure un phénomène de répulsion nationale parce qu'il est lié à l'occupation.

Dans la première catégorie, il y avait plutôt les femmes « ma mère avait peur et voulait qu'on en parle le moins possible » (M. A.), les vieux et le président de la Communauté, semble-t-il. Dans la seconde, plutôt les jeunes (très israélisés dans le sens où la défense se confond pour eux avec l'attaque), les hommes, les non-officiels (à vérifier, j'ai l'impression que j'avance là une typologie trop sommaire). De toute façon, il y avait une alternative entre la stratégie du caméléon, qui se fond dans le paysage, mais qui risque d'être celle de l'autruche, qui met la tête dans le sable pour ne pas voir l'ennemi, et la stratégie du lion qui fait face à l'ennemi, mais qui risque d'être celle du taureau fonçant en aveugle dans l'arène.

Chez les non-juifs même symétrie, mais pour des motivations différentes :

a. Les militants anti-racistes foncent et dénoncent comme hitlérien un comportement qu'ils veulent à la fois démasquer et intimider;

b. Les autorités officielles et les modérés craignent de se voir entraînés dans un activisme de gauche qui les déborderait, de donner une prime à des adversaires politiques, ou craignent de se voir replonger dans les schémas pour eux dépassés de la collaboration-résistance qui rouvrirait de vieux clivages, voire pour certains, de mauvais souvenirs. Aussi ces éléments préfèrent-ils, comme les juifs prudents, évoquer la superstition, la calomnie.

La seule attitude, qui d'après les éléments dont je dispose actuellement, me semble assez complexe est celle du parti communiste. Il dénonce vigoureusement l'antisémitisme en référence à l'hitlérisme et à l'occupation, mais non pas comme phénomène éventuellement indépendant de l'hitlérisme, ce qui n'affecte évidemment en rien ses positions antisionistes, ce qui lui permet en même temps de bien dissocier le virus antisémite-hitlérien qui vient des éléments fascistes, de la population orléanaise qui est profondément saine et ne mérite nulle critique (attitude admirable où se confondent le bon sens, la justesse, et l'extrême démagogie, la rouerie).

L'attitude virulente refoule le mythe en obligeant les gens à se déclarer ouvertement hitlériens ou non, et, dans ce dernier cas, à répudier le mythe, mais elle accentue les caractères antisémites d'un mythe encore ambivalent.

La seconde attitude tend à occulter, donc à refouler les caractères antisémites du mythe de façon à les noyer dans une vague médiévalité calomniatrice, mais elle ne procure pas une arme de dissuasion.

L'une et l'autre de ces stratégies ont leur efficacité et leur faiblesse. Elles furent utilisées l'une et l'autre simultanément et il est difficile de mesurer respectivement l'efficacité de l'une et de l'autre. Je crois toutefois que dans l'immédiat, la première fut plus efficace en fonction de sa plus grande force d'intimidation.

4. *Les anticorps et les conducteurs.* (Métaphores, bien sûr, ici une analogie biologique, là électrique.)

a. Les éléments qui ont le plus vivement et fortement réagi contre le mythe sont :

— les victimes dans le sens étroit, les six commerçants; et large, les juifs;

— les militants antiracistes;

— les militants de partis de gauche assez âgés (ceux qui ont eu l'expérience du nazisme et de la guerre);

— les « intellectuels de gauche » (avec une certaine ambivalence? Ainsi un jeune trotskyste, d'après M. A., était prêt à admettre qu'un, ou des commerçants, pouvaient éventuellement faire du trafic de femmes, puisque dans le monde bourgeois tout devient marchandise, mais se trouva aussitôt répulsif au mythe dès que le mot juif fut prononcé).

Autrement dit, les milieux ou individus sensibilisés — dans le sens allergique du terme — à l'antisémitisme; c'est d'eux que partit la riposte dure, qui du reste poussa les autorités à agir lesquelles agirent selon le schéma « mou » que nous avons indiqué; comme souvent, les « mous », avec leur modération voire leur lucidité, n'auraient pas agi peut-être, du moins pas aussi tôt, sans la stimulation, voire l'intimidation des « durs ».

b. Il y a des éléments incertains, équivoques; les jeunes « intellectuels de gauche » ont peut-être été hésitants parce que le vieux réflexe anti-antisémite est combattu par un nouveau réflexe consécutif au conflit israélo-arabe où le sionisme leur semble devoir s'identifier à l'impérialisme et au colonialisme, ce qui les rend méfiants à l'égard du juif qui devient à leurs yeux ambivalent : virtuelle victime des nazis, donc sympathique, virtuel sioniste, donc antipathique.

Les jeunes qui eux aussi peut-être, oublient l'identification hitlérisme-antisémitisme.

Les enseignants? Si oui, pourquoi.

c. Les milieux conducteurs, c'est-à-dire les plus fragiles à la rumeur; c'est pour moi la zone d'ombre :

— les filles, les femmes?

— les élèves des collèges religieux, les lycéennes?

— les milieux rustiques-plébéiens ou les milieux bourgeois? (Je dirais, comme ça, plutôt les milieux rustiques-plébéiens, ou récemment embourgeoisés, pour qui la vie urbaine-bourgeoise est encore pleine de mystère et de merveilleux, plutôt que les milieux bourgeois-réactionnaires, qui n'ont pas dû reconnaître leur vieil antisémitisme.)

Voici une des choses à élucider.

5. *Les retombées.*

C'est ce que notre enquête permettrait d'étudier :

— les dislocations,

— les résidus,

— les germes,

les unes subies par, les uns laissés par ce mythe aujourd'hui *et pour plus tard.*

C. *Autocritique.*

A partir de quelques indices très dispersés, j'ai déjà reconstruit la situation globale; avant même d'avoir commencé l'enquête sur le terrain, j'ai l'impression d'avoir tout compris. Ethylisme intellectuel? Je verrai à l'épreuve (celle du terrain et celle de mes camarades d'enquête) ce qu'il pouvait y avoir de juste dans cette rationalisation hâtive. Mais si je n'ai pas construit un fantasme sur un autre fantasme, cela voudra dire qu'il est possible, pour une sociologie clinique suffisamment avertie et expérimentée, de pouvoir très rapidement interpréter les signes disparates d'une crise pour reconstituer le phénomène et porter un diagnostic. (Tiens, l'autocritique tourne à l'autofélicitation?...)

D. Memento de l'enquêteur.

1. Nous plongeons dans un problème buissonnant qui a des prolongements et des répercussions de tous côtés. Il faut au départ ne mépriser aucune piste. On verra après expérience et après discussions à privilégier les meilleures pistes.

2. Il faut *écouter* une quantité énorme d'informations, les stocker dans le magnétophone, mais sélectionner très vite les centres d'intérêt fondamentaux, les problèmes-clés et les personnages ou groupes stratégiques.

3. *Pour les entretiens :*
a. Faire raconter les événements tels que les enquêtés les ont personnellement vécus.
b. Leur faire évoquer leur propre attitude et celle des autres.
c. Leur demander ce que c'est qu'un juif.
Premières personnes-clés : les contaminés guéris, ceux qui ont subi, vécu le mythe, qui ont cru en lui. Comment ils y ont fait foi; comment éventuellement ils ont cessé d'y croire; ce qu'ils croient encore;
Groupes-clés : enseignants, les jeunes (l'école-champ de bataille privilégié; malheureusement, nous arrivons trop tard; impossible de faire des discussions-interventions en classe...) le P.C.; militants. Clients fidèles des commerçants incriminés.

4. *Enquêtes à faire :*
A l'extérieur : Lille-Valenciennes (écrire aux Kosak). Francine

Lefebvre (fait divers du cinéma Paris) Hit Parade, Paris. Enquête historique à Orléans, notamment sur l'occupation. Rassembler tous les communiqués parus sur l'affaire. Essayer d'avoir une communication des rapports de police.

Dispositif du lundi : le banquet sociologique de lundi soir (commensalité, que les bouches s'ouvrent) dragage sociologique (les femmes : fable à raconter « moi, j'étais dans un salon d'essayage à Paris, et j'ai vraiment cru que... »); *détecter au plus tôt* des contaminés, et mieux, des contaminés guéris; faire de longs entretiens avec eux (elles).

On établira un premier dispositif lundi au déjeuner (trouver un restaurant assez familier où l'on puisse parler à haute voix de notre enquête et ainsi susciter des contacts; demander à nos premiers contacts les lieux où l'on cause (bistrots, etc.). Demander aux gens ce qui est vrai et ce qui est faux...

Envisager dès maintenant la rédaction collective du texte final. Plan détaillé dont chacun se charge d'une partie. Nécessaire de faire une tentative de rédaction collective [1].

Dimanche 6 juillet.

Pré-programme.

Pour lundi (demain), avoir au plus tôt les contacts pour A F.P. Orléans, Nouvelle République, République du Centre (journalistes sur l'affaire, courrier des lecteurs, contacts avec mystifiés).

— Commissariat de police (demander contact avec Le Mans). La rationalisation policière *Noir et Blanc*. Rapports de police.

— Section locale du M.R.A P.

— P.C.

— Maison de la Culture (informations sur la séance Guilloux).

— Bibliothèque d'Orléans (histoire récente de la ville).

— Bistrots de jeunes (Julia, Capulier).

— Discothèque, boîtes dansantes (toutes les nuits).

— Analyse de la presse (Paillard).

— Le Mans (Paillard).

1. Ceci a été rendu impossible par la dispersion des enquêteurs aussitôt après l'enquête.

Quand toute une ville...

Je réfléchis sur cette phrase que disent des jeunes Orléanais à Katia Kaupp « quand toute une ville raconte la même chose, c'est effectivement qu'il y a quelque chose ». Le mythe s'est fondé sur la preuve par le consensus commun qui est effectivement la meilleure (mais aussi la pire) des preuves.

Le bouclier.

Le juif avait pour bouclier l'intellectuel de gauche et le militant révolutionnaire. Voir s'il n'a pas perdu à demi ce bouclier depuis le conflit israélo-arabe. Depuis, en effet, aux yeux de l'intellectuel de gauche et du militant révolutionnaire, le juif devient un être duplice, double : c'est d'une part le bon juif persécuté, c'est d'autre part le mauvais juif sioniste.

Samedi 26 juillet.

Les journées d'enquête ont été si intensément chargées que je n'ai pu rédiger les notes accumulées pour ce journal. Puis, dès le retour, je me suis jeté dans la rédaction de l'étude proprement dite, et toutes les notes sont passées directement à la moulinette. Hier soir, j'ai voulu tenter rétrospectivement de faire le récit de ces journées. Mais tout s'est irrémédiablement terni, effacé. Non pas les détails points de repère qui sont sur le papier, mais ce qui faisait la vie de notre entreprise; conversations animées quand l'équipe se rencontrait et échangeait des résultats, successions de découvertes, modifications du dispositif, etc.

J'ai voulu commencer par le commencement, la rue du Bœuf-Saint-Paterne, la maison vieille bourgeoise, M. Lévy, avec sa grosse lippe pendante et son air bonhomme, mais tout cela est défraîchi, désamorcé, tout ça a déjà été utilisé. J'ai l'impression d'avoir, pour cette enquête, foncé au-delà de la vitesse du son, et que le bruit lui-même (c'est-à-dire les impressions, les journaux d'enquête) au lieu de précéder l'étude, la suit de loin.

J'allais écrire, tout le « jus » est passé dans l'étude, il reste non pas une pulpe, mais les membranes desséchées. La pulpe vivante de mon aventure à Orléans, elle est désormais broyée, irrécupérable. Cela me confirme dans l'idée qu'il faut à toutes forces essayer de tenir le journal sur le moment même, ou avec un jour ou deux de retard, comme je l'ai fait à Plodemet. J'aurais voulu évoquer ces visages, ces destins rencontrés, entrevus : Lévy, Brun, l'abbé Séjourné, Licht, l'inspecteur Fontan... le « banquet sociologique » du lundi soir au restaurant Madagascar... Ma découverte scrutatrice de ces rues d'Orléans dont j'essayais de déchiffrer le secret, soudain attentif au moindre signe, autour du marché, rue du Chariot, rue de Bourgogne, le sentiment pesant et permanent de la ville inconnue, le sentiment grisant de l'inconnu permanent et de la découverte permanente... Je ne peux plus, je ne veux plus.

Dimanche 31 août.

Rédaction terminée. Sur la fin, j'ai senti très fort, un moment, la faiblesse de ce qui fait ma force. Ma tendance à vouloir expliquer (rationaliser!) a fait en fin de compte de la rumeur d'Orléans, un phénomène *évident*. Bien sûr, je ne rationalise pas comme ceux qui cherchent une idée centrale, une structure simple. Je ne cherche pas à assassiner l'événement sous le schéma. J'ai cherché le schéma mobile et multiforme, où l'ébranlement d'un élément agite tous les autres et modifie la figure d'ensemble. Sur ce plan, je suis satisfait de l'analyse. Mais je me demande si elle n'a pas laissé filer dans ses mailles ce qui est peut-être l'essentiel, et qui comme l'a bien senti Julia Verone, est quasi indicible, cette poésie fabuleuse, commutant rêve et réalité, associant mystiquement l'un en l'autre, cette poésie que rate toujours l'étude sociologique, et que toutes les considérations sur les origines, les causes, les conséquences ramènent à quelque chose qui explique tout ce qui n'est pas elle-même.

Bernard Paillard

Mercredi 2 juillet.

Réunion chez Rosenthal avec Léon Poliakov, auteur d'une vaste étude sur l'histoire de l'anti-sémitisme, et un représentant de L.I.C.A. qui commande l'étude. Premières impressions d'ensemble :

Orléans vient s'insérer dans un ensemble de faits similaires en France : affaire de Grenoble donne lieu à un reportage de *Noir et Blanc* (qui d'après le commissaire de police, hypothèse rationalisatrice?, aurait servi de modèle à l'affaire d'Orléans), séquelles dans la région Centre-Ouest (lettres ou coups de téléphone de menaces à des commerçants juifs de Tours, Le Mans, Angers), début à Lille, Valenciennes et même à Paris.

Trois types d'hypothèses globalisantes données :

1. Complot destiné à discréditer des commerçants juifs lancé par des éléments antisémites d'extrême-droite ou arabe (hypothèse avancée par certains juifs hypersensibles à l'antisémitisme). Ne tient guère d'autant plus que dans tous les cas, si l'on a accusé les milieux étudiants d'extrême droite, d'« Occident », d'être la source du mythe rien n'est prouvé. D'autre part, n'explique pas le succès de l'affaire.

2. Présence latente d'antisémitisme, qui dans certaines périodes angoissantes peut resurgir (on fait remarquer que nous étions en période référendaire et électorale, d'où sentiment d'insécurité)... N'explique rien de cet antisémitisme. Pourquoi prend-il cette forme, car il y a dans cette affaire conjugaison de la traite des Blanches et de l'antisémitisme, et c'est cela qu'il faudrait analyser.

3. Auto-intoxication de milieux juifs hypersensibles, qui ont vu

de l'antisémitisme là où il y avait autre chose. On nous fait remarquer, en effet, que l'affaire n'a jamais pris pour ainsi dire une couleur nettement antisémite. A Orléans il y a eu six commerçants accusés qui, certes, tous étaient juifs et c'est là-dessus que se fonde l'hypothèse antisémite. Or, d'une part, les autres commerçants juifs connus (et même pro- et propagandiste israélien affichés) n'ont pas été inquiétés, d'autre part ce sont les moins juifs (au niveau des traits morphologiques) qui furent accusés. Hypothèse à formuler : au départ, histoire relativement classique de rumeur de traite des Blanches, comme cela arrive dans les villes de province, et dont on ne sait à quoi cela correspond. Donc à étudier.

Ici, j'ouvre une parenthèse sur une rumeur qui avait couru à Laval. C'était à l'époque de la tournée nationale d'une militante anti-traite des Blanches connue (elle avait écrit plusieurs livres sur la question), et de mairie en mairie, elle allait dénonçant le mal invisible, les carences des pouvoirs publics, et mettait en garde les parents. C'était les premiers temps où les jeunes filles se libéraient de la tutelle parentale. (Elles commençaient, en province, à sortir le soir, à voyager seules ou à aller dans une grande ville voisine pour poursuivre les études ou trouver du travail.) Cette *brave* personne montrant le danger qui guettait ces petites, mettait parents et éducateurs devant leur responsabilité. Peu avant ou après le passage de cette femme à Laval une histoire de traite des Blanches éclata dans la ville, ce qui retarda d'autant l'émancipation féminine. Ici le mécanisme de déclenchement est simple (la sensibilisation par la campagne nationale), mais le développement rapide du mythe n'en est pas pour autant expliqué. Réactions conservatrices des milieux religieux (rôle des institutions catholiques des religieuses, angoisses des parents et éducateurs devant une émancipation qu'ils ne contrôlent plus, et moyen de contrôle).

Il faudrait chercher notamment dans cette affaire d'Orléans si on peut trouver quelques liaisons avec des phénomènes d'émancipation lycéenne depuis mai 1968.

Donc pour revenir à l'hypothèse globale formulée, histoire de traite des Blanches qui pour des raisons autres que l'antisémitisme (rôle du type de commerce de vêtements, de chaussures, qui sert d'enclencheur) touche des commerçants juifs. L'hyper-sensibilisation à l'antisémitisme de milieux juifs, que ce soit les victimes ou d'autres personnes (militants de l'anti-antisémitisme), fait embrayer le mythe juif qui, alors, peut se développer de façon autonome (rôle d'accélérateur de milieux antisémites : par exemple d' « Occident », ou d'une façon plus diffuse d'étudiants d'extrême droite). Selon cette hypothèse, il y aurait interaction de l'antisémitisme et de l'anti-antisémitisme. Selon cette hypothèse on aurait trois filières à explorer : le problème de la traite des Blanches qui revient périodiquement à l'approche des vacances d'été et maintenant de plus en plus d'hiver (il y a des campagnes dans des journaux de type *Ici-Paris* ou *France-Dimanche,* dénonçant le mal, à St-Tropez, sur la côte d'Azur, dans les stations de sports d'hiver), la sensibilisation à l'antisémitisme de certains milieux juifs depuis l'affaire d'Israël, et peut-être un antisémitisme latent.

Concrètement cela veut dire :

1. Etudier le type de campagne menée par les militants antiracistes. A quel niveau de développement de l'affaire sont-ils intervenus? Quel dispositif ont-ils mis en place (intervention auprès de la police, auprès d'organisations, auprès de la presse locale, régionale, nationale, type de manifestation à Orléans même, réunion, meeting)? Quelle est leur analyse du phénomène (assez révélateur à ce propos l'article dans *le Droit de vivre* qui dénonce le retour au temps de la solution finale, et parle en des termes des plus enflés des antisémites supposés militants et ayant intérêt au développement de l'affaire d'Orléans)?

2. Suivre le développement de l'affaire. Historique nécessaire à faire : déclenchement rapide ou lent, quel type de victimes supposées, jeunes de quels milieux, adultes... Qui est entré en résonance : institutions religieuses, lycée, parents d'élève, parents (dans le double rôle de mise en garde, puis de dénonciation du mythe)? Quelle proportion a pris concrètement l'affaire (lettre de menace, coup de téléphone, rassemblement devant les magasins, mise en quarantaine de ceux-ci, baisse du chiffre d'affaire)? Peut-être, d'ailleurs, que la clientèle habituée n'a pas été touchée par le mythe. L'intervention de la presse, de l'Eglise, des associations (ex. le P.C.), la résorption. Suivre notamment l'apparition des thèmes antisémites et leurs contenus, puis leur disparition. Suivre aussi le rôle du type de commerce, et voir la sexualisation sous les vêtements.

Groupes à voir :

— Les militants anti-antisémites, à la fois comme acteurs de l'affaire, et comme plaque tournante des contacts;
— Les commerçants;
— Les enseignants (contact avec les amitiés judéo-chrétiennes);
— Des jeunes (pour l'instant pas de contact).

Jeudi 10 juillet.

Comme pendant notre séjour à Orléans, nous n'avons pas eu le temps d'écrire, et qu'hier soir au lieu de me consacrer à cette tâche, je suis allé voir *Adalen 31*, ce matin il faut donc reprendre le retard accumulé.

Notre passage à Orléans a été court, mais relativement fécond. Dès mardi, nous avions le sentiment d'avoir fait le tour de la question ou plus exactement d'avoir épuisé le terrain actuel. En effet, vu les circonstances défavorables (l'affaire a eu lieu il y a déjà un bon mois, et la campagne anti-mythe a admirablement fonctionné, résorbant rapidement le mythe sous la honte d'y avoir cru; absence de populations à ausculter : les lycéennes, les enseignants), malgré ces circonstances défavorables nous avons fait le maximum et été assez vite en besogne.

Nous avons découvert des tas d'aspects insoupçonnables au départ qui constitueraient autant de chemins à suivre pour comprendre le développement et la dynamique du mythe : rôle des jeunes, rôle des milieux populaires et spécialement les usines, bureaux féminins (ici petite parenthèse sur la rationalisation de certains intellectuels ou sub-intellectuels des milieux journalistiques qui se pensent de gauche, et croient que le mythe s'est développé dans une ville au prolétariat minoritaire, et qui de ce fait n'a pas pu faire jouer son rôle contrebalanceur, démystificateur), étouffement politique de l'affaire, rationalisation des milieux juifs qui ont vu essentiellement de l'anti-sémitisme là où il n'était que secondaire...

Finalement cette histoire, minime au départ, nous fait traverser les diverses couches orléanaises, nous fait entrevoir les jeux politiques municipaux, les oppositions commerciales, régionales à la limite raciales. Il y a une multitude de choses insoupçonnées que nous découvrons, mais impossibles à éclairer si rapidement et si tardivement (ex. l'étouffement politique de l'affaire, les oppositions multiples au sein de la bourgeoisie locale qui peuvent dans une certaine mesure expliquer les systèmes rationalisateurs de certaines couches, le pourquoi de la propension à développer, intégrer, modifier, propager, résister à, combattre ou ignorer le mythe...). Ce qui ressort donc de ces deux jours, c'est d'une part que les rationalisations données par les milieux journalistiques sont aussi des mythes et qu'en tant que telles, elles doivent être intégrées dans notre analyse comme éléments antidotes de choc.

D'autre part, nous avons deux zones à explorer. L'une nous entraîne vers les milieux officiels, en donnant au mot son extension maximum : la préfecture, la mairie, la police, la politique locale, les organisations diverses professionnelles, politiques, culturelles. L'autre, sur un terrain qui se dérobe vite : celui des milieux « non encadrés » des jeunes, des secrétaires, des femmes qui vivent à l'heure des média à sensation, qui ont en réserve une série de scénarios, de mythes ou de légendes préfabriquées, et qui, mis en branle successivement, peuvent produire une série de réactions en chaîne qui réalisent et concrétisent les mythes vécus jusqu'à présent sur le mode imaginaire, les conjuguant et multipliant.

C'est donc vers la phase d'incubation du mythe qu'il faudrait se tourner, mais c'est celle-là que nous ignorons. Nous pouvons seulement avancer une série d'hypothèses plus ou moins plausibles. Lorsque le commissaire de police donne pour origine l'article de *Noir et Blanc,* il ne se trompe que sur un point : c'est que l'origine est encore plus souterraine, et l'article en question ne fut que le stimulateur qui mit en branle toutes les réserves accumulées depuis des années.

Donc nous devons tenir ces deux fils conducteurs : suivre l'émergence et la diffusion de la légende jusqu'au moment où elle devient publique et, passant dans la sphère de l'officiel, elle active une série d'institutions qui réagissent comme institutions avec leur dynamisme interne et leur logique propre.

Nous pouvons donc provisoirement donner le schéma suivant :

La légende a couvé dans les milieux de concentration féminine faiblement encadrés (couches récemment urbanisées, absence d'implantation syndicale ou politique), des usines, des employées de bureaux ou d'administration ou de magasin (on incrime en effet le plus souvent les usines, les P.T.T., les Nouvelles Galeries). Donc au départ la période incubatrice se trouve être dans les milieux féminins populaires qui disposent d'une série de mythes mass-médiatiques vécus sur le mode imaginaire (lecture des romans-photos, des feuilletons, de la presse du cœur, des hebdomadaires à sensation).

On comprend très bien que c'est dans ce milieu que le mythe a pris naissance : grande concentration féminine, milieu de fermentation hystéroïde (les histoires lues servent souvent de scénario pour vanter les conquêtes masculines, ce qui ne fait qu'accentuer la concurrence mythique ou réelle entre elles). Mais la question fondamentale est finalement le passage du mythe à la réalité (quelque chose vécu sur le mode de l'imaginaire et de la fiction qui trouve le besoin de se réaliser). Nous tombons ici en pleine hystérie et c'est ce mécanisme hystérique qu'il faut comprendre.

Tout d'abord on peut dire que l'article de *Noir et Blanc* a été l'élément traumatisant déclencheur de la réalisation du mythe. L'article en question, qui est un passage tiré d'un roman paru au début de l'année, et qui donnait parallèlement une série de photos tirées d'un film, cachait malicieusement son double caractère de fiction. Le nom du roman et du film était donné en caractères minuscules qui pouvaient ne pas être aperçus. Le caractère de fiction était donc caché, ce qui donnait aux faits toutes les apparences de la réalité (photos à l'appui). La fiction devenait ainsi information, et pouvait très bien se transmettre comme telle.

Mais ici, nous entrevoyons un problème important. En effet, si la fiction peut être cachée, et de ce fait le récit n'est plus imaginaire mais informatif, la fiction qui se donne comme fiction peut très bien devenir information si le terrain est favorable. Les spéculations journalistiques autour d'un événement, même si elles se donnent dès le départ comme hypothèses peuvent très bien devenir thèses pour celui qui les lit, et ceci par un double mécanisme de confiance-méfiance (« c'est parce que le journal en sait beaucoup qu'il ne se prononce pas ou seulement de façon ambiguë ou imaginaire »); le discours manifeste imaginaire est décodé par la recherche d'un discours latent réel.

On peut très bien saisir ainsi le mécanisme de réalisation du mythe qui passerait grossièrement par les trois phases suivantes :

a. Et si l'affaire de Grenoble se passait à Orléans;

b. Cela se passe à Orléans;

c. La preuve, c'est qu'il y a eu la même chose à Grenoble, je l'ai lu dans les journaux.

Le caractère traumatisant de l'article peut réveiller des zones profondément anxiogènes, et où l'angoisse ainsi libérée doit trouver dans la réalité son point de fixation. L'angoisse diffuse devient ainsi réelle, ce qui permet alors de s'en défendre. Mais tout le problème aurait été pour nous de plonger au cœur de cette angoisse féminine, d'en saisir la profondeur, de la circonscrire. Malheureusement cette question qui reste ouverte ne peut pas être abordée par la recherche sur l'affaire d'Orléans (manque de contacts, sur le moment, avec la population féminine).

Toutes les rationalisations possibles peuvent être avancées, mais aucune n'est satisfaisante. Il y a la voie néo-psychanalytique de l'angoisse infantile de la castration qui se résout dans l'ambiguïté du narcissisme féminin et de l'angoisse de la mutilation-viol, et qui prédispose à l'hystérie et produit la fiction du rapt, de l'enlèvement, et dans le cas qui nous occupe, de la traite des Blanches. Selon cette voie, on peut saisir la propension au colportage des femmes, qui, à la fois en diffusant donc en généralisant l'angoisse individuelle, s'en libèrent : la menace individuelle devient collective, et si c'est la collectivité qui est menacée, l'individu se sent lui-même plus en sécurité. Le danger planant sur toutes, il y a moins de chances d'être élue, personnellement.

D'autre part existe le mécanisme inverse de la fascination. Il est frappant à ce propos que les commerçants aient senti de façon diffuse que les plus angoissées étaient assez âgées (comparativement à la clientèle juvénile) et celles qui étaient les plus laides, celles qui avaient une trentaine d'années. D'autre part, on nous a rapporté qu'une certaine déception aurait accompagné le dégonflement du mythe et que certaines jeunes filles qui se trouvaient jolies aient été choquées du fait que personne n'ait essayé de les enlever. Il y a donc un certain narcissisme féminin en jeu, où la femme qui quitte la jeunesse cherche à se convaincre qu'elle y est encore, et où la crainte de l'aventure fait croire qu'elle est toujours en âge d'en avoir. Ce même mécanisme joue pour les femmes laides qui, en redoutant d'être enlevées, montrent qu'elles peuvent l'être. Il est valable aussi pour les jeunes qui, en âge d'aventures, n'en ont peut-être pas encore eues. Ici la vérification de ces hypothèses, qui a priori peuvent être plausibles (il faudra nécessairement en polir et nuancer l'exposition) se heurte à une impossibilité, car il aurait fallu connaître les couches féminines les plus sensibilisées : est-ce les jeunes sans vie sentimentale, les femmes au couple instable... Tout ceci aurait mérité une enquête plus sérieuse. Si ce type de motivation peut prévaloir dans les milieux populaires et juvéniles, il peut aussi se développer dans les milieux bourgeois souffrant de bovarysme provincial.

Orléans semble en effet souffrir d'autant plus du provincialisme que la ville est près de Paris. Il y a un ennui orléanais qui se développe par opposition à l'animation parisienne connue de tous, ce qui fait juger comme pauvre la vie culturelle (cinéma, théâtre), la vie nocturne (bien qu'il y ait un foisonnement de restaurants et plusieurs cafés néo-boîtes)... Le calme d'Orléans cache peut-être une vie clandestine (on parle des cocus notoires, on parle des surboums juvéniles en milieux cloisonnés). Parce que la vie nocturne est interdite officiellement (ville ouverte), la vie est calme, vraisemblablement agitée clandestinement.

Aux jeunes réunis à La Rotonde, on demandait si les Orléanais étaient fidèles en pensant non à la fidélité conjugale, mais à la patrie. On venait en effet de parler de la fidélité à Jeanne d'Arc et du nationalisme inconscient : Orléans centre de la France, région où l'on parle le français le plus pur... Après un petit ricanement, ils ont tout de suite dit : « non, il y a des tas d'histoires bien connues », et c'est là que je me suis aperçu de mon erreur.

Orléans vivrait-elle encore à l'heure de Madame Bovary? Les maris iraient-ils une fois par mois au théâtre municipal applaudir des comédies de Boulevard sans s'y reconnaître? Les femmes bourgeoises mises au courant par leurs enfants auraient, selon cette hypothèse, doublement réagi : par protection pour les enfants menacés, par imagination d'aventures pour elles-mêmes. (On dit que les milieux libéraux (médecins) ont été particulièrement touchés.)

Mais reprenons le fil du développement de la rumeur. Donc la rumeur a incubé dans les milieux à concentration féminine, puis par le canal de la jeunesse, a touché les lycées féminins qui ont été le premier centre de diffusion, car par les lycées féminins la rumeur s'est propagée vers les parents, touchant ainsi les milieux bourgeois, les enseignants, généralisant le mouvement à toutes les écoles. Par les femmes, la rumeur s'est propagée chez les hommes, puis a éclaté rapidement dans tous les azimuts sociaux ou géographiques (la campagne) les jours du marché (samedi avant les événements et surtout le samedi des événements).

Nous avons donc le schéma suivant :

L'article de *Noir et Blanc* paraît dans la semaine du 8 au 14 mai, et stimule la création du mythe qui incube pendant près d'une semaine, touchant petit à petit les lycées féminins. Vers le 20 déjà, elle est suffisamment générale pour que le Parquet, mis au courant par les secrétaires, alerte la police afin de lui demander des précisions sur l'affaire (la police n'était pas au courant, pas plus que le journaliste qui fut informé par hasard par le commissaire de police). Réaction des milieux officiels ambiguë — (tendance à y voir un canular, mais pas suffisamment forte pour alerter alors les commerçants incriminés).

Les commerçants seront mis au courant sur le tard par des amis ou des juifs, eux-mêmes avertis par hasard. Le 20, jour de petit marché urbain (qui n'a rien à voir en ampleur avec celui du samedi qui attire à lui toute la région), la rumeur touche toute la population orléanaise et banlieusarde, pénètre dans les milieux bourgeois, par les bonnes qui reviennent du marché, les milieux ouvriers et populaires pas encore atteints, par les ménagères. Le 23, la nouvelle est propagée au-delà d'Orléans et peut très bien, par ce fait, toucher Tours, Angers, Poitiers, le microbe s'accrochant aux commerçants ambulants.

La semaine du 24 au 31 voit la diffusion généralisée du virus qui touche absolument tout le monde, s'infiltrant dans les cafés, qui deviennent des centres actifs de propagation, prenant les enseignants comme vecteur de diffusion. Ceux-ci mettent alors en garde leurs élèves. La force de diffusion tend à annihiler les éléments antidotiques (chacun connaît quelqu'un de ses proches qui a eu des histoires), d'autant plus que le silence des milieux officiels tend à accréditer la rumeur. Il y a comme une attente de sanction de la part des milieux officiels : toute prise de position de ceux-ci rendrait vrai ou faux immédiatement le bruit.

Les milieux officiels qui prennent la chose à la légère (le canular) ne peuvent réagir par voie bureaucratique (il ne revient à aucune administration publique de démentir lorsque le Parquet n'a pas été officiellement saisi). La police, dont l'enquête superficielle n'avait abouti à rien, puisque aucune plainte de disparition n'avait été déposée, n'avait pas dans ses attributions la possibilité d'offrir un démenti sur du vent. C'est vraisemblablement au cours de cette dernière période que le bruit prit de plus en plus une tonalité antisémite, sans que l'élément antisémite cesse de demeurer secondaire. (On disait en effet : Il y a une affaire de traite des Blanches et ce sont « en plus » des juifs.) L'antisémitisme se greffe en effet à partir du moment où on ajoute : « ce n'est pas étonnant ».

Le samedi 31, jour du marché régional, la rumeur de chuchotée devint publique. Des rassemblements se firent devant la boutique Dorphé, admirablement située pour être la première visée. En face des Nouvelles Galeries, à proximité immédiate des Halles, dans une rue à l'époque plus ou moins obstruée par des travaux. Elle était un lieu de passage naturel pour une multitude de gens qui, par curiosité, pouvaient s'y arrêter quelques instants et échanger quelques propos, parfois même avoir des gestes manifestes d'hostilité, des paroles antisémites. C'est la crevaison de l'abcès qui a déterminé immédiatement la riposte d'emblée anti-antisémite, et c'est la vigueur de la riposte et l'officialisation du phénomène qui en a détruit les germes actifs.

Dans une certaine mesure on peut dire qu'une telle rumeur ne peut se développer que clandestinement, dès qu'elle se généralise, elle perd déjà de sa force (réaction devant la grosseur prise par la rumeur qui fait douter de sa véracité), dès qu'elle devient publique, c'est-à-dire à partir du moment où elle ne trouve plus de terrain non-contaminé, elle tend déjà à disparaître. Lorsqu'elle passe au stade de l'officiel, elle provoque le déclenchement d'éléments antidotes extrêmement énergiques qui accélèrent la résorption, mais ne sont cependant peut-être pas suffisamment forts pour tous les germes polluants (il n'y a pas de fumée sans feu). Il est toujours possible en effet, qu'un même type de phénomène se développe, avec une mythologie dissemblable, bien qu'avoisinante, s'attaquant à d'autres personnes. Certains disent en effet, il n'y a rien eu en ce qui concernait les juifs, mais il est tout à fait possible qu'Orléans cache une histoire de traite des Blanches ou de drogue dont serait partie la rumeur, déviée dans un mauvais sens par l'imagination populaire.

Voici donc rapidement développés les mécanismes principaux de diffusion et de résorption de la rumeur. Nous n'avons pas encore envisagé les thèmes mêmes de celle-ci, car le contenu mythologique doit nous introduire à une précision sur les tendances cachées qui se dévoilent alors. Première question à se poser : la liaison du thème antisémite et du thème « traite des Blanches ».

Le 10 août. Lettre à Edgar Morin.

Remarques d'ordre général.

Je crois qu'il y a une erreur générale dans la construction de l'ensemble du rapport. Cette erreur apparaît assez nettement avec les derniers chapitres : on passe d'un chapitre qui analyse la structure du mythe et de l'anti-mythe à un nouveau reportage socio-phénoménographique sur les conducteurs, anticorps ou remous politiques. Il s'agit de restructurer l'ensemble et je n'ai plus sous les yeux les pages antérieures.

Essayons néanmoins :

1. Une grande première partie qui serait en quelque sorte le reportage sur l'affaire d'Orléans. Il suffirait de rajouter les chapitres 4, 5, 6 au chapitre sur le cheminement de la rumeur (en laissant de côté l'analyse de l'intelligentsia).

2. Une deuxième partie analytique (structure du mythe et de l'anti-mythe) à laquelle on pourrait ajouter les interrogations sur les nouvelles inquiétudes des adolescentes, sur la lutte que les enseignants mènent contre la culture juvénile féminine. On analyse-

rait dans le prolongement le rôle de l'intelligentsia. On s'interrogerait encore sur le cycle de la rumeur qui, partie des milieux adolescents, a sa source dans un fantasme qui révèle à la fois la ségrégation des adolescentes, leurs angoisses devant la culture féminine moderne et la libération de l'éros. Cette rumeur vient inonder la ville et lécher la Polis (ici, faire une analyse plus serrée des remous politiques c'est-à-dire dépasser le reportage pour poser un certain nombre d'interrogations autres que celle sur l'éventuelle angoisse de la ville, dont on ne voit pas bien à quoi elle correspond sinon à une carence d'analyse).

Cette conclusion présente des avantages sur le plan analytique comme sur le plan logique.

Autre suggestion : il faudrait développer davantage les hypothèses que l'on peut formuler sur les adolescentes attirées et effrayées par la libération moderne de l'éros féminin.

L'affaire d'Orléans révèle en premier lieu la ségrégation relativement importante des milieux adolescents, mais aussi la communicabilité interne. Si la rumeur « incube » dans les milieux adolescents, lorsqu'elle se propage elle touche les différents milieux sociaux. Son passage dans les milieux adultes se fait par lente remontée. On peut parler de sous-culture adolescente féminine, celle-ci se différencie de la culture juvénile dans son ensemble. En effet, dans les milieux adolescents masculins la rumeur semble s'être propagée assez tardivement (la ségrégation garçons-filles jouant suffisamment pour empêcher toute communication). Exemple : une classe de techniciens supérieurs de Benjamin Franklin a eu communication du bruit par un externe qui le tenait, non d'une copine orléanaise ou de sa sœur, mais des parents. Donc, large zone de clandestinité dans les milieux adolescents féminins (secrets échangés électivement entre filles, copines, amies, confidentes qui permettent la libération des angoisses ou l'échange des nouvelles expériences).

Les adolescentes, loin d'être immunisées contre les fantasmes par une connaissance scientifico-physio-psychologique de la sexualité féminine qui filtre à travers la presse féminine, restent profondément démunies devant les développements de l'éros féminin La répression de l'éros féminin qui se fondait sur les mystères entretenus de la maternité, sur la crainte d'une maternité précoce, a été désamorcée, bien qu'elle constitue encore actuellement une part capitale de l'initiation sexuelle. Mais la démystification de la sexualité-maternité laisse dans l'ombre les pulsions et désirs nouveaux qu'elle a, elle-même, provoqués et libérés. Un nouvel univers de pulsions profondément anxiogènes (car objet d'expérimentation et d'expérience individuelle) apparaît non encore codifié et reconnu socialement. L'appel de la sexualité ne sera plus pour les adolescentes l'attente anxieuse de l'épanouissement dans le bonheur marital, mais la recherche d'expériences sexuelles précoces, de défloraison prémaritale, voire d'expériences élargies à plusieurs partenaires.

Les adolescentes les plus sensibles au mythe sont peut-être celles qui gravitent depuis peu dans l'orbite de cette nouvelle sexualité féminine. Introduites et initiées par les magazines, stimulées par le milieu des copines, leur première émancipation est l'entrée dans la mode féminine juvénile qui commande en filigrane une stratégie de séduction réalisée ou désirée. Mais en même temps elles restent captives des normes traditionnelles sous l'emprise parentale. Ainsi, elles doivent assumer une double initiation contradictoire, celle de la sexualité féminine moderne, celle des normes anciennes, l'une et l'autre culpabilisantes (honte d'être encore vierge aux yeux des camarades initiées, et de ne plus l'être aux yeux des parents), mais aussi l'une et l'autre équilibrantes. Cette double attraction peut provoquer de légères perturbations de trajectoire, où après une série d'expériences la sexualité se stabilise dans le mariage, mais les oscillations restent profondément anxiogènes et de l'angoisse naissent les fantasmes. Micro-fantasmes individuels où se croire désirée et repousser la tentation déculpabilise du désir de se faire désirable. Macro-fantasme de la traite des Blanches qui a fixé localement les anxiétés flottantes en se réalisant dans le mythe. L'ampleur du mythe révèle au plus profond l'angoisse devant les pulsions nouvellement ressenties et qui commencent à poindre car elles n'ont plus de répresseurs suffisamment efficaces. Certes, l'éthique traditionnelle garde le dessus, réprime les pulsions en les expulsant comme déchéance d'un nouvel esclavage sexuel (celui des instincts et des pulsions faisant de la femme un objet d'amour volontaire, une quasi-prostituée). Mais, par là même, elle déclenche des mécanismes anxiogènes et inhibiteurs, car elle est incapable d'expliquer, de reconnaître ce monde étrange de l'instinct sexuel.

C'est donc à la fracture de ces deux univers de la sexualité féminine qu'on trouvera les zones sensibles et fragilisées, peut-être sous un extérieur rassuré.

Mais, en abordant les milieux des ateliers féminins, la rumeur se propage sur d'autres assises car ici se rejoignent l'univers féminin juvénile moderne et une version de l'univers féminin adulte, celui de la presse du cœur. Certaines adolescentes des milieux populaires, imbibées de la culture romanesque et un peu vieillie de la presse du cœur, ont peut-être alimenté le mythe en puisant dans la fiction.

Ces adolescentes qui vivent un univers romanesque, aliment de l'imaginaire, et entrent en même temps dans l'orbite de la nouvelle sexualité féminine, subissent une perturbation d'autant plus forte que leur initiation s'effectue le plus souvent brusquement sans le refuge d'un milieu ambiant protecteur. L'entrée dans la culture adolescente moderne n'est souvent qu'une tentative imaginaire de fuite de l'atelier, de désir de promotion personnelle par la séduction de l'étudiant ou du fils de bourgeois, et elle s'effectue le plus souvent par une rupture brusque avec le milieu des copines d'atelier ou du voisinage.

Dernière suggestion : les réflexions finales sur la dialectique modernisme-archaïsme sont ou trop longues, si l'on n'en veut donner qu'une idée, ou trop courtes, si l'on pense réellement éclairer le lecteur. Les considérations sur le devenir de la civilisation sont superflues.

La *conscience du monde* n'apporte pas grand chose de déterminant : la grande question reste entière. Qu'est-ce que l'Elucidation? A quoi sert-elle? A qui s'adresse-t-elle? Et pourquoi faire? Votre réponse, si elle est tentée, ne me semble guère convaincante. Si on joue perpétuellement en effet de la rationalité à la rationalisation, vient le moment où l'on refoule le problème en définissant les bornes et règles de la rationalité (épistémologie et logique).

Pour finir, il me semble que l'analyse du rôle de l'intelligentsia reste trop marquée de l'idéal morinien de l'intellectuel, ce qui permet de faire une catégorie « classe cultivée » d'un groupe aux clivages multiples.

Il serait nécessaire de distinguer les milieux enseignants du privé et du public (où la mise en garde relève plus de l'administration que de l'initiative d'enseignants, bien que cela ait existé).

Il conviendrait de tirer davantage parti de l'exemple du président des parents d'élèves qui témoigne d'une brusque conversion, dans son cas accélérée par la rencontre de Licht, mais qui fut peut-être celle, plus lente, d'une partie du corps enseignant. D'où, une double hypothèse : sensibilité au mythe, puis à l'anti-mythe (l'anti-mythe se développant à partir d'une vérification de la fausseté des faits). La personne que j'ai vue à la Maison de la culture, bien que peu bavarde, m'a confirmé qu'au début elle crut, pour sa part, à la rumeur. Mais devant son ampleur et son caractère antisémite, elle eut la révélation d'un « complot fasciste ». S'agit-il de deux univers mentaux qui se heurtent ou, un même univers commande-t-il les deux réactions contradictoires? Dans les deux cas, il y a carence de l'élucidation mais l'explication tient au postulat idéal du rôle de l'intelligentsia.

Faire ressortir davantage le caractère dispersé et peu assuré des réactions du corps enseignant, témoignant de l'hétérogénéité et de la crise de l'intelligentsia. Ce caractère ne peut plus être analysé en fonction de la vocation d'éclaireur qui fut celle de l'enseignant du début du siècle, la fonctionnarisation et l'établissement dans la vie bourgeoise étant un fait largement acquis.

Toute la partie sur les remous politiques demanderait un diagnostic plus prudent et hypothétique.

La grande faiblesse de ce rapport sera la partie qui tente d'expliquer et de cerner les réactions des groupes sociaux, alors que la partie d'analyse du mythe, de l'anti-mythe est très bonne, apprend quelque chose de neuf et fait jaillir une multitude de questions. La pauvreté de la phénoménologie concernant les réalités des rapports et des conflits sociaux en jeu dans cette histoire d'Orléans, et l'extrême brièveté de notre enquête ne nous permettent pas de nous avancer très loin en dehors de généralités susceptibles d'être déterminées quasi-a priori. C'est pour cela qu'il faudrait peut-être accentuer le caractère phénoménologique et monographique de ces parties, les situer dans un réseau de considérations générales et peu originales, avancer quelques hypothèses plus précises et, surtout lever une série d'interrogations : la culture féminine juvénile (spécialement la libération de l'éros), les adolescentes, la crise des enseignants, la société urbaine, la politique locale... Il me semble que la formulation de telles hypothèses serait plus profitable au lecteur que les considérations globales sur la civilisation et son devenir en crise.

Evelyne Burguière

Lundi 7 juillet.

Route de Paris à Orléans. Dans la voiture, nous avons le temps de reprendre l'historique de l'affaire, de nous répartir les champs d'investigation. Edgar Morin a revêtu la tenue des rencontres officielles. V. et C. ont le cheveu long ou le collier hippie qui facilitent les rencontres avec des jeunes. Suzanne est orléanaise de souche. Je la suivrai dans son pèlerinage bourgeois.

Entrée dans Orléans. Ville froide et plate. Il fait gris. Murs, pierres, statue de Jeanne d'Arc qui trône au milieu de la place qui deviendra notre point de ralliement. Suzanne et moi avançons vers la maison de sa grand-tante en traversant des quartiers quasiment vides. Derrière les murs de ces petites maisons à deux étages, que se dit-on?

Maison de Mme J. Escalier douillet. Moquette, tapis. Petit salon jaune tendu de soie d'où nous passons dans un salon plus vaste. Un piano, des fleurs, des photographies, un poste de télévision. Dans la cuisine, la femme de ménage prépare le déjeuner. Je m'enfonce dans un fauteuil et j'imagine une vie silencieuse, solitaire.

La vieille dame vit très isolée. Le soir, ses locataires du dessous montent regarder la télévision. Ils lui racontent les bruits de la ville. Nous parlons de l'affaire.

Comment a-t-elle appris tout cela? Par ses voisins, messagers du monde extérieur. Ils ont dû, dit-elle, lire cela dans *le Figaro* (elle, elle lit *l'Aurore* et n'a rien vu). Elle est très irritée. Elle condamne la rumeur publique qui se repaît de contes de bonnes femmes : elle condamne la campagne de presse — très peu innocente — qui a fait étalage de ces « sornettes ». « Cela profite aux communisants. » « Avec leur manie de vouloir toujours opposer et diviser les gens, ils ont créé cette situation. » Même sa femme de ménage qui n'a « certes rien à lui reprocher » a osé un jour lui dire « qu'elle ne voulait pas être traitée comme un chien ».

Cet Orléans si feutré tout à l'heure dresse à présent ses citadelles rivales, ourdit ses luttes sournoises. Soudain le thème du souterrain, une des composantes essentielles du mythe de la traite des Blanches orléanaise est évoqué par la vieille dame : « Quand j'étais petite, mon grand-père voulait me les montrer. Il y avait un puits au bout. J'avais peur. » L'itinéraire de l'affabulation romanesque qui a mis Orléans en émoi est-il retracé inconsciemment par la vieille dame? Ou bien s'agit-il d'un patrimoine collectif puisque, à l'en croire, tout Orléanais connaît l'existence de cette ville souterraine, labyrinthe qui date de Jeanne d'Arc et dont les couloirs passent sous la Loire, ville dans laquelle on ne pénètre jamais, parce qu'elle inquiète, mais qui nourrit les bas-fonds de l'imagination, que l'on évoque pour se faire peur, pour faire peur...

Elle parle aussi de sa petite voisine qui « revient parfois avec une robe achetée chez les juifs ». On parle donc couramment des « juifs » à Orléans?

Pour elle la véritable concurrence pour les commerçants orléanais ne vient pas des « magasins juifs » mais de « ceux des Allemands », la grosse chaîne X. Glissade inconsciente d'un antisémitisme hors-la-loi vers une xénophobie commode ou au contraire lien étroit entre ces deux attitudes?

En quittant la vieille dame, j'ai l'impression d'avoir un peu avancé dans la connaissance d'Orléans et de la vie orléanaise : ennui de la province, multiples rivalités, commerciales ou autres. Conscience d'un « honneur de la ville ». Mélange de honte, de volonté de gommer, de réduire l'importance de ces incidents, de déléguer ce délire à l'imagination populaire, de se préserver de toute participation à l'événement. Méfiance envers l'Etranger menaçant. Ville double, celle, apparente, de la réalité et celle souterraine du secret, réceptacle des imaginations, des fantasmes érotiques inavoués?

Avec Suzanne chez A., un des magasins incriminés, bien que non-juif.

La patronne nous fait le récit de tous les ennuis qu'elle a eus : le « mâle » qui arrive, tel un délégué de la peur collective, inspecter tout le magasin avant d'autoriser sa fille à venir y faire des achats, la cliente qui semble épouvantée lorsqu'on lui offre d'utiliser le téléphone de l'arrière-boutique, la foule méfiante attroupée devant le magasin, le « parachutiste », époux de la directrice des ventes, exigeant qu'elle quitte immédiatement un lieu où il se passe « un trafic de femmes » (pourtant la mère de cette même directrice des ventes viendra dire à A. combien sa fille est honteuse de cette scène).

Toutes ces réactions s'entremêlent : méfiance, hostilité, peur, honte et même volonté de rachat. La source de la rumeur? La patronne hésite; elle se demande... bêtise populaire ou volonté de nuire?

Nous bavardons avec la jeune vendeuse qui nous fait visiter le magasin. Les articles vendus? « Les gens sont jaloux. Regardez, ce n'est pas un magasin pour les mémés. » Il y a là, en effet, des choses ravissantes, tout à fait dans le vent.

La clientèle? « Des jeunes et des moins jeunes mais qui aiment notre style. » Les cabines d'essayage? « Toute cette histoire d'enlèvement, c'est ridicule. On peut voir les cabines de la rue. » Les ragots? « On a raconté que chez le marchand de chaussures (juif) les jeunes filles étaient piquées à la plante des pieds puis transportées, droguées, jusqu'à la Loire, à travers les souterrains » (comme d'autres, elle croit ferme à l'existence de ces couloirs secrets).

Cette visite chez A. nous apparaît intéressante. Avec Suzanne, nous faisons le point. Tous ces magasins sont récents. Elle me dit que les boutiques qu'elle connaissait offrent des vêtements beaucoup plus classiques, plus chers. Ces robes plus courtes, ces pantalons mieux coupés, ces accessoires fantaisistes, tout cela doit effrayer un Orléans conformiste.

Nous parlons du mythe. Comment s'est-il fabriqué? Il semble, d'après ce que nous dit la jeune vendeuse de chez A., que la fixation essentielle se soit faite d'abord sur l'enlèvement des femmes et le réseau souterrain qui relie une boutique à l'autre, le marchand de chaussures à la boutique de confection. Avant le samedi, lorsque la rumeur circule, le thème antisémite ne semble pas élucidé. Ce n'est qu'après, lorsque les divers magasins sont nommés, rassemblés dans la voix populaire que le thème antisémite est reconnu. Si des souterrains ne relient pas les magasins, d'autres facteurs les relient : les propriétaires sont juifs.

La petite vendeuse parlait des « magasins juifs ». Ils ne sont pourtant en rien différents de son magasin; on y retrouve le même type de robes. Pourtant, elle soulignait imperceptiblement une différence dans la seule utilisation du mot « juif ». Cette différence, elle ne l'assumait pas mais la répétait comme un leitmotiv de conversations qu'elle avait eues avec ses camarades. « Les magasins juifs » semble être une désignation courante de quelques magasins.

Visite à D., petit industriel, très dynamique. Très jolie cour. Fenêtres à croisillons de pierre. Arcades, calme du vieil Orléans. Détails précieux des sculptures. Statues, lierre, vieilles dalles.

D. interprète l'événement. Absent de la ville au moment de l'affaire il a pu, à son retour l'analyser à froid. Il a deux thèses. La thèse politique : selon lui, avant le 31 mai la rumeur était incontrôlée, incontrôlable. Mais depuis, elle a été utilisée à des fins politiques. Après le 31 mai deux temps; l'étouffement à cause de la campagne électorale et la surenchère politique entre les deux tours de scrutin. Sa deuxième thèse : la rumeur a été orchestrée mais s'est avérée par la suite être une bonne publicité. La curiosité a attiré les clients. Après quinze jours de baisse de ventes, les affaires ont repris de plus belle.

La première explication — politique — fait des commerçants les victimes innocentes des roueries électorales. La deuxième, des bénéficiaires inconscients. (A la limite les inventeurs habiles de publicités scandaleuses bien que D. ne soit pas allé aussi loin et que ce soit moi qui glisse, inconsciemment, vers cette interprétation).

Ces explications que nous donne D., je suis certaine qu'il n'est pas seul à les fournir. Il est l'interprète de discussions qu'il a eues avec d'autres, à Orléans. Ce qui me frappe, c'est à la fois la volonté de minimiser l'événement, et d'amplifier — tout en la stigmatisant —

son utilisation politique, volonté aussi d'oublier dans toutes ces explications la dénonciation de l'antisémitisme. L'antisémitisme n'est pas retenu comme une réalité tangible.

Sa sœur, célibataire, femme d'affaires, la quarantaine. Réagit violemment à ce feuilleton pour midinette. Elle se barricade derrière la raison et le bon sens. « Cette histoire d'enlèvement y avez-vous cru? » — « Il n'est jamais impossible qu'on enlève des femmes. »

Il y a peut-être eu une époque, du 20 au 30 mai, où elle a participé, elle aussi, à la propagation du mythe, de bouche à oreille puisqu'elle nous révèle que dans sa société bourgeoise, les femmes parlaient de l'événement. La rumeur n'était donc pas réservée uniquement aux « filles de l'atelier »?

Dîner. Sont présents les commerçants visés dans l'affaire, des journalistes, M. Brun, M. Lévy, un professeur Mme K. et son mari. Ce n'est qu'à la fin du repas que les conversations se libèrent. M. Licht nous présente Mme Buki (« Sheila ») : « Elle a été admirable, elle s'est battue comme un homme. »

Je suis près d'elle. C'est une femme intelligente, fine, sensible, que l'événement a beaucoup affectée. Plusieurs fois, elle nous dira son désir de décrocher, de partir vers un pays où l'antisémitisme n'existe pas, Israël peut-être. « J'étais aveugle, maintenant je vois clair. »

Pour les journalistes, la reconstruction du mythe aboutit à une véritable affaire « Z », avec ses dessous politiques, ses complications. La première rumeur remonte aux environs du 10 mai émerge dans le secrétariat féminin du Parquet où la nouvelle circulait, puis déborde de telle sorte que les magistrats en sont alertés. Lorsque l'affaire pénètre dans les milieux officiels, sa nature antisémite est reconnue et les énergies vont se déployer pour l'éteindre. Ce qui nous intéresse, c'est tout ce qui précède l'explosion officielle, à savoir ce cheminement de bouche à oreille, c'est la manière dont certains ont pu croire à ce feuilleton.

Mme K. nous parle de ce professeur (que nous n'avons pu rencontrer cet après-midi, Suzanne et moi), militant de l'association de parents d'élèves, qui a cru un temps à la rumeur, puis rencontrant

M. Licht, après explication, fut l'un des plus actifs à la destruction du mythe.

Quelle fut la réaction des milieux enseignants? On nous parle des déclarations officielles des syndicats, on nous donne quelques adresses. Mme K., fille d'une commerçante juive de la ville, elle-même professeur, souligne le silence qui l'entourait, puis les murmures, le crédit que certains de ses collègues accordèrent au mythe, l'absence complète de dialogue entre ces collègues et elle. Lors des événements, elle était enfermée dans une sorte de ghetto, sans que rien ne l'accuse expressément elle, ni ses parents.

Lorsque nous demandons à Licht, à Mme Buki, de reconstruire pour nous les journées de paroxysme (le samedi, le dimanche des élections), ils sont à nouveau tendus, inquiets. Ils revoient ces groupes devant les magasins. Licht insiste sur l'air menaçant de certains, sur la tension dangereuse de certaines heures. Le samedi est jour de marché; il y a normalement foule, dans les rues d'Orléans, mais pour eux, ce jour-là, cette foule était agressive. Je retrouve chez eux les mêmes intonations que j'avais observées chez A.

Ils ne sont pas, comme chez A., Orléanais de fraîche date. Ils ont des amis. « Aucun coup de téléphone (ou presque) pour nous assurer d'un soutien, d'une amitié. » Des coups de téléphone, ils en reçoivent, mais ils sont anonymes, menaçants, goguenards. On leur demande s'ils ne délivrent pas de billet pour le Moyen-Orient. « Je vous offre une caisse de champagne, si vous faites disparaître ma femme », dit un plaisantin du téléphone. Des clients demandent s'ils n'offrent pas, en prime, des bons de réduction pour le magasin de chaussures, etc.

Pour eux, cette histoire aberrante qui a échauffé les imaginations, contaminé les plus sages, n'est pas innocente. La thèse du complot réapparaît, étend son filet à travers toute la France (Lille, Le Mans, etc.), encercle Orléans, explose là plus violemment qu'ailleurs. On cherche les responsables, les vecteurs politiques possibles. On parle de mouvements d'extrême-droite.

Rétrospectivement ils respirent : aucune disparition n'a eu lieu pendant ce temps-là. Et pourtant les colporteurs appuyaient leurs dires sur des disparitions certaines selon eux, qu'ils tenaient de personnes dignes de foi, un ami, un parent.

Qui colportait? Dans les lycées, l'effervescence fut grande, mais cet après-midi on nous a parlé des « employées des P & T », des « filles de l'atelier ». Milieu adolescent? Milieu féminin? On nous parle maintenant de salons de coiffure, milieux privilégiés de la propagation des nouvelles, de certaines coiffeuses qui ont cru ferme à l'histoire et qu'il faudrait aller voir.

Mardi 8 juillet.

On se répartit le travail. Edgar Morin nous conseille, à Julia, Suzanne et moi, d'aller faire un tour chez les coiffeuses ou instituts de beauté. J'aimerais discuter avec les vendeuses de Mme B.

Lorsque j'arrive à la boutique, Mme B. est là. Elle me présente à ses vendeuses, deux jeunes filles qui sont en train de ranger des vêtements sur des cintres. Je précise l'objet de mon enquête : sur la propagation d'une rumeur. Obstruction complète.

— On en a assez, les journalistes utilisent les moindres mots qu'on prononce et inventent n'importe quoi.

— Je ne suis pas journaliste.

— Pour nous, c'est classé, il ne faut plus parler de ça.

J'insiste. Elles rangent plus nerveusement les robes, surtout l'une d'elles, la blonde. La brune, elle, ne parle pas, ou guère. L'autre est très agressive au début.

— On remue des choses troubles. Les gens ont oublié.

— Personne n'en parle?

— Non, personne.

— Qui en parlait avant les élections?

— Tout le monde.

— Des jeunes?

— Des jeunes, des vieux.

— Les vieux, c'était les plus inquiets parce que, eux, en savent plus que les jeunes. Ils savent que ça peut exister la traite des Blanches.

— Ils disaient donc que c'était possible. Ils y croyaient?

— Oui, non. En fait, les gens rigolaient.

— Pas les vieux?

— Il y a toujours des gens qui prennent ça au sérieux, mais dès qu'on a su que c'était du rêve, plus personne n'en a parlé. Il ne faut plus en parler.

— On ne vous a rien demandé, à vous qui travaillez dans ce magasin? Vous deviez savoir, vous, vous étiez près de la source?

— Oh! les gens me connaissent. Ils m'ont demandé des renseignements, mais ils n'y croyaient pas. J'ai appris ça par une copine. Elle m'a demandé ça le dimanche 25, le dimanche de la Pentecôte. (C'est la brune qui parle.)

— Vous en avez parlé à votre patronne?

— J'ai voulu le faire, le mardi, mais il y avait des électriciens dans la boutique. Je l'ai fait le lendemain. Je n'y croyais pas bien sûr. Mais enfin j'étais un peu imbriquée dans l'affaire, parce qu'après tout, je travaille ici.

L'autre vendeuse était malade lors des événements. Le bruit n'a pas circulé autour d'elle. Son mari ne l'a pas entendu dans le bureau où il travaille. Entre-temps, la patronne est sortie. J'aborde avec elles, plus précisément le thème de l'antisémitisme.

— Moi, il y a des gens qui me disent parfois : « Tu travailles chez des juifs, tu leur fais gagner de l'argent. »

— Qu'est-ce que vous répondez?

— J'explique ce que c'est que mes patrons, qu'ils sont des commerçants comme les autres.

— Mais juifs, pour ceux qui vous parlent?

— Mais ça, c'est du racisme. Les gens qui disent ça sont bêtes. On ne peut pas discuter avec eux.

Elles essaient alors de définir ce qu'est un juif.

— Rien, un homme comme les autres.

Pour elles, les parents sont très responsables du développement du racisme. « Les vieux sont irrécupérables. »

On parle de la « fragilité » des jeunes, de leurs fantasmes.

— D'ailleurs, c'est aux professeurs que vous auriez dû aller poser la question sur l'affaire...

— Les professeurs? Pourquoi?

— Il y a des jeunes au lycée qui en parlaient.

— Les professeurs sont responsables?

— Non, bien sûr.

— Alors?

— Je ne sais pas. Mais il faut qu'ils fassent quelque chose, qu'ils expliquent...

A partir de là, plusieurs thèmes s'entrelacent : le racisme, l'éducation et ses manques...

— Moi, je ne suis pas antisémite; les hommes de couleur?... Il y en a qui sont sympathiques. Mais je ne me vois pas, par exemple, sortir avec un Noir, l'épouser.

— On me reproche de travailler chez des juifs. Je ne peux pas discuter avec ceux qui me reprochent cela. Ils sont vieux, ils sont bornés. Les jeunes, c'est mieux. Eux, on peut leur expliquer, on peut les changer.

Orléans est une ville qui connaît les étrangers. Il y a eu les Américains.

— Les Français n'aiment pas les étrangers.

— Ils n'aiment pas les juifs, non plus? Ce ne sont pas des étrangers, pourtant?

— Moi, je crois qu'il y a de la jalousie, là-dedans. Car les juifs réussissent dans les affaires.

— Il y a des juifs qui ne réussissent pas, on dit pourtant de la même manière, ce sont des juifs.

— Parce qu'ils sont aussi un peu étrangers. Ils sont un peu israéliens.

— Comment ça?

— Pour les gens, ils sont un peu étrangers.

— Ils ont un accent? Ils vivent d'une certaine manière? (Je ne suis pas certaine que la jeune vendeuse qui a prononcé le mot israélien tout à l'heure, n'a pas tout simplement confondu avec israélite; je préfère néanmoins la laisser s'expliquer.)

— Ça dépend!, mais je crois que c'est surtout la jalousie

On tourne en rond.

Mme B., revenue entre-temps, donne son avis. Pour elle, la religion chrétienne n'est pas étrangère à la propagation de l'antisémitisme. Les juifs sont ceux qui ont tué le Christ. On le dit aux enfants. La riposte de la jeune vendeuse brune est énergique :

— J'ai été élevée dans une institution religieuse, on ne m'a jamais dit ça.

L'autre vendeuse approuve elle aussi :

— La religion, ça ne semble pas suffisant pour séparer les gens.

— Surtout aujourd'hui. On n'est plus tellement pratiquant. On n'a pas le temps.

Mme B. revient à la charge. Elle raconte certains épisodes de son enfance, les coups qu'elle recevait quotidiennement, accompagnés d'injures. Etonnement des jeunes vendeuses qui soulignent à nouveau l'importance de l'éducation.

— Il faudrait qu'à l'école, on trouve un moyen de supprimer ces réactions racistes.

Mme B. rappelle un autre fait récent : « Je vous ai montré ma carte d'identité qui dit bien que je suis française. Je vous l'ai montrée pendant les événements. Vous doutiez que j'étais française? »

Les jeunes vendeuses n'avaient certes pas contesté sa nationalité. Le geste de Mme B. obéissait à une colère momentanée, à un désir de montrer la preuve de sa nationalité et par là supprimer l'accusation de duplicité que la vox populi accorde aux juifs. Juifs, ou Français?

Réponse de la jeune vendeuse : « Non, je ne doutais pas que vous étiez française (cf. le nom à consonance étrangère qui aurait pu prêter à confusion) mais je ne savais pas non plus que vous étiez juive. »

Impression d'ensemble de cette discussion. Le dialogue était faussé par la présence de Mme B., par le fait qu'elle me connaissait et m'a présentée à ses vendeuses. Celles-ci avaient plusieurs motifs pour me tenir en suspicion, ma connaissance de Mme B., sa présence, l'agacement qu'elles éprouvaient à remuer « toutes ces choses ». Ce n'est pas leur témoignage sur l'événement que je pouvais espérer, ni leur réaction : je pouvais prévoir les deux. Mais l'écho que l'événement avait eu sur ceux qui les entouraient, la manière dont elles l'avaient appris, les discussions qu'elles avaient eues chez elles, au café avec les autres vendeuses, avec leurs amis. Nous avons glissé vers une discussion plus générale qu'il serait intéressant d'analyser dans sa maladresse, dans ses poncifs mêmes, et ses contradictions.

Les deux vendeuses sont plus mûres que la petite de chez A. Celle qui est mariée a des contacts dans des milieux qui ne sont plus adolescents et qui ne semblent pas avoir colporté la rumeur; mais certains de ceux-ci en revanche, se réfèrent à un antisémitisme « obtus » selon elle, parce qu'il s'exprime sans explication, sans justification, outre cette « jalousie » plusieurs fois répétée.

Quant à l'autre vendeuse, son information fut en quelque sorte officielle, ou para-officielle.

Le point le plus intéressant est sans doute la discussion que nous avons eue sur le racisme, l'éducation des enfants, discussion qui, dans sa banalité même, pourrait être un miroir de la mentalité provinciale. Obscurités mêmes de la discussion où nous apprenons que les « vieux » furent les crédules les plus fermes, mais où les « jeunes » n'apparaissent pas nécessairement comme les véhicules du mythe, mais plutôt les victimes de la crédulité des anciens. Qui colportait le mythe? Rien de clair ne transparaît de cette interview. Les « vieux » y croient, mais qui leur a communiqué la nouvelle? Autant de points qui restent obscurs et qui, hier, chez A., apparaissaient plus clairs.

Pour ce qui est du fantasme érotique : le thème de l'enlèvement des femmes, elles l'ont délibérément catalogué (« une rigolade ») ou expulsé. Une rigolade saumâtre qu'il était malséant de réveiller.

Il est près de midi. Je devais repasser chez A. Visite éclair où j'apprends qu'elle vient de mettre une annonce dans un journal pour demander une nouvelle gérante. De toutes façons, elle n'avait pas l'intention de rester à Orléans. Elle voulait lancer le magasin, former une gérante. Mais maintenant, elle a encore moins envie d'y demeurer. Echo de la conversation d'hier soir avec Mme X. qui parlait, elle aussi, de quitter Orléans.

On reparle un peu des clientes qui rentraient inquiètes dans le magasin, après l'affaire : « Les plus inquiètes, c'était les plus laides. »

Midi. Rendez-vous dans un restaurant près de la Halle. Julia sort de chez le coiffeur. Puis viennent Edgar Morin, Bernard Paillard et Claude Capulier, tous avec leur charge d'anecdotes que nous dégustons. La patronne intervient à la fin du repas : « Si j'avais été attaquée, comme ces commerçants, je vous assure que j'aurais réagi violemment. » Edgar Morin me fait remarquer l'agressivité de mes questions : « Laisse les gens parler, parle peu. »

Dans ce type d'enquête, la difficulté est là. On ne vient pas avec un questionnaire tout prêt : il s'agit de saisir des choses fugaces, délicates qu'il ne faut pas effrayer.

L'après-midi : promenade en ville. « Drague sociologique ». Nous ne savons pas très bien où aller. Il faudrait trouver un endroit autre que les cafés prospectés par Julia et Claude. Nous repassons chez Mme B., car j'ai demandé ce matin à la jeune brune d'essayer d'entrer en contact avec des jeunes, non lycéens, non étudiants que nous pourrions rencontrer. Echec. Tous ceux qu'elle a vus travaillent tard.

Un endroit jeune? « Le bowling, nous dit-elle, ou la piscine. » « Mais si vous voulez discuter avec les gens, me dit l'autre vendeuse, présentez-vous mieux que ce matin. Dites ce que vous faites. Ce matin on a cru que vous étiez journaliste. On n'aime pas les journalistes. »

Nous n'avons guère l'intention de nous « présenter ». Le bowling n'est pas désert, mais guère surpeuplé. Cela semble aussi très peu l'endroit où l'on peut discuter de façon anodine avec n'importe qui. Les tables sont séparées, peu fréquentées. Les pistes, elles, sont réservées aux joueurs trop attentifs à leur score. Quelques *baby-foot* semblent plus accueillants. Autour d'eux une clientèle très adolescente, lycéenne semble-t-il. Bernard Paillard commence une partie de *flippers*. Un jeune garçon nous regarde, on l'invite à jouer avec nous. Lui a cru et croit encore à l'affaire d'enlèvement. « Il y a des femmes qui ont disparu, c'est vrai, et des commerçants ont été arrêtés. » Il travaille, ici, au bowling. Et les clients en parlaient. Quel genre de clientèle? Des jeunes, bien sûr. Dans l'ensemble, une jeunesse qui peut s'offrir une partie de bowling (assez cher). Il y a un restaurant, un snack-bar, et eux aussi sont assez chers. La partie de baby-foot que nous entamons peu après nous permet d'accrocher une jeune fille. Ses copines viennent nous regarder jouer. On parle encore de l'affaire avec elles. Elles éclatent de rire. « Des bêtises. » « Moi, dit l'une, je vais m'acheter des robes chez ces commerçants, on n'a pas cru à tout cela. »

Ainsi, au bowling, se côtoient deux milieux jeunes, l'un qui a cru ou croit encore à l'événement, l'autre qui le repousse complètement. Ce n'est bien sûr qu'une approche superficielle de la réalité. Nous ne pourrons guère aller plus loin ici.

Retour dans le centre de la ville. Nous essayons dans la rue de demander aux gens, en jouant les étrangers, quels sont les magasins jolis, pas chers, à la mode. Aucune hésitation. On nous indique Sheila, Alexandrine.

Rencontre des jeunes. Des filles uniquement. En fait nous n'apprenons rien de nouveau. Concert à une voix. La rumeur traînait dans les lycées. La sœur de Mme Licht n'a pas été avertie par ses camarades, mais on disait en la regardant : « La pauvre. » Même ses bonnes amies l'ont tenue à l'écart de la nouvelle, et semble-t-il, ont cru la nouvelle.

Elles nous offrent une bonne description de la vie orléanaise, de son désert culturel, de ses milieux fermés. Elles-mêmes vivent entre elles, sont peu acceptées par d'autres groupes, acceptent peu d'éléments étrangers. Au théâtre? Elles n'y vont guère, c'est peu intéressant. La Maison de la culture? Elle est surtout fréquentée par les étudiants. L'événement important de la vie orléanaise est le défilé de Jeanne d'Arc, le choix de la pucelle. Choix qui nécessite des censeurs officiels, religieux, très rigoureux. Elles plaisantent, avec plaisir, sur la difficulté de plus en plus grande pour trouver une vraie pucelle dans les milieux « aristocratiques », bien pensants, catholiques bon-teint. Cela les amène, sur une question mal comprise de Bernard Paillard, à parler de la « fidélité » des maris orléanais, fidélité douteuse. Monde courtelinesque de tromperies, de prouesses érotiques reconnues à certains « mâles ». Mêmes plaisanteries sur le jeune pédéraste X. qui vient s'habiller chez Sheila.

Dès que nous abordons les problèmes sexuels, les réponses, les anecdotes fusent. La conversation très conventionnelle au début s'anime. Le thème les passionne.

C'est sur celui-ci que se termine cette enquête, thème qui était à l'origine de l'affaire, qui s'est trouvé mêlé à un antisémitisme non avoué, mais exprimé, retrouvé au cours de nos conversations nombreuses avec les diverses couches de la population orléanaise. Exception faite des milieux juifs rencontrés qui ont mis l'accent sur l'antisémitisme, les autres milieux ont minimisé cet aspect, ont souvent insisté au contraire sur le thème sexuel, l'ont séparé du thème antisémite, refusant parfois tout rapport entre ces deux thèmes, ne voyant là qu'une coïncidence fortuite, bien que gênante.

Qu'avons-nous enregistré pendant cette rapide plongée dans la population orléanaise? Des réactions premières, comme celles qui ont pu forger et cultiver la rumeur, ou bien des réactions fabriquées par la rumeur elle-même et les multiples rationalisations (presse, déclarations, etc.) qui se sont abattues sur elle? Réactions spontanées, réactions conditionnées? Les deux sont trop intimement et dialectiquement mêlées dans la rumeur, pour qu'il soit efficace et logique de vouloir les séparer.

Suzanne de Lusignan

Lundi 7 juillet.

Nous avons roulé vers Orléans avec Edgar Morin et ses collaborateurs et tout en lisant ces notes préliminaires, j'ai noté mentalement que j'étais probablement la seule catholique, cela m'a vaguement ennuyée dans la mesure où nous partions étudier des réactions d'antisémitisme [1].

J'ai d'abord rendu visite à tante J., 75 ans environ; vie assez isolée et rétrécie, mais s'intéressant encore aux affaires de la ville où elle a toujours vécu, passant ses journées à bavarder.

Réaction de sarcasme, voire d'agacement. « C'est une histoire terminée, sans consistance, qui a été grossie par la presse. » Indignée que l'on vienne de *l'extérieur* s'intéresser à des divagations, des aberrations de *sa* ville. Sensible à l'aspect « idiot, odieux » de l'affaire. Dit qu'elle n'y a pas cru et que seuls y croyaient les gens stupides, ignorants. Souligne l'aspect néfaste de la presse qui a fixé, cerné, et par conséquent grossi un incident minime. A entendu parler du « bobard » quarante-huit heures avant que « la presse ne s'en mêle ». Furieuse que l'on puisse croire que ses concitoyens d'Orléans soient antisémites. Cite pour exemple du contraire la façon dont ses amis, les R., se sont fondus dans la société de la ville. Certains commerçants juifs de la rue Bourgogne, partis pendant la guerre, sont revenus à Orléans. Glisse à un distinguo (en contradiction avec ce qu'elle vient de dire) : on a bien res-

1. *Note de la rédaction :* En fait, B. Paillard, E. Burguière comme S. Lusignan sont d'origine catholique. Julia Vérone est à moitié juive par son père, Claude Capulier est à moitié juif par sa mère. Edgar Morin, à Orléans, n'a pas signalé qu'il était d'origine juive.

senti à Orléans une certaine forme de xénophobie, mais elle était dirigée contre « de grosses boîtes allemandes » — donc étrangères — qui vendent sur catalogue (il s'agit probablement de la maison « Quelle »).

Ce bobard n'a jamais été répété par les gens *raisonnables.* M., la femme de ménage, y croyait, elle et l'avait appris par « sa tête de linotte de belle-fille » qui passe ses journées à « clabauder ».

On a parlé de souterrains. C'est selon elle un fait établi. Il y a ou il y avait, avant les bombardements de 40 [1], des souterrains qui couraient sous la ville et qui rejoignaient la Loire. Orléans, vieille ville, est bâtie sur des caves. Au cœur de la ville, où elle habitait lorsqu'elle était petite, son grand-père lui proposait toujours d'y descendre. Elle parle de « marches glissantes », de puits, des dangers qu'il y avait à y aller (Mme Licht, qui a eu une enfance orléanaise, emploiera presque les mêmes mots). Alors que mon père, le frère de tante J., en me racontant son enfance, ne m'a jamais parlé de souterrains sous la maison.

Comment est né ce « bruit »? On a selon elle parlé bien à tort de rivaux commerciaux, de vieilles maisons de la rue Royale (des noms? elle ne se souvient pas, bien sûr). Mais elle les connaît bien. Ils étaient de « braves gens », des gens de bien. Elle serait bien étonnée qu'ils soient capables d'une pareille « saloperie » (sic).

Se met en colère et m'interdit d'aller plus avant dès que je parle d'aller interroger mon ancienne camarade de classe (39-40), V. Ce serait l'insulter (sic), lui rappeler qu'elle est juive, alors que la famille souhaite tant le faire oublier.

M., femme de ménage de ma tante J. depuis 25 ans, la soixantaine. Raconte la légende de base : L'homme qui attend en vain que sa femme sorte de chez Dorphé, qui finit par y entrer, furieux et découvre, après avoir exigé de fouiller partout, son épouse droguée, ligotée, ainsi que deux autres femmes. Fait immédiatement arrêter Dorphé.

A su l'histoire une semaine environ avant que les journaux n'en parlent. L'a sue « par son fils, non, par sa bru » (pas clair).

1. En 1940, tout le centre d'Orléans a été écrasé sous les bombes. La rue Royale et la moitié de la place du Martroi sont entièrement reconstruites.

Sa bru la tenait d'une amie qui travaille aux laboratoires Sandoz. On lui avait indiqué avec précision le nom de la victime et de son mari. Mais cela a été démenti. Cela doit être faux. On a tout de même dit que la police avait été achetée...

Mais en tout cas ce qui est *vrai* et n'a jamais été démenti ni par la police, ni par les journaux, c'est que deux jeunes filles de Saint-Jean-le-Blanc, deux « étudiantes » ont disparu.

Cela c'est sûr, on les connaît, on les cherche partout. Mais « les gens qui sont méchants » se sont servis de cette disparition contre les commerçants juifs de la rue Bourgogne. Parce que les juifs de la rue Bourgogne vendent les mêmes articles que les autres commerçants, moins cher. « On ne sait pas comment ils font pour prendre si peu de bénéfice. » Alors évidemment c'est plus avantageux d'aller chez eux. Elle « n'a pas le temps d'y aller, mais Mme G. qui est très près de ses sous achète tout chez eux ».

Les juifs de la rue Bourgogne sont établis dans la partie la plus vieille d'Orléans, dans de très vieilles maisons qui ont toutes des caves, des souterrains; c'est bien connu. « Et si vous ne voulez pas me croire, demandez à votre tante. »

L'explication de l'affaire? Sûrement il y a du vrai. « Des histoires pas belles » : on drogue des filles et après... (geste). Alors, « pour faire oublier » on a raconté que c'étaient les juifs. Parce qu'à Orléans les gens n'aiment pas les juifs. On a même dit que X... (baisse la voix, ton de la confidence) « était dans le coup ». Madame, elle, elle a jamais voulu y croire. Elle s'est moquée. Elle s'est mise en colère. Mais vous savez comment elle est, elle croit jamais à rien de ce qu'on lui raconte!

Moi : « C'est les jeunes surtout qui racontaient cette histoire? »

« Pas du tout! C'était toute la ville. C'étaient les vieilles des faubourgs, c'était tout le monde et tout le monde y croyait. »

Elle, en tout cas, sait que l'histoire n'était pas vraie. Du moins celle des commerçants juifs parce qu'elle a demandé à M. E., voisin du dessous, qui est un ancien commissaire de police, et lui s'était renseigné auprès d'anciens collègues.

Le lendemain, je reviens à la charge. Elle me répond qu'à Orléans on n'a rien contre les juifs, enfin rien contre les vieux qui sont là depuis longtemps, mais qu'on se méfie des nouveaux.

D'abord ce sont tous des pieds-noirs; et à Orléans on ne les a jamais aimés, les pieds-noirs.

Je vérifierai plus tard. On me répondra qu'un seul des six ou huit commerçants visés vient d'Afrique du Nord.

Visite au magasin A., avec Evelyne.

La patronne, blonde, accorte, aimable, efficace, nouvellement installée. A demi-victime (on l'a associée aux manifestations antisémites parce que la propriétaire précédente était juive). Pourtant détachée, parce que son caractère non-juif a été ultérieurement établi par les journaux locaux. Assez satisfaite et soulagée que sa cause ait été disjointe. N'éprouve pas la solidarité de co-victime que j'aurais attendue.

Raconte les manifestations à sa porte : les groupes de curieux qui stationnaient, qui les observaient « comme des bêtes curieuses », les avertissements lancés aux clients qui, ignorants de l'affaire voulaient entrer, la chute du chiffre d'affaires pendant la mauvaise semaine dégringolant pratiquement à zéro. Puis la lente remontée après la mise au point de la presse; les manifestations d'hostilité (l'homme qui entre, se regarde dans la glace et « rajuste sa cravate » puis se précipite sur les rideaux des trois ou quatre salons d'essayage, les tire violemment pour vérifier qu'il n'y a personne à l'intérieur et dit : « Vous vendez des souliers, des sacs? », alors que l'on vend surtout des robes et des manteaux chez A. « Bon, alors je vais vous envoyer ma femme et mes filles; *tâchez de me les renvoyer!* »)

Raconte aussi l'histoire de cette gérante qu'elle était en train de former. Celle-ci passait depuis plusieurs semaines toutes ses journées avec elle et avait tout loisir de l'observer.

Un jour, pendant la semaine de persécutions, le mari de cette gérante, ancien parachutiste (?) entre en coup de vent et dit : « Je viens chercher ma femme. Allez ouste, habille-toi et viens tout de suite! « Et pour toute explication : « Après ce que je viens d'apprendre sur vous, *sa réputation d'honnête femme est en jeu.* »

Les gens se méfient encore. Tout récemment, une dame est entrée qui demandait à téléphoner (il y a pourtant plusieurs cafés dans les alentours). Quand on lui a proposé d'utiliser le téléphone dans l'arrière-boutique, elle a reculé, épouvantée. On la sentait partagée entre la peur et l'envie de rester plus longtemps pour tout observer.

La petite vendeuse (qui nous parle pendant que la patronne est occupée), a appris l' « histoire » à peu près une semaine avant « par des copines », à midi, en allant déjeuner.

On disait que « ça se passait aussi à la Boutique de Sheila. On y croyait parce qu'on disait que c'était arrivé à quelqu'un qu'on connaissait. A la maison, les parents en avaient entendu parler et ils étaient embêtés ». Même la grand-mère qui habite la campagne, en pleine Beauce, lui en a parlé, le dimanche, quand ils sont allés la voir.

Oui, on a démenti mais enfin... Pour Sheila c'est sûrement pas vrai. Ce sont des ragots, « comme pour chez nous ». Mais ailleurs qui sait? On dit bien que non. Après tout, ces commerçants, qu'est-ce qu'on sait d'eux? Et le marchand « D.D. » il a « une tête pas bien catholique ».

D., 42 ans, directeur d'entreprise. Catholique, élevé chez les Pères. Peu de contacts avec les Orléanais de vieille souche. N'était pas en France. A lu l' « affaire » dans les journaux. A son retour, intrigué, a interrogé M. Lévy, chef de la Communauté israélite d'Orléans. Celui-ci aurait minimisé l'aspect antisémite pour ne retenir que l'aspect de racontars mythiques sans grande conséquence. Selon M. Lévy, les commerçants qui avaient pâti de l' « affaire » au début, en auraient finalement profité à cause de la curiosité morbide des clients. Ventes compensant les pertes.

D., explique l' « histoire » par les rivalités de concurrents. Difficultés dans le monde du commerce et des affaires. Impôts, lois sociales, climat de « rouspétance » et d'indignation depuis mai 1968. Par comparaison, les magasins de confection appartenant à des juifs, récemment installés et qui vendent une mode jeune, pour les jeunes, paraissent florissants. « Du moins, en apparence. On n'a pas été mettre le nez dans leurs affaires. »

Le démarrage foudroyant de Dorphé il y a quelques années a stupéfié la ville entière. Il a été en quelque sorte un pionnier.

Depuis d'autres confectionneurs juifs l'ont suivi. Quelques « magasins de la ville » ont tenté de se mettre au diapason, mais ils suivent avec peine ce petit peloton de confectionneurs modernes. Les gens ragent parce qu'ils « sont partis de rien ».

Sa sœur, 30 ans, célibataire. A entendu parler de l' « affaire » environ dix jours avant les journaux chez des amis. Ceux-ci le tenaient de leur employée. A traité ce « ragot » par le mépris. « Typique des gens d'Orléans qui n'ont rien de mieux à faire, qui sont bêtes et bornés comme il n'est pas permis, qui mènent une vie étroite. »

J'ai déjeuné le lendemain avec elle, en tête à tête. Me parle de Licht. « Sa personnalité n'a pas arrangé l'affaire. » C'est un nerveux...

Elle le présente, par ailleurs, comme un être susceptible. Il a commandé de la marchandise chez eux et a été blessé qu'on lui demande comme à tout autre client des arrhes. Il a d'ailleurs payé, comptant et s'est montré très correct. C'est un type arrivé il y a dix ans à Orléans, « les mains dans les poches ». Remarquez bien, précise-t-elle « que je n'ai rien contre les fortunes récemment acquises ». Elle ne se figure pas qu'il faut tenir un commerce pendant trois générations pour être honnête.

G. pharmacien. Le meilleur ami de mon oncle J. depuis le lycée (plus de cinquante ans). Ne peut me soupçonner a priori d'hostilité contre le clan. Je lui raconte que je voudrais me renseigner sur cette histoire parce que la presse américaine en a parlé.

Colère de G. Grande fureur. Cette histoirc cst finie « comment une fille intelligente comme toi peut-elle s'occuper d'une idiotie pareille? C'est chercher à la faire rebondir. Cela a déjà causé assez de tort à d'honnêtes commerçants israélites. La presse a grossi l'affaire en en parlant. Et si tu veux te renseigner, va à la *République du Centre* et demande les journaux de cette semaine-là ».

Je dois dire que sa colère m'a étonnée. Il n'a aucune raison de se fâcher. Je le lui dis. Il se radoucit un peu.

A l'origine, il y a eu des « ragots de bonnes femmes » du Châtelet (Les Halles) dirigés plus ou moins contre les commerçants israélites de la ville. Il y a eu trois temps. On a d'abord essayé d'étouffer l' « affaire » et c'est ce qu'on aurait pu faire de mieux. Puis « on » s'est mis à en parler dans les journaux, il y a eu « une surenchère » une exagération et enfin l' « affaire » a été exploitée à des fins politiques. Sans la bêtise des gens et l'intervention des journaux, cela n'aurait été qu'un bobard idiot vite disparu.

C'est la vieille légende contre les juifs qui réapparait à intervalle périodique. Il est furieux et essentiellement *honteux* que le blâme du monde extérieur rejaillisse sur la ville.

Le soir nous rencontrons dans un restaurant les commerçants frappés par l' « affaire ». Dès notre arrivée, ils nous apparaissent comme un petit groupe compact, anxieux, apeuré et tendu. Leurs réactions de groupe vont se décoaguler, à mesure que l'heure avancera et qu'ils se sentiront plus en confiance.

A table je me trouve auprès du ménage le plus frappé, les Licht. Je découvrirai au bout d'une heure que la femme a été mon élève en philo en 1955. Je me souvenais d'elle comme d'une des plus vieilles élèves de ma classe (elle devait avoir 20 ans et moi 23), toujours souriante et assez flemmarde. Aujourd'hui elle garde un aspect apparemment placide, heureux et souriant en dépit de l' « affaire », un air doux et patient. Elle me parle de son « côté optimiste ». Nonchalance, placidité (fausse impression). C'est elle qui doit faire marcher les ventes au magasin. Comme marchande de robes, elle doit mettre les clientes en confiance, leur donner envie d'acheter. Elle est beaucoup plus alerte, observatrice qu'il n'y semble et vive à la riposte.

Le mari m'explique qu'il lui laisse la responsabilité du magasin et ne s'occupe que des affaires extérieures. Il me fait penser à un boxeur, dynamique, « fonceur ». Sa figure tendue contraste avec le très joli sourire de sa femme.

Son indignation devient frénétique lorsqu'il nous conte ses malheurs. Il m'explique sa réussite. Il s'est établi au cœur du quartier du Châtelet (les Halles) au point de rencontre de la ville et de la campagne, juste au moment où se transformaient les habitudes vestimentaires des gens aux revenus modestes (clientèle des faubourgs à demi campagnarde). Il est fier de son succès. Mais sa femme et lui sentent combien les gens les épient, les jalousent et leur envient le moindre signe de cette réussite. Ainsi les voisins relevaient méchamment le fait qu'ils venaient de changer de voiture.

Thèmes généraux de leur description de l' « affaire » :

1. Leur douloureuse surprise de se sentir unanimement haïs. M. Licht était bien placé pour vendre avec succès mais aussi pour être au centre des « potins locaux », le point de mire de la curiosité publique. Ce qui les a fait souffrir ce n'est pas tant d'être au cœur de cette rocambolesque histoire inventée par des gens très simples mais plutôt de voir la ville entière accepter ce « bobard » sans hésiter, sans que personne ne leur offre aide ou sympathie alors qu'ils croyaient être au bord d'une catastrophe, d'un massacre.

Il souligne qu'un rien aurait suffi pour qu'on brise leur vitrine et qu'on se précipite sur eux.

Horrible hiatus entre le moment où ils ont senti le danger, bien après que les commérages avaient commencé (ils font remonter l' « affaire » à un mois avant que la presse n'en parle) et celui où la ville, la presse et les autorités morales ont pris conscience de leur situation et décidé de les aider.

Leurs seuls amis dans cette épreuve ont été leurs coreligionnaires. En temps normal ils ne fréquentent pratiquement que ce petit groupe de confectionneurs juifs « modernes » (je veux dire par opposition aux plus vieux d'âge, de méthode et de public). Mme Licht avait bien quelques amies catholiques avant son mariage mais maintenant elle ne voit plus que le petit groupe de son mari. Lui a quelques relations « en ville » par la Chambre de commerce.

Ils se sont sentis entourés d'indifférence méprisante et ont même reçu des témoignages de haine, tel ce coup de téléphone : « Mettez-moi de côté vingt livres de chair fraîche », qui, croient-ils, viennent surtout d'étudiants, ou cette remarque d'un bistrot voisin où depuis des années M. Licht prenait son café : « Vous, vous n'aurez rien d'autre à faire qu'à plier bagage! »

2. Dans l' « affaire » ils voient rétrospectivement une cabale montée, un complot, quelque chose de délibéré. C'était l'époque des élections et on voulait attiser la haine nationaliste. Qui « on »? Oh, des groupes d'étudiants d'extrême-droite, ceux du S.A.C. et plus

précisément, avec eux, quelques commerçants qui soutiennent activement les groupes de jeunes nationalistes et se trouvent justement être leurs concurrents directs.

La fille d'une autre commerçante jouant le rôle de l'enfant terrible qui parle trop-vite lance : « C'est X... » Sa mère se fâche de cette accusation dans une salle publique qui pourrait être répétée à l'intéressé Et la femme de l'un des commerçants victimes (qui prétendait pourtant jusque-là qu'aucun particulier n'était à l'origine de l'accusation) approuve et me dit, presqu'en confidence que le « X » en question s'était vanté d'avoir vu son chiffre d'affaires monter de 80 % au cours de la fameuse semaine de boycott des commerçants juifs.

Je me dis qu'il y a peut-être là légende et contre-légende.

J'ai dû dire une bêtise à ce moment-là, en faisant un parallèle avec les vagues de nationalisme qui m'avaient effarée quand, petite fille j'étais rentrée en France en 1939. Manifestations contre Jean Zay, jeunes gens scandant inlassablement « la France aux Français » (cela me semblait bouffon, puisque je vivais aux Etats-Unis et que je me sentais à moitié américaine). C'est l'affreuse gaffe. Ils me répliquent de façon cinglante qu'ils ne parlent que le français, que le mari a fait 30 mois de service militaire, qu'elle est née à Orléans ou y vit depuis sa petite enfance.

Deux femmes près de moi parlent du salon d'essayage. Racontent l'impudeur et le sans-gêne de la clientèle féminine. Complaisance exhibitionniste : des jeunes filles se montrent pendant l'essayage dans des collants transparents, d'autres font entrer leurs copains dans le salon, d'autres enfin se glissent dans de beaux vêtements neufs, pour le plaisir, sans rien acheter. Habits = évasion, déguisement.

Au cours de notre conversation, Mme Licht décrit la maison de ses parents rue Bourgogne et les caves qui s'y trouvaient : marches gluantes, danger de glisser, obscurité profonde, puits sans bords... Elle emploie presqu'exactement les mêmes termes que ma tante J. Il semblerait que, dans l'esprit de chaque Orléanaise, ces caves banales soient devenues un symbole inconscient : l'image des bouches de l'enfer.

Mardi 8 juillet.

Chez une coiffeuse de la rue Bourgogne. La patronne. Alors que je prétends ne pas connaître Orléans, elle m'a vue, la veille, saluer Mme Licht dans la rue.

N'est pas née à Orléans. Petite Parisienne qui a eu la vie dure. Indignée : « Mais non, bien sûr, il n'y a rien eu. » Tout cela ce ne sont que des racontars, des histoires de bonnes femmes du Châtelet « et c'est pourquoi i-z-ont surtout parlé de Dorphé ». A Orléans les femmes n'ont rien d'autre à faire qu'à cancaner. Les petites shampouineuses orléanaises. En chœur. Impossible de les faire parler l'une après l'autre :

Oh, quelle chance vous avez de vivre à l'étranger! Oh, partir, partir d'ici! Orléans c'est moche, c'est laid, c'est méchant! Trouver quelque chose ailleurs, n'importe quoi, mais partir! Orléans, c'est *bourgeois*! Le ragot a été propagé par des *bourgeois* jaloux parce que ces gens-là avaient réussi! (en contradiction avec la patronne qui, elle, voit dans les paysannes du marché la source des commérages). Orléans, c'est la ville la pire sur la Loire; Tours, c'est gai! Blois, c'est possible! Nevers, c'est pas mal. Mais Orléans, c'est la fin de tout.

(Rengaine connue. J'ai entendu toute ma vie cette litanie de la part d'Orléanais déserteurs.)

Le premier qui a lancé le bruit, il le dira pas bien sûr. Les gaullistes sont anti-juifs, c'est bien connu. La preuve, des bruits comme ça on en a fait courir partout, à Tours, au Mans...

La patronne : « Les gens du quartier ont été très bien. Ils ont signé des pétitions tout de suite » (Mme Licht m'avait dit exactement le contraire.) La preuve que c'était faux : « le monsieur n'était jamais au magasin, toujours à courir pour ses affaires ».

Chez une marchande de lingerie de la rue Royale ; sans méfiance puisque je cherchais réellement un « combiné » couleur sable et que j'en essayais plusieurs. Dans la cabine d'essayage, j'ai frappé le sol du pied en riant et en lui demandant « où est la trappe? » Elle a ri. Elle a une cinquantaine d'années, elle est sereine et souriante.

« Ce n'est pas chez moi qu'il y aurait eu une trappe puisque je suis française et catholique et que la rumeur était dirigée contre les juifs. Je n'y ai jamais cru, mais à Orléans beaucoup de gens y ont cru. » Je lui dis que je suis catholique. Elle me répond qu'elle est pratiquante et qu'elle déplore que tant de catholiques à Orléans, les vieilles gens du moins, soient si violemment anti-juifs.

Ensemble nous examinons les secrets honteux du clan. Selon elle, les bruits ont été lancés à la Source par « certains groupes d'étudiants », ont été repris dans certains milieux de la ville, « les vieux bourgeois ». « Peut-être que cela arrangeait bien certains concurrents et que cela tombait bien au moment des élections et certains ont répandu le bruit exprès. »

A la mairie, j'ai interrogé un vieux monsieur de soixante-dix ans environ qui avait bien connu mon grand-père. Prenant prétexte d'étudiants américains imaginaires, je l'ai prié de me dresser un tableau de la carte politique orléanaise. Je prétendais être abasourdie par tous les changements survenus dans la ville depuis le temps de mes grands-parents. Il m'a fait un long exposé sur la question tandis que je prenais des notes, ce qui semblait le flatter. Avant-guerre Orléans était radicale, elle est devenue un bastion du gaullisme, (avec une minorité du P.C. non négligeable) sous l'influence du maire actuel, gaulliste, Roger Secrétain.

La nouvelle population, gens aux revenus modestes ou moyens, se partage, à proportions égales, entre communistes et gaullistes.

A la Source, (l'Université), existe une majorité gauchisante, (et des groupes pro-Krivine) qui provoque l'extrême méfiance de la classe orléanaise traditionnelle dont les éléments jeunes constituent des groupes gaullistes de choc, très entreprenants et décidés.

Les commerçants d'Orléans sont par tradition, très à droite, très conservateurs. Pour eux ces nouveaux commerçants juifs sont sans doute des sympathisants communistes ou socialistes, sans trop le montrer.

On a essayé de faire d'Orléans un satellite industriel de Paris. C'est un échec. Seule la petite et moyenne industrie a été attirée par les possibilités offertes par l'agglomération. Par contre le commerce s'est radicalement transformé. Il s'est concentré de façon foudroyante, au détriment du petit commerce. Les magasins du type SUMA ont réussi au-delà de toute espérance et beaucoup mieux que dans de nombreuses autres villes de province (plaintes terribles des petits commerçants). Les magasins Leclerc ont démarré tout de suite. L'Orléanais sait tout de suite où est son intérêt et n'hésite pas à abandonner ses vieux commerçants de quartier. De sorte que même des magasins juifs de petite taille, tels les Nouvelles Galeries ont été désavantagés. Les seuls lieux où subsistent encore les petits commerçants, ce sont ces communes périphériques, moitié ville, moitié village autour d'Orléans, mais ils se sentent menacés et sont très aigris.

Une des raisons de cette transformation rapide des structures du commerce? Les jeunes. Le jeune d'aujourd'hui met tout dans l'habillement et la voiture et néglige le logement et l'alimentation. Un exemple, tandis que la population doublait, le nombre de débits de boissons baissait presque de moitié. Ces jeunes n'économisent plus. Ils achètent des costumes à crédit chez les marchands de confection, à la légère, sans réfléchir. Et puis ils en veulent à ceux auprès de qui ils ont des dettes. Ce sont des marchands juifs qui ont lancé le crédit du vêtement alors qu'ils étaient si méfiants autrefois.

Pour la voiture, c'est pareil. Ils en achètent une d'occasion, en mauvais état pour pouvoir partir sur les routes de Monthléry, le dimanche, en faisant la queue pendant des heures. Les cafés ne font plus les affaires qu'ils faisaient autrefois et s'en plaignent. Les jeunes achètent peu dans les magasins d'alimentation. Ils gagnent plus d'argent que n'en gagnent leurs parents, mais ils ne se soucient pas d'entretenir leurs maisons.

Les étudiants maintenant. A la Source, ils sont si divisés que c'en est intenable. La gauche est active mais les groupes de droite font « contrepoids ». La société bourgeoise d'Orléans est de plus en plus en minorité. Les quartiers bourgeois ne se sont pas développés.

L'enseignement libre reste florissant à Orléans plus qu'à Tours. Ainsi, à Tours, les parents de professions libérales envoient leurs enfants au lycée. Mais à Orléans il reste encore de bon ton d'envoyer ses enfants à Saint-Charles ou à Saint-Aignan, du moins les filles. Et les « boîtes libres » d'Orléans ne prennent même pas la peine de se moderniser, car elles ont automatiquement leur « monde ».

La rumeur? cette histoire d'enlèvement a été diffusée et utilisée à des fins personnelles par des gens qui avaient intérêt à calomnier ces commerçants pour en écarter les clients.

Monsieur P., la soixantaine. Voisin de ma grand-mère, un sage malicieux qui cultive son jardin et récolte des framboises exquises.

Me donne son analyse de l'affaire :

1. Il est curieux que l'histoire se soit répandue partout, ait été diffusée de partout, avec un caractère soudain et général. La veille, on n'en parlait pas et en deux ou trois jours (une dizaine de jours avant que la presse ne reprenne) tout le monde en parlait, partout. Cela l'a intrigué.

2. Beaucoup de gens (pas tous) y croyaient à cette histoire de jeunes filles droguées parce qu'on donnait une surabondance de détails sur des jeunes femmes disparues.

3. A son avis, l'origine de la rumeur doit être cherchée à la Source, où des groupes d'extrême-droite virulents, organisés en commandos peu nombreux sont actifs. Ces mêmes groupes se sont rendus coupables d'autres méfaits apparemment déraisonnables, présentant toujours un caractère de violence et de brutalité soudaine.

Le chauffeur de taxi qui me conduit de chez ma tante à la place du Martroi. Me dit qu'il avait été ahuri d'entendre raconter l'histoire partout. Il avait téléphoné à l'un de ses amis policiers qui lui avait dit « que c'était une vengeance ». A son avis, une « vengeance des Arabes ».

Au café, avec des lycéennes : je réalise qu'il y a eu plusieurs versions de l'histoire et qu'il aurait fallu demander aux gens laquelle ils avaient entendue et à quelle date. Les premières versions étaient beaucoup moins invraisemblables que les autres.

Ainsi une amie catholique de Mme Licht aurait avoué qu'elle avait cru à l'histoire *première version* et n'a commencé à se montrer sceptique que lorsqu'elle a entendu des détails supplémentaires mettant l'accent sur le caractère *juif* du personnage central.

Julia Vérone

Ceci n'est pas à proprement parler un journal qui suivrait le cours temporel des événements, mais une plongée rétrospective en trois chapitres, pendant psychologique de la plongée réelle en trois jours. D'abord l'impression orléanaise, ensuite les jeunes filles (hystériques jeunes filles mes semblables, mes sœurs) enfin la rumeur.

Orléans.

Mon premier étonnement, le matin du jour « un » d'Orléans, fut de constater la réalité de ce qui, de Paris, m'apparaissait comme impensable et aberrant : la rumeur. En effet les jeunes avec qui nous en avons discuté en premier, en parlaient avec un sérieux et un manque de distance assez troublant; d'une part, en ce qui concerne le fond de l'affaire, « ce qui s'est passé », le doute n'est pas levé, et ils « y croient » toujours sans y croire (mais je reviendrai plus tard là-dessus), d'autre part, en ce qui concerne le comment de l'affaire « ce qu'on a dit », bien qu'en un premier temps, ils aient une attitude de mépris envers les « cancans » (« les gens exagèrent, ça commence comme ça ——; et ça finit comme ça ————) leur manière de parler des événements (peut-on parler d'événement?) montrent qu'ils sont à l'intérieur de la rumeur et qu'ils y participent au même titre que les « concierges ». Donc le mythe « traite des Blanches-antisémite », si choquant et impensable loin d'Orléans, acquiert une réalité quotidienne et banale à l'intérieur de l'atmosphère orléanaise. Impensable n'est pas orléanais dans cette affaire.

Obligée, pour la vérité du dialogue de parler de tout et de rien en un premier temps avec mes interlocuteurs, au coin des rues orléanaises, j'ai oublié mon point de vue d' « enquêteur ». Je me suis laissé prendre au jeu et ainsi petit à petit s'est imposé à moi un second centre d'intérêt : le tout et rien d'Orléans, ce que disent les jeunes dans les cafés, comment le temps passe pour eux (or les ans passent à Orléans).

Ce qu'ils disent tous, que ce soit les fils de « bourgeois » à la Taverne (le café à droite en face de la gare) ou les fils de « prolétaires » au Berry (à gauche en face de la gare), et tout de suite, c'est qu'ils s'ennuient. Ils s'ennuient la nuit (il n'y a pas de boîtes à Orléans même, pas de vie nocturne, à huit heures du soir plus personne dans les rues), ils s'ennuient le jour. Et quand ils ne travaillent pas ils vont au café.

— Vous discutez?

— Pas vraiment, dit l'étudiante de la Taverne.

— Pas souvent, dit le jeune du Berry.

Et pourtant les groupes de jeunes à la fois sportifs et culturels prolifèrent à Orléans : il y en a au moins cinq. Mais apparemment les activités qu'ils proposent ne comblent pas l'ennui. A la Taverne on nous parle de drogue dans les lycées, de jeunes de quatorze ans qui commencent déjà à faire des « coups ». Au Berry, on nous parle de promenades en voiture à la campagne le dimanche comme de la distraction principale. En fait, il semble que l'activité principale quand il n'y a plus rien à faire ce soit de prendre un pot. Ils veulent tous partir et seule la jeune fille dont les parents sont ouvriers a dit « peut-être qu'ailleurs ce n'est pas mieux qu'ici ».

Ils disent aussi que tout se sait à Orléans, que tout le monde se connaît. Il semble qu'il y ait un système de diffusion de « cancans » perfectionné, rapide, efficace : de bouche à oreille. Les nouvelles franchissent le seuil des familles et vont se diffuser dans les boutiques par l'intermédiaire des femmes de ménage et des mères; et par l'intermédiaire des jeunes filles elles vont se propager dans les lycées et les groupes de jeunes. Ce système est tel, qu'en permanence de petites rumeurs vont et viennent, vivent et meurent selon leur degré « d'incroyabilité » ou de « on le savait déjà », rendant ainsi possible la diffusion rapide d'une seule plus mobilisante que les autres.

Ils disent aussi que l'atmosphère est antipathique « tout le monde est raciste à l'égard de tout le monde » nous dit-on au Berry, « à l'égard des Noirs, des Portugais... » (la jeune fille qui a dit ça n'a pas parlé de juifs).

Les jeunes Orléanais, s'ils sont un peu dégoûtés par l'atmosphère de leur ville, y contribuent pourtant et y participent; qu'ils soient pour ou contre, ils rentrent dans le jeu du cancan : ils en causent. Quand la jeune étudiante de la Taverne, jolie, élégante, délurée, dit d'un ton assuré avec un frémissement du sourcil gauche« *moi* je sais... de source sûre, il s'est passé vraiment quelque chose, il n'y a pas de fumée sans feu et si la police dément, c'est que c'est leur intérêt... » alors de cancans les bruits deviennent rumeurs (et auraient pu devenir fureur) et la certitude collective s'enfle d'une nouvelle dimension.

Le tout et le rien d'Orléans c'est aussi Jeanne d'Arc. Il n'y a personne qui n'en parle pas à un moment ou à un autre, on sent la présence d'une Jeanne d'Arc triomphante (pas celle du bûcher) alibi historique d'une ville qui perd petit à petit sa « substance », rongée par Paris.

Mes deux pôles d'intérêt : d'abord la rumeur, ensuite l'atmosphère orléanaise me renvoient à la question : à quel niveau de réalité se situe une rumeur lorsqu'elle n'est pas confirmée par des sources officielles ni par des sources objectives (enquête de la police). Et sur un autre plan je me demande comment, des conversations qui ne sortiront jamais de l'ordre des rapports d'individu à individu, même si l'un est un « enquêteur » et l'autre un « enquêté », peuvent cerner ou aider à analyser un problème qui concerne la « conscience collective »? Plus je parlais plus je me sentais englobée et comprise dans le sujet de mon enquête, plus je sentais que la réalité du phénomène se situait au-delà de toute conversation. Par quelle bouée méthodo-sociologique peut-on émerger des eaux d'Orléans? (les sondages de l'I.F.O.P. ou la subjectivité de l'enquêteur?)

Les jeunes filles.

Je n'en retiendrai que trois : une étudiante, une lycéenne, une coiffeuse.

L'étudiante et la lycéenne sont persuadées « qu'il y a eu quelque chose », et malgré les démentis de la presse pendant un mois, elles répètent avec assurance et plein de sous-entendus dans le regard : « il n'y a pas de fumée sans feu ». La coiffeuse par contre n'y a jamais cru à aucun moment. Alors que la lycéenne raconte comment dans son lycée on ne parlait que de ça, comment même des cours se sont interrompus, comment les professeurs les mettaient en garde et combien elle avait été passionnée par l'affaire, la coiffeuse par contre montre qu'elle ne s'y est pas tellement intéressée sur le moment et combien cette affaire lui semblait aberrante, lointaine et révoltante. Chez cette dernière l'absence d'opinion sur la question reflète son absence d'intérêt et la conduit à porter des jugements du genre : « c'est idiot tout ça ». Alors que la lycéenne est pleine d'avis, de savoir, de sous-entendu, d'excitation. L'objet de sa certitude ne concerne pas tellement l'aspect sémite de l'affaire mais par contre concerne l'aspect drogue, traite des Blanches « c'est un hasard si ce sont des commerçants juifs » dit la lycéenne (une vieille dame du jardin des plantes, elle par contre, même avant, « n'allait pas chez ces gens-là »). En écoutant la lycéenne « j'intuitionne » de façon pas du tout sociologique le jeu hystérique qui a dû se passer dans les couloirs et les toilettes (où l'on fume en cachette des cigarettes) des lycées de jeunes filles orléanais. Pourquoi donc est-elle si sûre?

La rumeur.

J'ai l'impression que la rumeur n'a jamais commencé : personne n'est à la source de sa propagation; de même qu'il n'y a pas de preuves de faits, de noms, au niveau du contenu même de la rumeur, de même personne n'est à l'origine de sa diffusion, on est renvoyé à l'infini; il se trouve toujours quelqu'un pour en avoir parlé avant. Il n'y a pas eu de disparition réelle et il n'y a pas eu d'informations réelles (la certitude s'appuie sur des « on » sur des « quelqu'un qui »). Plus le pronom est indéfini, plus la certitude est forte. Il semble aussi que la rumeur n'aura jamais de fin « on ne saura jamais ce qui s'est vraiment passé ». Elle se situe dans un domaine uchronique et utopique. Elle ne pourra que passer et se tasser avec le temps mais elle ne sera jamais explicitée, épluchée, démystifiée, et réduite à néant dans l'esprit des gens.

Peut-être la puissance de propagation de la rumeur vient-elle du fait que l'on accorde sa confiance non pas à l'information, mais à *celui* qui informe parce qu'on le connaît (c'est un ami, un copain que l'on croit « sur parole »). Un autre aspect de la rumeur c'est sa capacité de se nourrir de toutes les contradictions internes et externes (le sous-marin dans la Loire). Elle supporte victorieusement la négation. On pourrait analogiquement lui attribuer les caractères que Platon attribue au chaos : pas de bornes, pas de formes, pas de sens dans les deux sens du terme et finalement même pas d'existence. Mais elle répond peut-être à certains mécanismes internes, mécanismes alors au sens cartésien (c'est-à-dire lieu d'où la pensée est absente) mais qui peuvent la faire varier et s'adapter au changement de situation.

Appendices : Anecdotes orléanaises.

Le jardin des plantes d'Orléans est plein de roses en cette saison, plein de mères et d'enfants et de dames respectables. Nous allâmes nous asseoir auprès de celles dont l'aspect était le plus accueillant.

Question : Nous faisons une enquête sociologique (sans précision) pouvez-vous répondre à nos questions?

Réponse : (Silence) elle range son tricot.

Elle nous dit que depuis 25 ans elle travaille dans le même hôpital et on parle de la rumeur :

— Moi ça fait seulement huit jours que je suis au courant par mon fils.

— Est-ce qu'on en parlait dans votre hôpital?

— Non.

Silence.

— Il y a un mois j'avais vu des affiches rue des Carmes, je n'avais pas fait attention, c'était à propos de tout ça mais je ne m'en souviens pas. De toute manière, moi, je n'allais jamais dans ces magasins-là même avant.

— Pourquoi?

— C'est pas par principe, et d'ailleurs mon fils a un ami qui est juif.

— Pourquoi alors?

Silence.

— Qu'est-ce que vous pensez de l'affaire?

— On ne saura jamais ce qui est arrivé et d'ailleurs il n'y a pas de feu sans fumée (*sic*). C'est comme en 51 c'en avait fait une histoire le meurtre du député.

— Vous en avez parlé avec les commerçants.

— Non.

— Mais avec qui alors?

— Avec mon fils.

— Qu'est-ce qu'il en pense?

— Il rigole, il est jeune, lui.

Incohérente dans ses discours la dame l'était aussi dans sa conduite et nous quitte assez brusquement.

Au moment où nous allions interroger une autre dame, le gardien se précipite vers nous, manifestement irrité : « Pas de ça dans mon jardin, allez donc interroger les gens dehors, je ne veux pas qu'on parle de ces histoires ici. » A-t-il cru que nous étions de la police ou de la pègre? En tout cas les mobiles de sa colère lui étaient aussi obscurs à lui-même qu'à nous.

La coiffeuse rue de Bourgogne.

Envoûtée par les odeurs de shampooing et le lavage de tête, je me laisse aller à discuter sans arrière-pensée de l'inconvénient des cheveux frisés et le problème de la rumeur s'introduit naturellement dans notre conversation de salon de coiffure.

« Tout ça c'était ridicule et d'abord s'il s'était passé quelque chose ils auraient fermé les boutiques. » C'est tout ce qu'elle en dit. Et je sens que pour elle la fermeture des boutiques aurait été le seul argument (qui n'en est justement pas un) fiable. Elle se situe complètement en dehors de la rumeur, elle n'en accepte aucune composante, d'ailleurs elle pense à ses vacances. C'est une des seules qui ne m'ait pas parlé de l'ennui orléanais. On se quitte ravies et amies.

Sylvie, secrétaire, à la Taverne : « On s'ennuie alors on se monte son ciné. »

Documents

I. LES ARTICLES DU 2 JUIN 1969

Une odieuse cabale.

Depuis une huitaine de jours, certaines rumeurs circulent dans toute la ville et des propos accusateurs sont proférés à l'encontre de plusieurs honnêtes commerçants de la rue de Bourgogne et de la rue de la République.

Jusqu'alors, nous avions cru nécessaire de conserver le silence, car cela pouvait à l'origine, apparaître comme une plaisanterie d'un très mauvais goût. Mais, l'ampleur prise par cette affaire de diffamation est devenue telle que l'on doit se rendre à l'évidence : il s'agit bien d'une cabale montée sciemment par des gens sans scrupules, qui n'a sans doute d'autre objet que de nuire à la moralité de ces commerçants et par voie de conséquence, d'apporter un grave préjudice à leurs affaires.

Cependant, si l'on s'interroge sur les raisons qui motivent cette campagne diffamatoire, on est tenté certes de se poser des questions. Comme a priori aucun objectif politique n'apparaît bien clairement, on sent derrière cette cabale, un vague relent d'antisémitisme, que l'on pouvait espérer voir à tout jamais disparaître avec l'agonie du IIIe Reich.

Ce qui est très inquiétant, c'est de constater que ce fait ne serait pas unique, car dans d'autres villes, d'autres régions, de telles diffamations ne reposant sur aucune base concrète, auraient été de la même façon orchestrées, il y a quelque temps déjà.

Mais quelles qu'en soient les causes, nos concitoyens ne doivent pas se laisser influencer par des accusations mensongères colportées ici et là de bouche à oreille. L'action est condamnable non seulement par sa nature, mais par ce qu'elle représente de lâcheté, d'hypocrisie et de mensonges dans la vilenie.

Les victimes ont été contraintes de déposer plainte et une enquête est ouverte par les services de police pour découvrir les auteurs de cette odieuse machination.

Il est bon que les Orléanais sachent que tous les bruits qui circulent et mettent en cause la moralité de ces commerçants sont dénués de tout fondement, mais que ceux qui contribuent à propager ces calomnies sont par contre passibles de peines prévues par la loi sur la diffamation.

Jean-Pierre.
La Nouvelle République, 2 juin 1969.

A propos d'une campagne de diffamation.

Depuis une semaine, une rumeur faisant état d'incidents où le rocambolesque se mêle à l'immoral, circule à Orléans et met en cause plusieurs commerçants honorablement connus dans la cité.

L'ampleur exceptionnelle prise par cette campagne menée de boûche à oreille s'explique partiellement par une propension trop répandue au colportage inconsidéré des ragots les plus invraisemblables. Sa persistance a cependant de quoi intriguer et on ne peut pas exclure l'explication d'un acte de malveillance utilisant délibérément la calomnie pour nuire aux commerçants visés.

Assurés que les bruits qui circulent ainsi n'avaient aucun fondement, nous nous étions volontairement abstenus jusqu'à présent d'y faire la moindre allusion, accueillant même avec un tranquille mépris le reproche que certains croyaient pouvoir adresser à la presse en raison de son silence!

Devant le développement insensé et inadmissible d'une véritable offensive du mensonge, nous croyons de notre devoir d'affirmer que les fables qui se donnent libre cours ne reposent sur rien d'authentique. En revanche, plusieurs victimes de cette campagne diffamatoire ont déposé plainte. La police procède à une enquête en vue de démasquer les auteurs d'accusations calomnieuses et il est par conséquent possible que cette regrettable affaire comporte des suites judiciaires.

République du Centre, 2 juin 1969.

II. LES COMMUNIQUÉS (3, 4 JUIN)

Un communiqué de l'Association des Parents d'élèves du lycée Jean-Zay et C.E.S. Jeanne-d'Arc.

On nous prie d'insérer :

L'Association des parents d'élèves, émue des bruits calomnieux et diffamants qui sont répandus à l'encontre de différents commerçants de la ville d'Orléans, s'est informée auprès des autorités compétentes et notamment des services de police du bien-fondé de ces rumeurs.

L'Association est en mesure d'affirmer que ces bruits sont dénués de tout fondement et relèvent de la pure fantaisie. Elle demande aux parents de rassurer leurs enfants et de les engager à ne pas répandre des propos qui risquent d'avoir un caractère diffamatoire.

Le président : Rebaudet.

(Reproduit le 3 juin 1969 dans la presse régionale.)

Membres de la Fédération des Conseils de Parents d'élèves du lycée Pothier.

M. A. Robinet et le docteur A. Laruelle, membres de la Fédération des Conseils des parents d'élèves du lycée Pothier, nous prient d'insérer le texte suivant :

Nous sommes profondément bouleversés par la campagne de calomnie qui s'est déployée dans Orléans et plus encore par le fait que des oreilles complaisantes aient pu y prêter attention. Mais cette campagne antisémite ne saurait nous étonner.

1. L'optique de la politique gouvernementale à l'égard de la Nation juive a réveillé les sentiments antisémites que les organisations nationalistes ont aussitôt exploités. L'exemple venant d'en haut, il ne faut pas s'étonner qu'il ait été suivi.

2. La mise en cause du corps professoral de la ville retient toute notre attention. Nous n'avons pas, certes, apprécié dans un passé récent, les prises de position de rares enseignants militant en faveur de la violence ou contre l'objection de conscience. Mais nous ne pouvons croire à la participation de professeurs dans cette campagne diffamatoire et gangrenée.

Nous voulons donc attendre les résultats d'une enquête qui ne peut plus être enterrée, et ne point jeter le discrédit sur une profession hautement estimable.

Si les preuves sont faites de la culpabilité d'enseignants, nous ferons savoir à ceux des professeurs qui auraient participé à cette campagne d'intoxication que désormais toute crédibilité et toute estime leur seront refusées.

André Robinet, André Laruelle.

Un communiqué de l'U.D.I.C.O. [1]

L'U.D.I.CO. communique :

Emue des propos calomnieux et diffamatoires concernant la disparition de femmes et jeunes filles qui se serait produite dans différents magasins du commerce local, l'U.D.I.C.O. tient à mettre en garde le public contre ces bruits malveillants et hautement fantaisistes portant préjudice non seulement à d'honorables commerçants, mais encore au personnel employé dans ces différents magasins, jetant ainsi un discrédit sur l'ensemble du commerce orléanais.

1. U.D.I.C.O. : Union des industriels et commerçants orléanais.

Syndicat interprofessionnel mixte des commerçants, usagers du Châtelet.

Plus de deux cents commerçants groupés au Syndicat interprofessionnel mixte des commerçants « Halles-Châtelet » sont émus et réprouvent avec la plus grande énergie la campagne de calomnies déversées sur plusieurs de leurs collègues, commerçants israélites, tous honorablement connus depuis des années et auxquels ils accordent toute leur confiance.

Ils s'étonnent qu'une telle malveillance à leur égard ait pu se colporter aussi rapidement dans tous les milieux alors que rien ni personne ne pouvait apporter un témoignage concret.

Espérant pour la tranquillité de leur ville que les administrations compétentes : police et préfecture, elles-mêmes accusées de complaisance, sortiront de leur mutisme à ce sujet, en apportant un démenti formel à ces manœuvres répugnantes.

Amicale du Loiret des Anciens Déportés, Internés et Familles.

Les calomnies doivent cesser.

L'Amicale des Anciens Déportés, Internés et Familles de Disparus proteste avec énergie contre les calomnies qui, depuis quinze jours, sont répandues et dont le but est de discréditer un certain nombre de commerçants honnêtes de la ville.

Il nous est signalé que dans plusieurs départements les mêmes procédés ont été employés.

Cette campagne de propagande honteuse nous rappelle trop celle qui a été employée par les nazis sous le régime hitlérien pour mieux cacher les crimes qu'ils nous préparaient.

Nous, anciens déportés de la Résistance, nous gardons en nous la vision permanente des massacres de juifs, qui eurent lieu dans les camps.

Ces hommes, ces femmes étaient les pères, les mères, frères ou sœurs de ceux que l'on calomnie aujourd'hui et qui font partie de la famille de la déportation.

Si, à cette époque, nous étions impuissants devant de telles horreurs, aujourd'hui notre devoir est de dénoncer devant toute une population ces agissements répugnants et de demander à tous et à toutes de ne pas vous faire les complices d'une minorité politique qui n'a comme but que la revanche et conduire notre pays au désastre. Que ces commerçants dont les noms sont sur toutes les lèvres sentent au contraire votre désapprobation en leur prouvant qu'ils ont gardé votre confiance.

Le président : Rebillon.

Une déclaration de la Fédération du Loiret du Parti Communiste.

Une campagne antisémite s'est développée à Orléans. Elle a jeté l'émoi parmi la communauté juive et parmi la population de la région.

Elle a trouvé naissance sur une soi-disant affaire de « traite des Blanches ». Il apparaît d'après divers communiqués que ces bruits sont dénués de tout fondement et relèvent de la fantaisie.

Les victimes de cette campagne calomnieuse ont d'ailleurs déposé plainte.

Quoi qu'il en soit, l'antisémitisme relève la tête. Cela rappelle de tristes souvenirs : le fascisme, la période hitlérienne, la lutte contre les juifs, puis contre les communistes. Cela rappelle les mœurs du IIIe Reich hitlérien.

Les amis de Tixier-Vignancour et de Xavier Vallat ne sont sans doute pas étrangers à cette odieuse cabale.

La Fédération du Loiret du Parti communiste français apporte son soutien à la communauté juive d'Orléans dans son action contre l'antisémitisme et le racisme. Elle se fait l'interprète des démocrates et des travailleurs qui veulent que la lumière soit faite sur cette étrange affaire.

Elle a demandé à André Chêne, conseiller général, d'intervenir auprès du préfet afin que ce scandale cesse, et que les coupables soient connus et poursuivis.

III. LE 5 JUIN 1969

L'odieuse campagne de diffamation menée contre les commerçants israélites de la ville suscite de vigoureuse protestations.

Réunie hier, la fédération départementale de la Ligue contre le racisme et l'antisémitisme a adopté une motion d'indignation.

L'odieuse campagne de diffamation menée contre plusieurs commerçants israélites de la ville, dont nous avons fait état lundi dernier dans ces colonnes pour en dénoncer le caractère inadmissible et révoltant, a suscité hier à 18 h 30, une réunion de la Fédération départementale de la Ligue internationale contre l'antisémitisme et le racisme, réunion que présidait M. Guy R. Brun, président, entouré de plusieurs membres de cet organisme.

Etaient notamment présents à cette réunion organisée à la mairie de St-Jean-de-la-Ruelle MM. Pierre Gabelle, ancien député, Violette, conseiller municipal d'Orléans, R. Thinat, secrétaire de la Fédération du Parti radical du Loiret, Breton, représentant l'Amicale des Déportés, Renée Cosson, du Parti communiste, Lévy, président de la Communauté israélite d'Orléans, plusieurs commerçants israélites visés par la campagne de diffamation, un représentant de la Maison de la Culture d'Orléans, des enseignants et divers membres de la Ligue contre l'antisémitisme.

En ouvrant la séance, M. Guy Brun évoqua l'ignominie des bruits répandus en ville depuis plus d'une semaine contre les commerçants israélites orléanais et confia l'émotion ressentie par les membres de la Ligue qu'il préside devant cette coupable manifestation de malveillance dont les origines sont encore mystérieuses.

Appelé à éclairer l'auditoire sur la nature de ces bruits, M. Henri Amrofel, commerçant, fit le récit des ragots circulant de bouche à oreille.

On sait en quoi consistent ces ragots. Trois femmes auraient été trouvées, ligotées et droguées, dans le sous-sol d'un magasin par les policiers du service de lutte contre l'usage des stupéfiants, prêtes à être expédiées au Moyen-Orient.

Selon les autres, vingt femmes (pourquoi pas davantage pendant qu'on y est!) auraient subi ce même sort, endormies ou anesthésiées en essayant des vêtements ou des chaussures selon les méthodes appliquées dans les films de James Bond ou les romans-photo à sensation.

Comme nous l'avons affirmé lundi dernier pour mettre un terme à ces absurdes calomnies auxquelles trop de gens prêtaient une oreille complaisante, la police, qui n'a jamais reçu la moindre plainte pouvant concerner de près ou de loin cette affaire imaginaire, ne s'inquiète aujourd'hui de cette campagne que pour en démasquer les animateurs clandestins et dissuader les esprits crédules d'y accorder un quelconque crédit.

Mais en dépit de ces assurances tant il est vrai hélas que la calomnie peut parvenir à produire de fâcheux effets certaines personnes d'une crédulité naïve et excessive persistent néanmoins à prétendre qu'il n'y a pas de fumée sans feu! On imagine dans ces conditions dans quelle consternation sont plongés les commerçants victimes de cette campagne, laquelle non seulement leur cause un préjudice commercial grave, mais les éprouve cruellement sur le plan moral.

« L'or juif a acheté la police, la presse et les pouvoirs publics! » a-t-on entendu dire en ville et cela expliquerait le silence observé sur ce scandale! Que ne dit-on pas! On ne peut évidemment s'empêcher de rappeler les années sombres de la guerre où pour de telles raisons de racisme, des millions d'êtres humains ont péri dans les camps de la mort et les geôles!... Certains de nos concitoyens israélites ont de tels souvenirs dans leur famille! Face à cette adversité qu'ils n'avaient jamais cru possible dans notre pays, les commerçants diffamés ont déposé des plaintes au commissariat central.

Le récit d'une telle affaire imaginaire a été relaté dans un magazine à la mi-mai, a fait observer M. Amrofel et il est vraisemblable que certains esprits malveillants y aient trouvé la source de leur inspiration. Enfin de telles campagnes sont signalées à Lille, au Mans, à Rouen, à Tours et à Poitiers. Toutes n'ont pas connu l'ampleur revêtue par celle qui s'est développée à Orléans. Mais cela conduit à s'interroger sur leurs origines. Qui peut avoir intérêt à faire courir de telles fables sur les Israélites?

Il fut enfin regretté à la réunion d'hier que des membres du corps enseignant soient intervenus auprès de leurs élèves pour les dissuader de se rendre dans les magasins mis en cause.

Devant la gravité de cette absurde campagne, la Fédération départementale de la Ligue contre l'antisémitisme a décidé de réagir vigoureusement en saisissant plusieurs autorités, en consacrant une page entière de son organe mensuel « Le Droit de vivre » à cette affaire, et en adoptant une motion de protestation.

Enfin, une plainte contre X. pour diffamation raciste sera déposée aujourd'hui au parquet de la Seine par Me Rosenthal, président national de la Ligue.

Par ailleurs la Maison de la Culture a décidé de consacrer l'après-midi de dimanche à une table ronde sur le racisme, la calomnie et la diffamation, sous la présidence de M. Louis Guilloux, éminent écrivain, moraliste.

La motion adoptée.

Devant le développement inadmissible d'une campagne éhontée de diffamation et de mensonges, menée contre des commerçants israélites accusés de façon grotesque de se livrer à la traite des Blanches, par des individus qui n'ont même pas le courage de se faire connaître, la Fédération du Loiret de la L.I.C.A. (B.P. 917 Orléans R.P.) :

— Très émue par le colportage inconsidéré d'accusations inqualifiables, tient à prévenir les Orléanais, preuves en mains, de l'invention pure et simple des faits reprochés qui portent gravement préjudice à d'honnêtes commerçants dont la moralité ne saurait être mise en cause;

— S'élève énergiquement contre de pareils procédés qui rappellent singulièrement les ignobles campagnes antisémites du IIIe Reich;

— Décide de déposer plainte au Parquet contre X pour diffamation à caractère nettement raciste;

— Fait confiance aux services de police afin qu'ils démasquent rapidement et mettent hors d'état de nuire les malveillants calomniateurs;

— L'ordre public étant menacé à la suite des injures reçues par les commerçants, attire solennellement l'attention des autorités responsables sur la nécessité d'intervenir efficacement.

Syndicat des commerçants non sédentaires.

Le Syndicat des commerçants non sédentaires nous communique :

« Nous nous élevons de la façon la plus solennelle contre l'abjecte campagne de diffamation qui se développe dans la région d'Orléans à l'encontre des commerçants israélites. Cette campagne ne pouvant satisfaire que des esprits morbides ou sadiques et n'étant basée sur absolument aucun fait concret, révèle une mentalité moyenâgeuse à l'époque de la conquête de l'espace. Elle ne peut que nuire à nos trop crédules concitoyens et à notre région. Nous souhaitons la découverte rapide des calomniateurs contre lesquels des plaintes ont été déposées.

La République du Centre, 5 juin 1969.

Energique réaction contre l'odieuse campagne de diffamation antisémite.

La L.I.C.A. et six commerçants israélites calomniés déposent plainte. Les pouvoirs publics sont solennellement alertés.

Depuis quelques jours, s'est répandue dans Orléans à la vitesse « Grand V » une sordide campagne d'intoxication.

A en croire la rumeur qui se colporte de bouche à oreille dans les milieux et qui a atteint jusqu'au cabinet du préfet, une vaste « affaire de traite des Blanches » se développe dans notre ville.

De jeunes femmes ont été interceptées, droguées et expédiées à l'étranger, et tant les pouvoirs publics, que la police et la presse — qu'on n'hésite pas à accuser d'avoir grassement monnayé le prix de leur silence — ont été d'accord pour étouffer le scandale.

Or, il se trouve que tous les protagonistes désignés comme étant à l'origine de cette rocambolesque aventure sont, comme par hasard, des commerçants israélites de la cité, certains nommément désignés et réputés comme ayant mis, complaisamment leurs arrière-boutiques, à la disposition des odieux trafiquants.

Inconsidérément, des membres de l'enseignement public et privé, ont accordé à ces propos une créance suffisante pour juger bon d'attirer l'attention de leurs élèves sur le danger qu'elles pourraient ainsi éventuellement courir.

Mieux encore, les commerçants incriminés ont été insultés, anonymement, bien sûr, par téléphone, de la façon la plus abjecte. D'autres publiquement menacés.

Ce n'est pas autrement, que dans certains pays, ont pris naissance les pogroms de sinistre mémoire.

Sans doute la véracité des agissements dénoncés ne résiste pas à l'analyse.

Ce n'est que du mauvais cinéma, mais la sagesse populaire affirme, avec raison, qu'il reste toujours quelque chose de la calomnie et c'est pourquoi il importe de rogner définitivement les ailes à cet odieux canard.

Les mouvements antiracistes agissent.

C'est à cela que s'emploient énergiquement d'une part les victimes de cette campagne et, d'autre part les organisations de défense contre les persécutions racistes.

C'est ainsi qu'hier mercredi, un délégué du « Mouvement contre le racisme, l'antisémitisme et pour la paix » que préside l'écrivain Pierre Para était à Orléans, pour — après avoir adressé à M. Marcellin, ministre de l'Intérieur, une lettre lui demandant d'intervenir — prendre contact avec les personnalités de la cité susceptibles de faire, enfin, triompher la vérité.

De son côté, la Fédération départementale de la « Ligue contre l'Antisémitisme », fondée par le regretté Bernard Lecache, et que préside maintenant l'ancien ministre Jean-Pierre Bloch, se réunissait à la mairie de Saint-Jean-de-la-Ruelle, sous la présidence de son secrétaire général Guy R. Brun pour arrêter les mesures d'autodéfense indispensables.

Il y avait là, MM. Pierre Gabelle, ancien député, représentant le centre démocrate; Thinat représentant le parti radical; Mlle Renée Cosson, le parti communiste; M. René Violette, conseiller municipal; M. Georges Lévy, président de la Communauté israélite; M. Louis Breton représentant les Déportés, etc.

Il appert du débat auquel cette réunion a donné lieu que les bruits tendancieux s'amplifient. Le nombre des soi-disant victimes des trafiquants de chair humaine ne cesse aux dires des calomniateurs de s'amplifier, et depuis 36 heures ce sont non seulement les commerçants israélites mais tous les Orléanais relevant de cette confession, qui sont ainsi visés.

On reste confondu, en vérité, au siècle du laser de la crédulité de nos concitoyens pourtant réputés pour leur esprit de mesure et de sagesse.

Aussi bien est-on décidé à réagir énergiquement et notamment à intervenir auprès des membres de l'enseignement — puisque aussi bien c'est dans les écoles qu'il semble que la campagne ait pris naissance — pour que soit rétablie la vérité toute simple.

Six commerçants mis en cause ont déjà déposé plainte et la L.I.C.A. de son côté, a décidé de prendre les mesures suivantes : réserver une page entière de son prochain hebdomadaire, le « Droit de Vivre » à « l'affaire » d'Orléans, diffuser le plus largement possible la motion dont on trouvera ci-dessous le texte, déposer plainte à son tour contre X... pour diffamation à caractère raciste par l'organe de l'avocat de la Ligue, Me Gérard Rosenthal.

L'assistance a approuvé ces mesures auxquelles s'est associé avec émotion, M. Louis Breton, au nom des déportés, en mémoire de ses camarades juifs massacrés par les nazis.

De son côté, la Maison de la Culture de la place de Gaulle organisera, dimanche à 16 h, une table ronde sur le sujet « calomnie et diffamation ».

Il importe que l'opinion publique prenne largement et par tous les moyens conscience de la gravité et des conséquences redoutables de ce regrettable incident.

La motion de la L.I.C.A.

« Devant le développement inadmissible d'une campagne éhontée de diffamation et de mensonges menée contre des commerçants israélites, accusés de façon grotesque de se livrer à la traite des Blanches, par des individus qui n'ont même pas le courage de se faire connaître, la Fédération du Loiret de la L.I.C.A. (B.P. 917 Orléans (RP) très émue par ce colportage inconsidéré d'accusations inqualifiables, tient à prévenir les Orléanais, preuve en main, de l'invention pure et simple des faits reprochés qui portent gravement atteinte à d'honnêtes commerçants, dont la moralité ne saurait être mise en cause.

— S'élève énergiquement contre de pareils procédés qui rappellent singulièrement les ignobles campagnes du IIIe Reich.

— Décide de déposer plainte au Parquet contre X. pour diffamation à caractère nettement raciste.

— Fait confiance aux services de police afin qu'ils démasquent rapidement et mettent hors d'état de nuire les malveillants.

— L'ordre public étant menacé à la suite d'injures proférées contre ces commerçants, attire solennellement l'attention des autorités responsables sur la nécessité d'intervenir efficacement ».

Un appel du syndicat des commerçants non sédentaires.

« Nous nous élevons de la façon la plus solennelle contre la vulgaire campagne de diffamation se développant dans la région d'Orléans à l'encontre des commerçants israélites.

« Cette campagne ne pouvant satisfaire que des esprits morbides ou sadiques et n'étant absolument basée sur aucun fait concret révèle une mentalité moyenâgeuse à l'époque de la conquête de l'espace. Elle ne peut que nuire à nos trop crédules concitoyens et à notre région. Nous souhaitons la découverte rapide des calomniateurs contre lesquels plainte a été déposée. »

Signé : Henri Amrofel
pour le syndicat des commerçants non sédentaires
de la région d'Orléans

Calomnie et diffamation, sujet d'une table ronde dimanche à la M.C.O. [1].

En Allemagne, en 1932, les vitrines des magasins tenus par des israélites sont brisées, les locaux saccagés. La violence antisémite provoquée par une campagne de calomnies se terminera par les sinistres camps.

Il y avait eu l'affaire Dreyfus, il y aura le suicide de Salengro.

La diffamation a chaque fois atteint son but et dans tous les cas le passant (on dit le « bon peuple ») prend parti contre les victimes sur de simples « on-dit » et sans jamais chercher à vérifier les accusations.

1. Maison de la Culture d'Orléans.

C'est le processus infernal qui peut apparaître aujourd'hui ou demain celui-là qui pousse les cinq jeunes gens présentés dans le spectacle « Jeanne de toujours » à devenir malgré eux, pris dans un contexte irréversible des bourreaux.

C'est pourquoi Olivier Katian et les comédiens de son spectacle présenteront dimanche 8 juin, à 16 heures, au Théâtre de Poche de la M.C.O. un montage sur diverses affaires de diffamations, qui sera suivi d'une discussion animée par Louis Guilloux. Entrée libre.

La Nouvelle République, 5 juin 1969.

Le 8 juin 1969.

Des rumeurs très répugnantes, émeuvent depuis quelque temps l'opinion à Orléans et ailleurs, selon lesquelles certains commerçants se livreraient à la traite des Blanches. L'origine de ces rumeurs est, bien entendu, obscure, mais ce qui est très clair, c'est qu'elles ne désignent que des commerçants israélites.

Sans porter d'accusation à notre tour, ne sommes-nous pas, dès lors, fondés à voir là une intention, peut-être même une orchestration, dans quel but et au profit de qui, nous n'osons même pas nous le demander, tant il nous paraît peu croyable que qui que ce soit, au monde, puisse recourir à de tels procédés pour quelque but. Accuser l'éternelle sottise, la bêtise et la méchanceté humaine, sans parler de la lâcheté, ne nous satisfait pas non plus, et provoque autant notre révolte.

Devons-nous voir là un réveil du vieil antisémitisme qui a fait tant de millions de victimes il y a seulement quelques années? La puissance de la diffamation est immense, nous le savons. Voltaire ne disait-il pas que si on l'accusait d'avoir volé les tours de Notre-Dame il se hâterait de prendre la fuite?

Ce bon mot n'est peut-être pas le meilleur conseil que l'on puisse recevoir dans les circonstances présentes. Il faut au contraire montrer de la fermeté, du bon sens et du sang froid, assurer les victimes de ces odieuses accusations qu'elles ont ici des amis toujours prêts à prendre leur défense, demander à leurs accusateurs de se montrer, s'ils en ont le courage.

Signature

Texte manifeste proposé à la signature des Orléanais par Louis Guilloux, Grand Prix National des Lettres, Co-Directeur de la Maison de la Culture d'Orléans et du Loiret.

Au cas où vous autoriseriez la mention dans la presse de votre témoignage :

Nom :

Profession :

IV. L'ÉGLISE

Monsieur le Secrétaire National,

J'ai bien reçu votre lettre et votre invitation pour le 8 juin.

Malheureusement, je l'ai reçue trop tard pour pouvoir lui donner une suite.

J'ai pris connaissance par la presse locale de cette odieuse cabale. Et vous savez les vœux que je fais pour qu'un terme y soit mis.

Je reste à votre disposition pour les services que je pourrais vous rendre en ce sens.

Je vous prie de croire à l'assurance de mon entier et très déférent dévouement.

Evêque d'Orléans, 9 juin 1969.

V. LA PRESSE PARISIENNE

Des femmes « disparaissent » à Orléans. Canular ou cabale?

Un magasin d'articles féminins dans une rue commerçante de province en fin d'après-midi. Un couple se présente. L'homme choisit d'attendre, sur le trottoir, le retour de sa femme, qui, seule, entre dans la boutique. Au bout d'un certain temps, impatienté, le mari pénètre à son tour dans l'établissement et s'entend répondre qu'aucune personne correspondant au signalement qu'il donne n'a franchi le seuil du magasin. Devant l'obstination du personnel, il fait appel à la police qui, quelque temps plus tard, découvre dans les sous-sols trois femmes, dont la sienne, ligotées, bâillonnées, chloroformées, prêtes à l'expédition : affaire de « traite des Blanches ».

L'étrange histoire est totalement fausse. Mais, délirante et sombre comme la trame d'un mauvais roman-photos, elle n'a mis que quelques heures à s'emparer de la ville. Elle est aujourd'hui au centre de toutes les frayeurs, de toutes les craintes; elle alimente les rancœurs, sert de tremplin aux haines inavouées, stimule la bêtise et trompe l'ennui. Depuis près de trois semaines, Orléans vit à l'heure de la dénonciation et de la calomnie. Vingt-six femmes ont déjà « disparu » et six commerçants, tous israélites — seule constante de cette affaire — ont déposé plainte contre X. pour diffamation.

Délibérément amplifiée par un public prompt à s'enthousiasmer pour de semblables affaires, la farce tourne au drame. Après les haussements d'épaules, est venu le temps des communiqués. Les parents d'élèves, les commerçants et, plus récemment, la Ligue contre le racisme et l'antisémitisme ont vigoureusement protesté contre de « *pareils procédés qui rappellent singulièrement les ignobles campagnes antisémites du IIIe Reich* »... Un appel est lancé « *aux services de police afin qu'ils démasquent rapidement et mettent hors d'état de nuire les malveillants calomniateurs* ». « *L'ordre public étant menacé à la suite des injures reçues par les commerçants* », il est solennellement demandé aux « *autorités responsables d'intervenir efficacement* ».

On le voit, la plaisanterie a trouvé ses limites à Orléans, où chacun suspecte chacun, où les lettres anonymes continuent de parvenir à la police (elle-même mise en cause), où les directrices d'écoles donnent des recommandations de prudence à leurs élèves, où les magasins « suspects » sont désertés, où les comptes se règlent, où la psychose collective fait faire des prodiges.

Pour les policiers, l'affaire est parfaitement insaisissable. Aucune disparition n'a évidemment été signalée, aucun tract n'a été distribué, aucune inscription peinte sur les murs. Rien qui, de près ou de loin, puisse faire penser à une campagne antisémite orchestrée, seulement des bruits. Des bruits et des adresses. Car, durant ces trois semaines de folie, les choses les plus étonnantes ont été avancées. Un commissaire qui touche de l'argent, une presse qui étouffe l'affaire, et des noms de « disparues » chez lesquelles les enquêteurs se sont empressés de se rendre pour constater avec effarement qu'elles n'avaient jamais quitté leur domicile.

Aucune limite ne semble plus désormais imposée à cette frénésie galopante de la fausse nouvelle. Chercher une explication apparaît comme des plus hasardeux. Qu'il y ait en profondeur un sentiment d'antisémitisme qui trouve fortuitement à s'exploiter, cela peut se concevoir, mais n'explique pas complètement cette fuite collective de la raison. D'autres facteurs sont intervenus sur lesquels s'interrogent vainement les enquêteurs. Une des explications qu'ils donnent semble plus découler de l'observation que de l'analyse des motivations qui font aussi bien courir cette ville de plus de cent mille habitants, vouée depuis plus de cinq siècles au culte de Jeanne d'Arc.

Dans le numéro du 8 au 14 mai de l'hebdomadaire *Noir et Blanc,* sous le titre « les Pièges odieux des trafiquants de femmes », une « enquête » entraînait le lecteur dans l'arrière-boutique d'un magasin grenoblois spécialisé dans les frivolités et la « traite des Blanches ». L'histoire telle qu'elle est racontée présente de nombreuses similitudes avec celle qui sert d'envol à la « *cabale antisémite d'Orléans* ». Faudrait-il voir alors l'œuvre d'un mauvais plaisant, ou bien, comme le soutient le Mouvement contre le racisme et l'antisémitisme, l'apparition de « *corbeaux d'un nouveau genre dont l'action met en cause non pas quelques individus, mais une communauté entière* »? Il conviendrait dans ce cas de mettre en avant une autre hypothèse : « *On se souvient à Orléans que, pendant les événements de mai 1968, des groupes fascistes et racistes ont fait preuve d'une intense activité.* »

Rien, en tous les cas ne permet à l'heure actuelle de faire un rapprochement entre l'attaque dirigée le 17 juin contre le campus universitaire d'Orléans-la-Source et l'agitation des esprits qui fait dire à certains « *qu'on se croirait revenu au Moyen Age, au temps où l'on accusait les juifs de sacrifier des enfants* ».

Le Monde, 7 juin 1969.

Histoire d'une calomnie.

A Orléans, « on » a fait courir le bruit que les femmes disparaissaient chez les commerçants. Et, comme par hasard, ces commerçants étaient israélites...

Vous connaissez Orléans? C'est une ville de cent mille habitants, située à 100 kilomètres de Paris où ses habitants pourront se rendre, bientôt, en empruntant le moyen de transport le plus moderne qui soit, l'aérotrain, dont on voit déjà le rail sur piliers de béton, le long de la route. On trouve à Orléans un campus universitaire et des usines importantes.

On dit que c'est une ville ouverte sur l'avenir, promise sans doute à un essor rapide, un endroit rassurant où la civilisation du XXe siècle a pénétré largement, balayant les superstitions et les terreurs irraisonnées engendrées par l'obscurantisme. Pourtant, sous le vernis de la civilisation, le Moyen Age est toujours là et il a suffi de presque rien pour le faire ressortir. Quelques mots, une rumeur folle qui ne reposait sur rien et dont quelques secondes de réflexion suffisent à démontrer l'invraisemblance, et, en quarante-huit heures, la calomnie, comme dans « Le barbier de Séville », s'est enflée démesurément, s'est emparée de toute la ville.

Cela a commencé le 23 mai. Ce jour-là, un peu partout dans Orléans, dans les boutiques, dans les bureaux, dans les cafés, dans les écoles, surtout dans les écoles semble-t-il d'ailleurs, on a commencé à raconter de bouche à oreille des choses proprement stupéfiantes et terrifiantes. Une femme de la ville avait disparu pendant qu'elle faisait des achats dans un magasin de lingerie de la rue du Chariot. Son mari, qui l'attendait devant la porte, ne l'avait pas vue ressortir. Inquiet, celui-ci est entré dans la boutique, avait demandé sa femme et, devant l'attitude du commerçant avait fait appel à la police. Quelques heures plus tard, la disparue et des autres jeunes femmes étaient retrouvées, ligotées et bâillonnées dans le sous-sol du magasin de frivolités.

— Naturellement, raconte le chef de la Sûreté d'Orléans cette rumeur était parvenue jusqu'à nous mais nous n'avions pas de raison de nous y intéresser car aucune plainte n'avait été déposée, aucune disparition signalée et l'intervention de la police n'avait jamais été sollicitée. Si nous devions nous intéresser à tous les bruits qui courent dans une ville de province!

Droguées.

Seulement, plus les jours passaient et plus la rumeur, loin de s'apaiser, s'enflait. Elle atteignit son point culminant le 31 mai, veille des élections et jour du marché. La foule était nombreuse dans les rues d'Orléans et tout le monde ne parlait que de « l'affaire ». Ce n'étaient plus trois femmes mais vingt-six qui s'étaient volatilisées en faisant leurs courses. On ne citait pas de nom précis mais on indiquait que, parmi les disparues se trouvait la femme d'un inspecteur de police. La rumeur publique rendait responsable de ces disparitions une douzaine de commerçants, jusqu'à ce jour très honorablement connus. Toutes les caves des boutiques de ces commerçants, disait-on, communiquaient entre elles par des souterrains spécialement creusés et qui aboutissaient à la Loire!

Les malheureuses victimes étaient droguées et séquestrées là puis emmenées jusqu'au fleuve et embarquées de nuit sur des bateaux dont la direction était Caracas, Buenos Aires et autres lieux bien connus pour leur consommation effrénée de femmes de nos villes et de nos campagnes. On racontait même que l'un des commerçants faisait essayer à ses clientes des chaussures munies d'une seringue remplie de drogue et que c'est ainsi qu'il annihilait leur défense. Allégrement, les Orléanais laissaient loin derrière eux Eugène Sue et les Séries noires les plus échevelées. Apparemment, cette idée très simple ne venait à l'esprit de personne : aucune disparition n'avait été récemment signalée à Orléans et l'affaire, par conséquent, s'écroulait d'elle-même. Ou plutôt, si, elle était bienvenue à certains qui avaient aussitôt trouvé une réponse : la police étouffait l'affaire, payée qu'elle était par les trafiquants de femmes.

— On a dit, déclare le chef de la Sûreté, que j'avais touché 10 millions de francs. Je crois que plus les choses que l'on raconte sont exagérées, exorbitantes, plus les gens y croient. Même les religieuses d'une institution mettaient en garde leurs élèves, leur conseillant de ne plus se rendre dans les boutiques en question.

Orchestré.

Mais, dira-t-on, pourquoi ces commerçants étaient-ils visés particulièrement par la calomnie? A part leur métier, ils ont un point commun : tous sont Israélites. Ils sont d'ailleurs persuadés qu'ils sont victimes d'une campagne antisémite puissamment orchestrée.

M. Licht qui fut le premier à être attaqué par la calomnie, déclare :

— C'est parce que nous sommes Juifs, tout simplement. Cela paraît incroyable que 25 ans après les camps nazis des choses comme ça puissent se renouveler. Samedi, des groupes passaient devant un magasin en criant : « Ne rentrez pas ici, c'est ici que l'on enlève les femmes! »

Mme Buki, propriétaire d'un magasin de confection, est du même avis :

— Je suis profondément écœurée. C'est moche, c'est lâche. Cette histoire m'a beaucoup donné à réfléchir. Je me suis aperçue que vous n'êtes pas ce que vous êtes, mais ce que les autres croient que vous vous êtes.

Mme Buki a une fille de 15 ans qui va au lycée et qui a entendu raconter sur sa mère toutes les horreurs énoncées plus haut. De plus, aussi bien Mme Buki que M. Licht et que les autres victimes de la rumeur publique ont vu leur chiffre d'affaires baisser considérablement. Les gens ont peur ou se méfient, et, à tout hasard, ils vont ailleurs faire leurs achats.

Six commerçants attaqués ont déposé une plainte en diffamation et une enquête est ouverte.

— Cependant, constate le chef de la Sûreté, je ne suis guère optimiste. Nous n'avons aucun élément, et, à coup sûr, nous n'en aurons jamais.

Exécrable.

Lorsque la calomnie s'est emparée de toute une ville, qu'elle est répandue partout, diffuse, comment retrouver celui qui l'a semée? Les victimes ont la certitude de se trouver devant un complot puissamment organisé, mais il n'est même pas besoin de force organisée pour répandre les bruits qui font mal et qui, autrefois, en un Moyen Age plus proche qu'on ne le croyait, tuaient. La cabale d'Orléans a peut-être été lancée par un groupuscule d'extrême-droite ou peut-être tout simplement par des lycéennes à l'imagination trop vive qui, se sentant à l'étroit à Orléans, entre la rue de la République et la rue Royale, se sont défoulées en créant ce roman exécrable.

L'Aurore, 10 juin 1969.

La « cabale » contre les commerçants juifs d'Orléans : des actes individuels qui ne traduisent pas le sentiment général, précise le préfet du Loiret.

Orléans, 10 juin. (*Correspondance « Figaro »*). — Devant l'émotion suscitée par la campagne de diffamation menée à Orléans contre des commerçants israélites accusés de se livrer à la « traite des Blanches », M. Graeve, le préfet du Loiret, a fait le point sur cette « *méchante affaire* » conçue pour entretenir une « *agitation malsaine* ».

« *J'observe,* écrit-il notamment, *que les commerçants victimes d'accusations imaginaires n'ont pas été, à l'origine, désignés en tant qu'israélites, de telle sorte qu'on pourrait douter que cette affaire ait eu, primitivement, un caractère antisémite. Les raisons du doute tiennent au fait que les rumeurs accusatrices mettaient en cause également des personnalités de la ville, et que l'on disait aussi, paraît-il, que le préfet lui-même étouffait l'affaire, pour protéger des personnalités.* »

« *Si il y a effectivement eu de nombreux coups de téléphone, ou des lettres, injurieux, diffamatoires ou menaçants adressés à quelques commerçants israélites,* ajoute le préfet, *ces actes sont le fait d'individus isolés, agissant à l'abri de l'anonymat qui ne traduisent en aucune façon le sentiment général de la population.* »

Bêtise et méchanceté.

Ce communiqué, que M. Graeve a tenu à rendre public, répond

à la requête que lui avait adressée, ainsi qu'au ministre de l'Intérieur le Conseil représentatif des Juifs de France. Celui-ci demandait que « *toutes instructions soient données afin que les responsables soient identifiés et que les sanctions prévues par la loi leur soient appliquées* ».

Pour sa part, l'Union des Juifs pour la Résistance et l'Entraide, profondément émue, avait aussi prié « *les autorités compétentes de tout faire pour mettre fin à cette propagande néfaste qui rappelle douloureusement la période de l'occupation nazie* ».

D'autre part, dans une seconde déclaration rendue publique ce soir, le préfet s'en prend en termes assez vifs à la section du Loiret et de la Fédération de l'Education nationale. Celle-ci avait ouvertement assuré qu'on avait demandé aux victimes de ne rien divulguer avant le premier tour des élections présidentielles. M. Graeve somme l'organisation syndicale d'apporter des précisions sur ces « insinuations malveillantes » et conclut : « *Dans cette affaire, la bêtise le dispute à la méchanceté. Que les Orléanais s'en fassent juges.* »

Le Figaro, 11 juin 1969.

VI. NOTE ANNEXE

La rumeur de Rouen.

Geneviève Serreau nous communique un témoignage relatif à une affaire étrangement semblable à celle d'Orléans.

Une commerçante, Mme L., et ses deux filles tenant une boutique de frivolités à Rouen sont soupçonnées par la rumeur publique de se livrer au commerce de la traite des Blanches. L'affaire couve depuis longtemps, elle éclate à la fin de 1966, prenant alors des proportions considérables. D'une femme enlevée, on passe en quelques jours à trois cents... On parle de chloroforme, d'enlèvement par cargos vers le Liban, de souterrains qui relient le magasin au port.

Les menaces téléphoniques se multiplient. Une nuit, on tire même un coup de feu dans la vitrine de la boutique.

La justice a été saisie par une plainte de la commerçante. Les autorités enquêtent et signalent à la presse qui s'inquiète de l'affaire :

1° qu'aucune plainte pour disparition ne leur est parvenue,

2° que la seule affaire en cours est la plainte en diffamation déposée par la commerçante visée par cette rumeur.

L'intervention de la presse [1] contribue à aggraver le climat. Des groupes se forment devant la boutique. Certains crachent sur la vitrine.

Mme L. doit quitter la ville. Elle tente d'installer un nouveau commerce en Savoie, mais là encore elle est poursuivie par la calomnie persistante des Rouennais qui fait fi des démentis officiels. Elle abandonne alors son commerce. Ses deux filles préfèrent s'expatrier.

Les ressemblances entre ces deux affaires sont évidentes. Deux points méritent l'attention :

Mme L., installée après la guerre à Rouen a réussi, après quelques difficultés, à monter une affaire prospère. Nous avons assez insisté, lors de notre analyse, sur le rôle catalyseur du magasin de confection moderne, (ici du magasin dit « de frivolités ») pour ne pas nous étonner de la similitude des types de magasins visés, lors des deux affaires.

Mais Mme L. n'est pas juive. L'absence de thème antisémite dans ce cas nous conduit à *atténuer notre hypothèse selon laquelle la rumeur pour s'incarner en province a besoin d'un juif*. Le facteur juif accentue la sensibilisation, mais — nous le voyons dans l'affaire de Rouen — n'est pas nécessaire à la prolifération mythologique.

Autres points à souligner. D'abord, il n'y a pas eu (peut-être à cause de l'absence d'une dimension antisémite possible) de contre-effet politique dans cette affaire. Le maire, à Rouen, intervient pour démentir la rumeur. Mais malgré les démentis des autorités

1. Article de *Paris-Jour* du 10 décembre 1966 : « Toute la ville jouait au corbeau. » Article de *Paris-Normandie* du 11 décembre 1966 : « Trois cents femmes ont-elles disparu à Rouen? »

officielles, des autorités judiciaires, des journaux, la rumeur a gagné en virulence comme s'il y avait lutte entre l'information officielle de la Polis et la réalité psychologique, mythologique de la ville.

D'après les informations que nous possédons, il semble qu'à Rouen aussi les jeunes filles furent le vecteur privilégié dans le colportage de la rumeur.

Ce document qui nous est parvenu trop tard pour servir à un réajustement de l'analyse affaiblit certains éléments de l'hypothèse (le rôle de l'antisémitisme), en confirme d'autres d'une manière frappante (le rôle de vecteur du milieu adolescent féminin). Il montre combien la sociologie de l'événement, pour rester adéquate à son objet, doit conserver de souplesse dans ses hypothèses, dépasser l'insolite, le singulier certes, pour élaborer des modèles ouverts et révisables.

La rumeur d'Amiens

Claude Fischler

En février 1970, une rumeur similaire à celle d'Orléans se développe à Amiens : des femmes auraient disparu, continueraient de disparaître dans des magasins de prêt-à-porter tenus — pour la plupart — par des Juifs. La police, ni la gendarmerie n'ont en fait été avisées d'aucune disparition : seule, comme l'a annoncé le *Courrier Picard,* une Amiennoise a quitté son domicile depuis le 7 février.

C'est semble-t-il le 8 que la rumeur est entrée dans sa phase aiguë : nous savons par recoupements qu'elle fait ce jour-là l'objet de toutes les conversations dans les institutions religieuses, à l'école d'infirmières, dans les lycées. Le même jour ou le lendemain, des enseignants mettent en garde leurs élèves. Une directrice réunit même tout l'effectif de son établissement, engageant les jeunes filles à la plus extrême méfiance. Dès lors, le processus de propagation est effectivement entamé : les mères, averties par leur fille, répercutent les informations dans les lieux de rencontre et de contact féminins : marché, salons de coiffure, épiceries, thés en ville. Des recoupements sont opérés, car la rumeur revient maintenant de toutes les directions : elle se répercute vers les maris, qui la transportent aux comptoirs des cafés.

Issue comme à Orléans des couches féminines-adolescentes, la rumeur amiennoise ne semble pas se heurter à des résistances masculines très puissantes : dans un premier temps, elle rencontre scepticisme railleur ou indifférence amusée. Mais rapidement l'inquiétude et la croyance progressent : un homme d'affaires de la périphérie téléphone, inquiet, chez un commerçant voisin de Liberty où sa fille est cliente, pour vérifier les faits; un cafetier voisin de la même boutique parie avec un consommateur que le propriétaire du magasin est bien en prison.

Immédiatement, la rumeur a pris des traits « interclassistes » : elle se joue des cloisonnements sociaux, transforme les barrières en tremplins : les bonnes échangent des informations avec les patronnes, les secrétaires content l'affaire à leur directeur. La rumeur s'étend vers la périphérie suburbaine, la dépasse, atteint des points éloignés du département où couraient déjà des bruits sur la grande ville, les confirme en les recoupant, les réactive en les précisant, revient enrichie et perfectionnée. Les cadres de la « zone industrielle », habituellement à l'écart, sont cette fois au courant. Les « Américains » de chez Goodyear ou Honeywell (entreprises implantées à la périphérie de la ville) ne sont pas moins informés : une épouse tient l'histoire de l'amie française à qui elle donne des leçons d'anglais. La rumeur parvient jusqu'aux sphères supérieures de la bourgeoisie notable : l'affaire est évoquée au cours d'une soirée du Rotary-Club, et l'assistance se demande « ce qu'il y a de vrai dans tout ça ». D'après plusieurs témoignages, il apparaît que deux prêtres au moins ont prêché en chaire contre « les trafiquants de femmes ».

La propagation de la rumeur s'accélérant, la rumeur ne tarde plus à parvenir aux oreilles des commerçants touchés : devant les boutiques, les passants s'arrêtent ou jettent des regards furtifs; la clientèle semble se raréfier. David, de Liberty, remarque que beaucoup de ses clientes refusent de le suivre dans l'arrière-boutique; il se sent observé « comme une bête curieuse ». Chez Madame X, la propriétaire est mise au fait de la rumeur par un coup de téléphone des parents d'une de ses vendeuses, affolés du retard de leur fille.

Le 6 mars, l'affaire accède aux colonnes de la presse locale, qui inaugure la phase de répression-intimidation : un long article paraît dans *le Courrier Picard*, sous le titre : « Halte à la calomnie! Pas de traite des Blanches à Amiens ». Mme Dubois, propriétaire de Madame X, a porté plainte, contacté plusieurs commerçants également touchés, soulevé la question au cours d'une réunion du groupement des commerçants d'Amiens. Le cabinet du préfet, la police se livrent à une enquête. Les mass media sont alertés, la ville envahie par les journalistes. Un professeur de lycée confie au reporter d'Europe I qu'il a établi « une liste complète des boutiques dangereuses ». Le maire condamne violemment la rumeur, « cette saleté ». Le 8 mars, les Amitiés judéo-chrétiennes et le groupement des commerçants émettent une protestation. Le 9, une émission de la télévision régionale dénonce la rumeur. Le 10, dans la presse locale, un communiqué du procureur rappelle que « la loi punit la calomnie ». Des envoyés de la presse étrangère commencent à arriver le lendemain. Des Amiennois sont très frappés de la présence d'un journaliste de l'hebdomadaire zurichois *Weltwoche,* qui enquête sur les lieux pendant plusieurs jours. Le 16 mars, *le Nouvel Observateur* publie à son tour un article consacré à la rumeur. Une équipe du magazine télévisé *Panorama* vient tourner sur place. Les organisations anti-racistes, les groupements d'anciens déportés publient des communiqués. Le 21, l'Union des Etudiants Juifs de France distribue un tract qui accuse « les milieux néo-nazis, anciens pétainistes, nostalgiques de la collaboration et de l'occupation hitlérienne », ainsi que le pouvoir par « sa politique nettement anti-israélienne », d'être responsables de cette « campagne antisémite ». Le lundi 23, *le Courrier Picard* reproduit ce tract, dans un article intitulé « Les derniers (?) soubresauts de la calomnie : " Pas de fumée sans feu " ». On peut lire dans un communiqué de la Communauté juive : « Les auteurs de ces bruits reprennent à leur compte l'assassinat de six millions de Juifs et d'autant de citoyens de toutes origines. »

Les Amiennois, abasourdis de la vigueur de ces réactions, se retranchent rapidement dans un silence relevant sinon de la culpabilisation, du moins de la provincialité meurtrie : rage de voir la ville jugée « par les étrangers et les Parisiens »; « honte » confuse d'avoir cru, « d'avoir marché ». Les citadins ferment leur porte et leur sentiment à l'enquêteur, lui opposent un silence obstiné, se justifient en dernier ressort par un définitif « pas de fumée sans feu ».

Thèmes et variations.

D'Orléans à Amiens, à quelques minimes variantes près, il y a similitude quasi-parfaite des thèmes de la rumeur. La version amiennoise initiale correspond au scénario désormais classique : le fiancé attend à la porte du magasin; la promise tarde : impatienté, il entre. On lui affirme n'avoir vu personne. Colère, puis inquiétude; fouille de la boutique : on découvre dans une cabine à double-fond la fiancée droguée, ligotée, prête à l'expédition : la boutique de prêt-à-porter pratiquait en fait le prêt à déporter.

Comme à Orléans, la rumeur amiennoise est initialement fixée sur un petit nombre de boutiques : Madame X, Liberty, New Fac. Au cours d'une phase de métastase, elle s'enrichit de développements inédits, absorbe boulimiquement de nouveaux thèmes, s'éloigne de la rue de Beauvais (Liberty, New Fac puis Corinne et Willy) et de la Tour Perret (Madame X) pour aller coloniser les quatre coins de la ville, s'investir dans une poussière de boutiques éparses jusqu'à des distances importantes du noyau initial. Comme à Orléans, des souterrains relient maintenant les boutiques entre elles. Le sous-sol de la ville est rongé de tunnels, qui font communiquer Madame X, New Fac, Liberty, Corinne et Willy avec un self-service de bonbons qui ouvre sur la rue de Noyon, une artère commerçante. Ce réseau souterrain s'étend, se perfectionne, accroît son degré d'organisation et de rationalité : il y a désormais répartition, diversification des tâches entre les trafiquants. Chez Billy's et chez Plet, rue des Trois-Cailloux, on fait essayer aux clientes des chaussures munies d'une aiguille enduite d'une drogue hypnogène. Les femmes ainsi collectées sont acheminées souterrainement jusque chez Les Jumeaux, une boutique de tissus qui assure la centralisation. Des soins à la fois capillaires et propédeutiques à la prostitution (teinture ou tonsure des cheveux ou de la toison pubienne) sont prodigués par la parfumerie Coryse Salomé, qui assure ainsi la première transformation-dépersonnalisation des victimes sur la voie de l'esclavage. Le café Valentin, rendez-vous de jeunes, un chemisier pour hommes, d'autres boutiques se voient attribuer un rôle, imprécis il est vrai, dans la filière : le trafic de femmes n'est plus seul en cause; les organisations du crime se sont fédérées sous les boutiques de la ville, dans de véritables bas-fonds où grouille silencieusement une pègre mystérieuse. Le gang de la Traite s'unit à ceux de la drogue, de la prostitution homosexuelle. Le labyrinthe souterrain, on le sait maintenant, réunissant les réseaux arachnéens du crime, passe sous la cathédrale, se prolonge jusqu'à la Somme, port d'attache clandestin de la Traite. Comme à Orléans, le thème du sous-marin, lancé le matin sous forme de plaisanterie, revient le soir même porté par la rumeur.

Entre-temps, en effet, l'anti-mythe a lancé ses premiers coups de boutoir avec une considérable vigueur dénonciatrice, et la rumeur mobilise ses défenses : elle amalgame tous les bruits épars, relie indistinctement l'anti-mythe retourné comme un gant, le scepticisme et les surenchères goguenardes prises au pied de la lettre. Et la rumeur, avant de s'enfler à éclater ou de céder au refoulement, happe l'anti-mythe et le retourne en un anti-anti-mythe accusateur : *le Courrier Picard* a été acheté; le procureur est vendu; le maire est corrompu; le préfet a reçu des pots-de-vins; la police touche des dessous de table; tel commerçant entretient des relations coupables avec tel notable et bénéficie de protections occultes; chez les magistrats du Palais de Justice règnent des mœurs scandaleuses qui les mettent à la merci de puissants maîtres-chanteurs. Tout démenti est virtuellement une confirmation : le libraire P... raconte que, le lendemain de l'émission *Panorama,* une cliente a soutenu devant lui que la télévision avait officiellement confirmé le bien-fondé de la rumeur. Dans un café, une consommatrice soutient devant moi qu'au journal télévisé on a reconstitué pour les caméras le scénario du salon d'essayage tournant ou basculant. Tout argument négateur est immédiatement transmuté en confirmation et vient enrichir, perfectionner le scénario initial.

L'anti-mythe lui-même chemine selon les mêmes méandres rationalisateurs que la rumeur et appuie sa crédibilité sur les mêmes références : le responsable principal d'une organisation antiraciste confie avec un sourire entendu qu'il s'agit là d'un complot palestinien destiné à ruiner les Juifs de France pour faire cesser leur aide financière à Israël. Le noyau complotant d'où est issue la calomnie est, selon lui, localisé sur le campus, parmi les étudiants gauchistes, pro-palestiniens et anti-sionistes. Dans la rumeur, l'information est sûre car on la tient de la femme du commissaire de Police; de même, notre interlocuteur affirme que ses sources proviennent du ministère de l'Intérieur.

Les commerçants touchés, pour leur part, sont persuadés que la rumeur trouve son origine dans une « campagne antisémite similaire à celle menée à Orléans » et « consécutive aux événements du Moyen-Orient » (à l'exception de Mme Dubois, propriétaire de Madame X, non juive, et d'autant plus scandalisée d'être touchée). La référence accréditive, ici, est fournie par le précédent orléanais qui, selon *le Courrier Picard* et l'un des frères Cukier (Les Jumeaux), se ramène précisément à une conjuration antisémite [1].

La mobilisation militante est moindre à Amiens qu'à Orléans : les organisations politiques, syndicales (notre peu d'information sur ce point peut cependant nous tromper) [2] ont été peu actives. La Maison de la Culture, contrairement à celle d'Orléans, n'a pas bougé : au contraire, il semble que, proche des boutiques en cause, elle ait constitué un lieu d'incubation de la rumeur. Les dirigeants ont pris le parti de traiter le mythe par le mépris : « démentir le ragot, dit l'un d'eux, c'est encore le cultiver ». L'un des architectes de l'édifice, qui continue de participer à l'animation, a adopté la même attitude : « quand mes secrétaires m'ont mis au courant, j'ai dit que je ne voulais plus entendre parler de ça ». Ainsi, à Amiens, une partie des noyaux potentiellement inhibiteurs-répresseurs étaient moins actifs encore qu'à Orléans. Et quelles troubles incertitudes dans les esprits des porteurs d'*Aufklärung* pour que cet animateur — non juif — de la Maison de la Culture, lié personnellement à l'un des commerçants — juif —, laisse échapper devant nous qu'il « n'y a pas de fumée sans feu ».

Mais alors que l'intelligentsia porteuse de Lumières est plus passive encore qu'à Orléans, qu'elle est même volontiers ouverte à la rumeur, l'écho mass-mediatique de l'affaire amiennoise est très important : radio et télévision, sensibilisées par le précédent orléanais, consacrent une grande place à l'événement, et la presse étrangère elle-même est présente. C'est peut-être l'une des explications au fait que la rumeur amiennoise à sa culmination a été relativement moins violente que celle d'Orléans : les attroupements n'ont pas dépassé quelques personnes, le « n'allez pas chez les Juifs » a circulé avec moins d'insistance, les manifestations d'hostilité ouverte ont été moins nombreuses que les marques de

1. Cette interprétation de la rumeur d'Orléans suffirait s'il en était besoin à montrer le peu d'effet d'un tel ouvrage. De manière générale, à Amiens, le précédent orléanais est quasi totalement ignoré et la *Rumeur d'Orléans* à plus forte raison. J'ai interrogé naïvement un libraire : la rumeur d'Amiens ne lui a pas fait vendre un seul exemplaire supplémentaire de l'ouvrage, qu'il ne possédait d'ailleurs pas dans ses rayons.

2. L'enquête amiennoise s'est réduite à une plongée de deux jours et demi.

curiosité ou de méfiance : la phase paroxystique semble s'être étalée sur plusieurs jours et avoir revêtu des aspects moins aigus qu'à Orléans.

De même, les ferments et les contenus antisémites de la rumeur d'Amiens paraissent, quoique puissants, moins nets qu'à Orléans. Des trois boutiques initialement touchées, l'une n'est pas juive : Madame X. Sa propriétaire, Mme Dubois, « picarde de bonne souche », est, il est vrai, rapidement accusée de « travailler pour les Juifs » : la duplicité juive dépasse de loin les simples habiletés de camouflage du « Juif qui n'a pas l'air juif » et pousse le raffinement jusqu'à mettre en avant des Gentils-fantoches (le Juif qui n'est pas juif). Il reste que le Juif n'est décidément pas la seule incarnation possible du mythe.

Il faut en effet rappeler que le seul point commun entre toutes les victimes de bruits et de rumeurs n'est pas la judéité, mais l'exercice de la profession de commerçant. C'est qu'un soupçon fondamental pèse sur le commerçant : du commerce au trafic, il n'y a souvent qu'un pas, et le vendeur habile est celui qui séduit, flatte, tente, qui cherche à *posséder* le client.

Mais tout commerçant n'est pas accusé par voie de bruit et rumeur de pratiquer la traite. A Amiens, comme ailleurs, il semble que la rumeur se fixe sur celui que marque quelque altérité fondamentale, quelque caractère d'extranéité à la communauté : le trafiquant de femmes, c'est l'Autre. Dans la rumeur amiennoise, c'est le Jeune, la femme seule ou la femme d'affaires, éventuellement l'homosexuel ou celui prétendu tel. A Dinan, c'était déjà sur la « boîte » du jeune chanteur Simon Monfaur que se concentraient les bruits. A Amiens, la boutique Les Jumeaux, à la clientèle rurale, est cependant fréquentée par une bande de jeunes lycéens, amis des propriétaires (eux-mêmes doublement duplices puisque à la fois juifs et jumeaux). Le café « Valentin », touché sur le tard par la rumeur, était depuis longtemps l'objet de bruits divers dus à la jeunesse de sa clientèle (et concernant notamment la drogue et la prostitution).

A Rouen comme à Amiens, des femmes commerçantes sont touchées par la rumeur : femmes seules, femmes d'affaires, donc femmes ambiguës, qui, assumant une fonction masculine, laissent soupçonner qu'elles travestissent quelque virilité secrète sous un vêtement féminin, ou qu'elles déguisent une féminité reniée. Assumant le rôle tentateur, virtuellement duplice, du commerçant, elles portent de plus en elles quelque chose de l'autorité cruelle et cynique de la diabolique entremetteuse, femelle vendue aux hommes qui vend les femmes, ses semblables, ses sœurs.

Parmi ces archétypes d'altérité, il reste que celui du Juif a le plus de prégnance : certes, sa présence dans le mythe peut constituer un signal d'alarme, éveillant la défiance à la rumeur; les plus politisés des « rumorisés » sont même culpabilisés par la découverte du caractère antisémite de la rumeur. Mais, pour la grande majorité, ou bien la traite des blanches est déjà indissociable du Juif, ou bien la présence de celui-ci n'est qu'un facteur de crédibilité supplémentaire. Et une bonne partie des jeunes non politisés admet avec une particulière facilité le lien Juif-Traite des Blanches.

Le Mythe, le bruit, la rumeur.

Ainsi, d'Amiens à Orléans, il y a similitude quasi parfaite entre les thèmes de la rumeur, ses développements. A Orléans comme à Amiens, à Amiens comme à Orléans, le mythe s'est répandu paroxystiquement selon les mêmes modalités : issu des mêmes couches sociales (féminines-adolescentes), il a manifesté la même prégnance sur les couches féminines adultes et âgées, rencontré et rapidement surmonté les mêmes-molles-résistances dans les milieux masculins, s'est heurté à peu de chose près aux mêmes oppositions intimidatrices ou dénonciatrices, qu'il a tenté de contourner ou de retourner de la même manière. La rumeur, en fin de compte, a subi un identique refoulement ou éclaté d'une enflure démesurée, laissant les mêmes germes et les mêmes résidus, l'atmosphère chargée d'une poussière impalpable mais plus lourde qu'auparavant d'angoisses, de doutes persistants ou de certitudes réprimées.

Il n'est pas étonnant que le thème du prêt à déporter soit présent à Orléans et Amiens avec des similitudes aussi étroites : ce thème, qui ne nous est apparu qu'avec la rumeur, est en fait omniprésent dans le pays, et nos premières tentatives pour le cerner en énumérant exhaustivement les villes — dont la liste s'allongeait sans cesse — où il circulait ou avait circulé ne pouvaient qu'être vaines : à Toulouse, à Arras, à Lille, à Valenciennes, à Strasbourg, à Rouen, à Dinan, à Paris, rue de la chaussée d'Antin, boulevard Saint-Michel, rue Caumartin, rue Tronchet, partout a couru, court toujours, courra probablement encore le bruit : derrière les commerces de la féminité se dissimule le commerce de la chair. Car la présence du mythe est générale dans une moitié de la population, si elle est ignorée par l'autre : il fait partie d'un répertoire spécifiquement féminin, relève d'un ensemble thématique propre à une véritable sub-culture féminine, imperméable et secrète, ou ne laissant filtrer que parcimonieusement, exceptionnellement, ses contenus dans le monde masculin.

Il faut donc, ici, provisoirement quitter Amiens : à la base de la rumeur, il y a le thème de la boutique piégée; à la base de ce thème, il y a le mythe global de la traite des Blanches.

Mythe, en effet, si l'on en croit les policiers, avocats, magistrats qualifiés : la traite comme soudaine déchéance par le rapt et la violence, comme passage instantané de l'honorabilité à l'asservissement, n'existe pas. Or les mass media — et pas seulement les basses-eaux de la culture de masse — se font sans cesse les porteurs de ce mythe : innombrables sont les articles de presse, les enquêtes et reportages, les récits plus ou moins romancés ou les films qui affirment que chaque année surviennent des milliers de disparitions féminines. Il s'agit bien là d'un mythe au sens plein du terme, reçu et rapporté comme véritable et baignant — à la différence du thème spécifique du magasin piégé — la quasi-totalité de la population, pratiquement sans distinction de classe, d'âge, de sexe. Ce mythe est d'une prégnance extraordinaire, résiste remarquablement aux rares assauts qui lui sont portés. Ainsi, en 1970, l'hebdomadaire *l'Express* publie un article consacré à la traite des Blanches et cite ainsi l'organe officiel de la préfecture de police, *Liaisons* : « Selon *Liaisons*, sur 2 754 jeunes femmes disparues, quarante-trois seulement ont été retrouvées. En 1966, les chiffres étaient encore plus dramatiques : 2 406 perdues, trois seulement de retrouvées. » Or, dans un numéro ultérieur, paraît au courrier des lecteurs un rectificatif provenant du service de presse de la préfecture de police, et rétablissant le texte véritable de *Liaisons* : « En 1966, sur 2 406 disparitions signalées, trois jeunes filles seulement n'ont pas été retrouvées. D'autre part, pour 1969, sur 2 754 disparitions signalées, quarante-trois jeunes filles n'avaient pas été retrouvées à la fin de cette année-là. » Le mythe a troublé au point de le tromper le regard du rédacteur et ces disparitions, qui ne sont en général que fugues, « drop out », abandons de domicile conjugal ou familial, sont revenues docilement sous sa plume grossir le troupeau servile des honnêtes femmes définitivement déchues, des filles de famille acheminées vers les enfers lointains de l'esclavage, des candides provinciales fascinées par des proxénètes charmeurs.

Au sein de ce mythe, le thème de l'enlèvement dans le salon d'essayage présente des caractères particuliers. Nos rapides « dragages sociologiques », à Amiens puis ailleurs, permettent de compléter et de préciser ce que nous savons déjà sur le « prêt à déporter ».

Le mythe du prêt à déporter, tout d'abord, n'est pas purement mass mediatique ou romanesque : il circule dans les milieux féminins depuis au moins une génération, de mère en fille, d'aînée en cadette, d'amie en amie, comme avertissement tutélaire et crainte partagée. Ainsi, à Amiens plusieurs jeunes femmes nous confièrent que leur sensibilité à la rumeur avait été singulièrement accrue par le souvenir de mises en garde reçues dans leur enfance, qui d'une vieille tante, qui d'une mère ou d'une grand-mère.

Mais le magasin piégé n'est pas une efflorescence mythologique unique et immuable : il fait partie d'un répertoire de mises en garde contre le rapt qui comprend un grand nombre de scénarios édifiants. Tous relatent avec une constance remarquable de classe à classe, de ville à campagne, de mère à fille, des récits constituant autant de variations autour des thèmes centraux de la tentation, de la pureté féminine abusée, de la candeur enfantine souillée, détournée. Parmi ces scénarios figurent, entre autres variantes : la lettre (une vieille femme rencontrée dans la rue envoie l'innocente jeune fille déposer une lettre à une adresse où l'attendent les trafiquants de chair); le bonbon ou la cigarette tentateurs (et drogués); la séduction par diverses techniques (qui rejoignent les classiques versions de la traite ancienne manière); enfin, particulièrement ignominieux, l'aveugle trompeur : il dissimule sournoisement au creux de la main qu'il tend comme un appel au secours la même aiguille hypnogène qui barde les chaussures d'Amiens ou d'Orléans.

Voici donc un répertoire mythologique spécifiquement féminin, pratiquement insensible, à l'intérieur de la féminité, aux différenciations de classe, et qui repose sur des fantasmes, des craintes et des fascinations eux-mêmes surdéterminés par l'initiation au mythe par la mère dès l'enfance ou la pré-adolescence. La transmission de cette mythologie cimente l'autorité tutélaire, la solidarité féminine, freine l'émancipation juvénile-féminine, tout en s'intensifiant à mesure que celle-ci s'accélère.

Le magasin piégé est à ce stade un mythe proprement flottant : il ne possède aucun point d'ancrage dans le réel : ni nommé, ni fixé, ni situé, ni daté, il n'est pas incarné.

Ce n'est en effet qu'à un nouveau stade du développement mythologique que le prêt-à-déporter, émergeant seul de l'attirail thématique, se pose dans le champ du réel, pour donner naissance au *bruit*. Le mythe prend nom commercial et devanture boutiquière, s'accroche à ces lieux privilégiés de la projection fantasmatique, centres rayonnants des envies et des désirs (ou, pour les couches rurales et les catégories âgées, antres inquiétants du luxe, c'est-à-dire de la luxure et de la débauche). Ici encore, rassemblons des données recueillies à Amiens et ailleurs : ce n'est pas seulement la modernité tapageuse qui peut attirer le mythe. Il peut s'accrocher à la plus légère aspérité : on a vu des magasins désuets, sombres et déserts au cœur de quartiers peu commerçants, touchés par des bruits : « ce n'est pas avec le peu qu'ils vendent, disait le voisinage, qu'ils peuvent vivre ». D'autre part, tout lieu propice au fantasme féminin attire irrésistiblement le bruit : à Paris, certaines boutiques de lingerie de la rue du faubourg Saint-Honoré passent aux yeux des femmes pour des temples ou des enfers de l'érotisme lesbien. La moiteur trouble d'une promiscuité sportive peut attirer, elle aussi, le bruit et la rumeur : à Paris, une chaîne de salles de gymnastique féminine (Silhouette) avait subi, au cours de l'été 1972, une décision administrative de fermeture : certaines normes de sécurité n'étaient pas respectées. Après la réouverture, les salles furent définitivement désertées par une grande partie de la clientèle, et la société déposait son bilan quelques semaines plus tard. La direction affirma au cours d'une conférence de presse que l'entreprise avait gravement souffert des « rumeurs qui avaient circulé [1] ».

Ainsi, de la projection sur un lieu propice au fantasme d'un mythe flottant, naît un bruit. Mais alors que le scénario du mythe et du bruit est quasi invariable, partagé par l'ensemble de la féminité au-delà de toute distinction de classe, les lieux de fixation laissent transparaître une certaine diversité : dans le choix des fonds de commerce où il prend boutique, le bruit révèle les filtrages sociaux subis.

Ainsi, à Paris, dans les milieux populaires (surtout d'origine rurale), les salons piégés sont situés dans les boutiques de la rue Tronchet (artère commerçante qui, à des yeux parisiens, est au moins aussi luxueuse que dans le vent), et plus volontiers sur les commerces de lingerie. De même, à Amiens, l'une des boutiques incriminées parmi les premières, Madame X, n'appartient pas à la catégorie des magasins jeunes et bon marché. Elle n'est pas située dans le même périmètre que ceux-ci : il y a quelque distance de la rue de Beauvais à la tour Perret [2] au pied de laquelle, face à la gare, s'ouvre Madame X. Des boutiques de la rue des Trois-Cailloux, touchées plus tardivement par la rumeur, on dit à Amiens que ce sont des magasins « pour femmes chics, des femmes de docteurs ou de notaires ». C'est que, se croisant, se heurtant, se fondant, se nourrissant réciproquement dans le tourbillon rumoral montant, il y a un bruit des villes et un bruit des champs, un bruit citadin et un bruit rustique.

Amiens, bombardé, incendié, détruit à 60 % à la fin de la guerre, n'a pas, en 1970, rattrapé son retard en matière de construction : plusieurs milliers de logements font défaut. D'où l'existence d'une importante population suburbaine, répartie dans les bourgs ruraux, intermédiaire entre les populations rurales et citadines, venant en ville pour faire des achats ou travailler. Ainsi, on peut émettre l'hypothèse que, avant le déclenchement de la rumeur, préexistent deux bruits, localisés sur deux types de

1. Qui, d'après les informations que nous avons pu recueillir, parlaient de lesbianisme et aussi de traite des Blanches.

2. Gratte-ciel archaïque construit dans l'entre-deux guerres par l'architecte Auguste Perret, et qui fit figure à l'époque de bâtiment révolutionnaire.

magasins : le bruit citadin, fixé sur l'aile marchante de la modernité marchande urbaine, croise un bruit plus rustique, venu de la périphérie, encore nourri des craintes campagnardes (sensible au désuet modernisme de la tour Perret?), et pour qui la lingerie à dentelles et l'élégance bourgeoise représentent toujours le *nec plus ultra* de la mode, du raffinement, du péché. Avec la rumeur naissante, les bonnes apportent à leur patronne le bruit des champs, déjà modifié par un passage sur le marché; les filles apportent à leur mère la version citadine.

Mythe incarné, le bruit est stade intermédiaire entre le mythe flottant et le mythe *agi* de la rumeur constituée. Etat chronique et inachevé de la rumeur, le bruit n'a pas encore débordé les zones féminines, il n'est pas encore entré dans son processus d'inflation et de prolifération thématique; il n'a pas encore bouclé le cycle d'autojustification, de défense contre l'anti-mythe, d'absorption et de « récupération » des perturbations, qui caractérise la rumeur.

Un rien l'en sépare : micro-incidents, mini-événements ou éléments, déclencheurs de déterminismes aléatoires. A Orléans, Edgar Morin avance comme possibles « éléments catalyseurs » l'article de *Noir et Blanc* et l'inauguration des Oubliettes. On trouve aisément (trop aisément, semble-t-il, pour ne pas s'auto-soupçonner de les avoir cherchés) des éléments similaires à Amiens. Il y a en premier lieu une disparition signalée par la presse de son temps et rappelée dans le premier article anti-mythe du *Courrier Picard*. Il y a d'autre part l'ouverture, rue Cormont, près de la cathédrale, dans un réseau de caves riches de recoins et de détours, du « Jazz Club d'Amiens », l'une des rares « boîtes » pour jeunes d'Amiens. Mais tout semble indiquer que le passage du bruit à la rumeur s'opère essentiellement à partir de l'interprétation-rationalisation individuelle d'événements minimes, sans signification, à qui cependant la présence du bruit en confère une, éclatante.

Comme le raconte la propriétaire de Mme X : « On a dit qu'on avait vu une femme endormie entrer chez moi. Voici ce qui s'est passé : la semaine dernière, une passante a fait une crise de nerfs devant mon magasin et c'est une de mes vendeuses qui l'a fait entrer. » Nous savons que la rumeur est friande de mini-événements de cet ordre : elle les happe voracement, les digère, les enrobe de sens et les érige en preuve ou illustration de sa propre véracité : un court-circuit survient-il, éteignant l'enseigne de Mme X? C'est que le magasin est fermé et la propriétaire en prison. Un incendie éclate-t-il à l'hôtel Carlton? On brûlait des papiers compromettants. David, de Liberty, s'absente-t-il comme chaque semaine pour aller à Paris? C'est qu'il est arrêté. Corinne et Willy est-il fermé? C'est que les patrons ont fui en Israël. Le bruit dispose d'une énergie rationalisatrice moindre que celle de la rumeur : il ne saurait combler un écart, un vide de significations trop largement béant. Mais, dans des conditions favorables, il peut promouvoir l'incident en indice, l'indice en preuve, la preuve en certitude dévastatrice : le bruit atteint la vitesse de satellisation, met la rumeur en orbite.

Cette hypothèse est à la fois satisfaisante et insuffisante : il faut à n'en point douter que ces mini-déterminismes aléatoires interviennent eux-mêmes dans un contexte favorable de déterminismes plus larges : comment expliquer, sinon, que des probabilités aussi grandes ne se réalisent pas plus souvent et que, dans l'immense floraison de bruits que nous avons pu recenser, seuls ceux d'Amiens et d'Orléans aient donné naissance jusqu'ici à d'authentiques rumeurs?

Il faut ici noter un second ordre de similitudes troublantes rapprochant Amiens d'Orléans. Il ne s'agit plus des identités quasi parfaites que l'on trouve dans les thèmes et les développements mythologiques : nous savons maintenant que le mythe précède les deux rumeurs. Mais il y a bien davantage pour rapprocher Amiens et Orléans qu'un mythe partagé et une rumeur identique : les deux villes présentent elles-mêmes un certain nombre de traits communs.

Toutes deux métropoles provinciales historiques, elles ont toutes deux subi d'importantes destructions lors de la seconde guerre mondiale. L'une et l'autre, compte tenu des dommages subis, se sont reconstruites de neuf au centre, étendues à la périphérie. L'une et l'autre ont subi une expansion et une industrialisation importantes et rapides, ont vu des entreprises s'implanter à leurs portes.

Dans l'une et l'autre, cette expansion de l'agglomération va de pair avec une destruction du tissu urbain et de la Ville, énuclée de son centre, ce foyer protecteur et rayonnant de chaleur urbaine. Certes, ce processus de déstructuration du centre urbain peut se retrouver dans toute ville provinciale touchée par l'expansion industrielle et démographique : mais à ces traits communs, Amiens et Orléans en ajoutent d'autres, peut-être décisifs. Les deux agglomérations sont de population voisine (Orléans : 170 000 habitans, Amiens : 123 000) et surtout, elles sont à distance approximativement égale de la capitale (Orléans : 115 km; Amiens : 149) dont elles subissent l'une et l'autre de manière analogue l'irrésistible attraction-répulsion. A Orléans comme à Amiens, le train du matin et celui du soir amènent et remportent son passage d'enseignants, professant au campus, vivant à Paris; des hommes d'affaires, des architectes ou des avocats exerçant à Amiens ou Orléans, habitent la capitale. Les jeunes, surtout, sont écartelés entre l'ennui provincial et les aimants de la modernité parisienne, le premier ressenti d'autant plus intolérable que les seconds sont plus proches et plus puissants, sollicitant l'excursion week-endière, le raid noctambule, l'expédition de shopping. Ainsi, à la question : pourquoi des rumeurs si délirantes dans des villes si parfaitement moyennes? il faudrait répondre : précisément parce que ce sont des villes parfaitement *moyennes,* situées au point équigravitationnel entre banlieue et province, petite ville et grande agglomération, rigueur bourgeoise et émancipation juvénile : entre archaïsme et modernité.

Ce ne sont pas là, semble-t-il, les seules conditions favorables sinon nécessaires au développement de la rumeur : la présence de bons milieux d'incubation féminins paraît, en la matière, capitale. Amiens et Orléans présentent ce double trait commun de posséder d'une part plusieurs institutions religieuses renommées pour jeunes filles, d'autre part des ateliers ou bureaux féminins rassemblant journellement un personnel jeune et nombreux. Ces deux types de concentrations féminines sont très favorables au développement de la rumeur : l'institution religieuse est par excellence ce lieu de féminité recluse où bouillonne le ferment mythique avec d'autant plus d'insistance et d'attrait qu'il est à la confluence de tous les interdits de la provincialité bourgeoise. Quant à l'atelier féminin, il rassemble dans le travail des femmes venues souvent de la périphérie vers le centre — désormais purement économique — de la Ville, porteuses de bruits, nourries de lectures photo-romanesques, imprégnées des thématiques de la presse à sensation et des basses eaux de la culture de masse. Ainsi, les milieux d'incubation et de développement privilégiés de la rumeur sont liés, l'un à la provincialité cernée de toutes parts et d'autant plus aux aguets et aux abois, l'autre à la modernité de la ville à la fois en expansion et déstructuration.

Mais il n'y a pas, du bruit à la rumeur, qu'une simple accélération stochastiquement déterminée et favorisée par des conditions propices : il y a le passage d'une paradigmatique à une syntagmatique. La rumeur est véritablement née et achevée au moment où la *Polis,* jusque-là négligée par les bruits, est mise en cause. Le passage du bruit à la rumeur n'est effectif que lorsque le bruit déborde les limites du ghetto féminin, se déverse dans l'ensemble de la population, baigne à son tour les milieux masculins et s'enrichit ainsi alluvialement de nouvelles thématiques : il va faire confluer dans son courant le paradigme spécifiquement féminin du prêt à déporter et celui — moins spécifique — de la conjuration occulte; il va fondre en un unique pot-pourri la thématique des dessous de la féminité et celle des dessous de la société. Ainsi le moment décisif est peut-être celui où, pour la première fois, la rumeur accède aux cafés et aux lieux de rassemblement masculins : tout se passe en effet comme si un échange s'effectuait, à la confluence du bruit et de la rumeur, entre un imaginaire féminin et un imaginaire masculin. Une thématique féminine (la traite, le rapt, la dépossession) y parle à l'imaginaire maculin de viol et de possession. Mais ces suggestions troubles sont à elles seules insuffisantes pour emporter l'adhésion masculine : devant le prêt à déporter, l'homme sourit d'abord, mi-sceptique, mi-égrillard (« pendant que vous y êtes, voulez-vous ma femme? », téléphone un anonyme à l'un des commerçants). C'est la mise en cause de la *Polis* par la rumeur (corruption, manipulation, concussion) qui va marquer et déterminer définitivement son adhésion. Et ce thème fascinant du scandale, de la conjuration occulte minant les dessous de la société, vient à son tour s'engouffrer dans les béances de la sous-policisation [1], de la sous-politisation féminines.

1. Sous-policisation : cf. note p. 102.

L'empire du Milieu

La rumeur, en effet, est obsédée par les dessous et les bas-fonds : elle nous renvoie sans cesse à une thématique du pouvoir occulte, ce feu central dont la traite des Blanches dans les bou-thématique enracinée au même terreau paranoïde que le mythe des sages de Sion. Une lèpre ronge les dessous de la Cité, de la société, du monde. Cette gangrène invisible, cette cancérisation occulte, ce feu central dont la traite des Blanches dans les boutiques est la fumée scandaleuse et nauséabonde, prend sa source ou se manifeste dans la connection de ces deux *ailleurs* absolus de la société : les bas-fonds et les hautes sphères, réunis par et pour la corruption, pour et par la perversité. Et la fraternisation secrète des puissances du haut et des forces du bas assure dans les sous-sols de la Cité le règne partagé de la Mafia et des notables, de l'*Establishment* et des gangs, dans un nouvel *empire du Milieu,* qui possède peut-être des confluences avec le royaume du démon.

Ainsi, à Amiens comme à Orléans, on voit s'opérer, gommant les incohérences et les invraisemblances de la rumeur, un syncrétisme réel-imaginaire, passé-fiction, agrégeant indistinctement le thème du magasin piégé avec une cohorte de mythes et de souvenirs seulement apparentés par leur consanguinité scandaleuse. Il s'agit là d'une véritable compilation des archives mythologiques et mass-mediatiques, d'une Somme de la Traite, où sont incorporés à la fois faits divers et affaires authentiques tirés de la chronique, fantasmagories issues des basses eaux de la culture de masse, kidnappings, meurtres, affaires de drogue ou de mœurs, éventuellement d'espionnage, puisés indistinctement au journal ou au roman. Un vieil Amiennois évoquait devant nous une affaire de mœurs qui aurait secoué le Palais de Justice au début du siècle; un autre soutenait que « les ballets roses existent, pourquoi pas la traite des Blanches? ». Et tous deux concluaient par le sempiternel « pas de fumée sans feu ». Cet amalgame du scandaleux et du crapuleux, où entrent à porportions égales le rapt du bébé Lindberg et celui de Sophie Duguet, l'affaire Ben Barka et les ballets roses, les fumeries de haschisch et la prostitution, les parties fines et le Milieu, la police corrompue et la Mafia du Parrain, est à la fois accréditif de la rumeur et accrédité par elle. Il emporte les résistances, ramène l'esprit critique à la naïveté : ce n'est plus scepticisme de ne pas croire, mais jobardise. Et c'est cette masse agrégée de réel mythifié, d'imaginaire avéré, qui, après la tentative de ratiboisage du mythe par l'anti-mythe, balaie celui-ci avant de s'immobiliser lentement, de s'ancrer profondément, à peine effrité, survivant obscurément au refoulement de la rumeur, en deçà ou au-dedans des consciences.

Cette thématique des dessous renvoie sans doute à des fascinations profondes, archaïques, trop fondamentales pour que l'on puisse songer à les effleurer ici. Elle est aussi outil de rationalisation à vocation universelle.

A Amiens comme à Orléans, on l'a vu, l'hypothèse du « complot » est présente à tous les stades du développement de la rumeur : dans le mythe, la traite est l'effet d'un complot juif; dans l'anti-mythe, la rumeur est l'effet d'un complot fasciste antisémite, ou d'un complot de concurrents jaloux, ou d'un complot antisioniste; dans l'anti-anti-mythe, les démentis apportés aux accusations ne sauraient être l'effet que de l'asservissement des autorités aux maîtres-chanteurs juifs, des manipulations souterraines de quelques nouveaux sage de Sion, etc.

Mais surtout, la conjuration souterraine des bas-fonds et des hautes sphères ramène opportunément la rumeur, la Cité, la société, l'humanité, le monde à une cohérence globale, à une rationalité réduite à sa plus simple expression, bipolaire et universelle : celle du sexe et de l'argent. Et cette conjuration *fait sens pour tous* : elle est certes l'essentiel du discours politique des couches sous-policisées, chez qui elle fait office de *Weltanschauung*, cynique ou fataliste. Mais sa polyvalence est telle qu'elle se moule tout aussi bien dans la vision du monde des catégories politisées, des franges hyper-politisées. L'extrême-droite, appelant éternellement au balayage des écuries parlementaires et gouvernementales, ne saurait se passer d'aucun complot, d'aucune conjuration, d'aucune pourriture souterraine, aptes à fonder son apocalyptisme. Mais la gauche et l'extrême-gauche, elles aussi, sont fort sensibles aux analyses dénonçant la mainmise des gangs sur le gouvernement, l'empire du Milieu marseillais sur les milieux dirigeants.

Ainsi le thème de la liaison scandaleuse des bas-fonds et des hautes sphères achève et sanctionne la promotion du bruit en rumeur, lui ouvre grandes toutes les portes encore fermées, parlant à tous les imaginaires, sollicitant tous les degrés de politisation, s'adressant à tous les militantismes. Et peut-être faut-il trouver là un élément d'explication supplémentaire à la faiblesse des défenses anti-rumorales de l'intelligentsia et surtout des militants politico-culturels : l'antisémitisme de la rumeur est le seul signal d'alarme pour l'intelligentsia libérale, qui ne saurait se scandaliser par ailleurs des noirceurs imputées aux notabilités de la ville et du régime. Or cet antisémitisme ne montre ouvertement son visage qu'à un stade assez avancé de la propagation; encore se dilue-t-il, à peine surgi, dans les métastases de la rumeur, qui ne se pose plus seulement sur des boutiques juives, plus seulement sur des boutiques féminines. Devant un tel délire, les certitudes vacillent, la résolution dénonciatrice chancelle, désorientée, découragée, saisie par le doute.

La mythologie paranoïde des dessous, des bas-fonds, des conjurations secrètes, l'affirmation sans cesse réitérée et brandie de la franche connection des bas-fonds et des hautes sphères, sont au centre de ce phénomène capital de la rumeur : les troubles d'accomodation qui se manifestent dans la perception et la dissociation du réel et de l'imaginaire. Car cette thématique se situe *à la convergence précise du réel et de l'imaginaire* : le mythe parle d'autant plus que la réalité, souvent, lui emboîte le pas. Réel ou imaginaire, réel *et* imaginaire, l'empire exercé par le Milieu sur les milieux du pouvoir se place au carrefour de la chronique mass-mediatique (qui renvoie sans cesse le réel à l'imaginaire), de la fiction littéraire et cinématographique (qui enveloppe l'imaginaire de réalisme) et de la dénonciation politique. Et l'amalgame syncrétique du fait divers, du roman, du fantasme, du mythe, cristallisant toutes les angoisses en suspension sur la Cité, réduit en même temps les défenses qui pourraient se manifester.

Ainsi, un mythe (la traite des Blanches) qui proliférait à notre insu, au fond des basses eaux de la culture de masse et des basses zones sous-policisées du Moyen Age moderne, a pu atteindre les couches supérieures de la population en puisant à toutes les angoisses les substances hypnogènes propres à chloroformer rapidement sentinelles et vigiles de la « rationalité » policée.

Cette montée de la rumeur s'est effectuée, du moins jusqu'à présent, dans deux villes moyennes, caractéristiques de l'évolution générale de notre société. La véritable question est désormais de savoir si la gémellité des rumeurs amiennoise et orléanaise est bien l'effet de la gémellité profonde des deux villes : si oui, d'autres crises rumorales ou d'autres événements, dans d'autres cités prédisposées, sont à attendre.

Principes d'une sociologie du présent

par Edgar Morin

Il y a opposition entre une sociologie de la spécialisation disciplinaire, de la régularité et des moyennes statistiques, mais n'arrivant nullement à conquérir la vérification scientifique qui permet l'expérimentation, et notre tentative, centrée sur le phénomène plus que sur la discipline, sur l'événement plus que sur la variable, sur la crise plus que sur la régularité statistique. Il y a opposition, aussi bien sur le plan de la méthodologie empirique, où nous tendrons à privilégier l'observation et l'intervention, que sur les plans de l'épistémologie et de la théorie générale, où nous tendons à situer notre effort, non pas dans le catalogue pluridisciplinaire ou la formalisation dite structurale mais dans une phénoméno-logie (étude structurée des phénomènes sociaux situés et datés) qui doit se raccorder au niveau théorique à un système anthropo-socio-historique. A ce niveau, indiquons-le clairement, l'opposition entre notre conception et les autres devient complémentarité. Nous prônons une saisie multidimensionnelle des phénomènes qui s'efforce d'assimiler les acquis de toutes les disciplines et de toutes les méthodes. Ainsi nous ne rejetons nullement les statistiques ou le questionnaire. Nous refusons que la sociologie s'y engloutisse.

Le phénomène.

Le phénomène est ce qui apparaît, émerge dans la réalité sociale, comme donnée (ou ensemble de données) relativement isolable Ce peut-être par exemple, une institution, une ville, un courant d'opinion, un mythe, une mode, etc. La catégorisation disciplinaire découpe un angle de vue, un secteur dans le phénomène et, pour ainsi dire, désintègre le phénomène. Car le phénomène peut être à la fois géographique-historique-économique-sociologique-religieux-psychologique, etc. C'est du reste pour appréhender les phénomènes que se constituent les équipes pluri ou inter-disciplinaires. Nous pensons qu'il faut aller plus loin encore, échapper aux bataillons disciplinaires, envisager de nouvelles spécialisations, des polycentrismes et voire des anti-spécialisations (l'hyperspécialisation, dans l'évolution des espèces vivantes comme dans celle de la science, est un péril mortel) qui permettent une adhérence aux deux polarisations que mobilise toute étude de phénomène, c'est-à-dire d'une part le donné singulier concret et d'autre part la théorie. Ce n'est du reste pas un hasard si la sociologie dominante se situe en un « middle range » entre théorie et concret, pauvre de l'une et mutilant l'autre. Il s'agit donc, à partir de l'impulsion phénoménologique, de rendre souffle à la théorie et au concret, l'un et l'autre corrélativement atrophiés, sous-développés, étouffés.

Du reste la sociologie dominante sent fort bien la nécessité d'un substrat phénoménal pour donner un sens interprétatif aux relations, équations, modèles et schémas qu'elle est amenée à dégager, et, à cet effet, elle s'est emparée avidement de la notion de société (ou civilisation) industrielle qu'elle a mise en dyptique avec la notion de société (ou civilisation) traditionnelle, englobant allégrement des millénaires d'histoire complexe sous ce vocable fourre-tout; elle ajoute hâtivement aujourd'hui le tiers volet de société (ou civilisation) post-industrielle, mais ce tryptique phénoménologique théorique est extrêmement pauvre.

Pour nous, la société (ou civilisation) contemporaine est un complexe multi-déterminé, où il nous semble arbitraire de retenir comme essentielle la seule détermination industrielle. De plus ce concept éconocratique étouffe, expulse hors de la sociologie conflits, crises et événements qui apporteraient leur éclairage sur la nature intime du monde contemporain.

L'événement.

La sociologie réduit le phénomène à la seule notion de société industrielle (ou post-industrielle), circonscrit le singulier concret en des monographies descriptives, et élimine purement et simplement l'événement.

L'événement est considéré comme l'accident, le contingent, qu'il s'agit d'écarter pour concevoir la vraie réalité sociale qui tient de la répétition, de la régularité, voire de la structure.

Or il nous semble que l'événement doit être conçu au premier chef comme une information, c'est-à-dire un élément nouveau qui fait irruption aussi bien dans le système social que le système mental du sociologue.

Même si l'on demeure au niveau d'un modèle cybernétique de la vie sociale, l'événement-information est précisément ce qui permet de comprendre la nature de la structure et le fonctionnement du système, c'est-à-dire le *feed-back,* processus d'intégration (ou rejet) de l'information, c'est-à-dire aussi de la modification apportée soit dans le système, soit par le système.

Disons par analogie biologique que l'événement est le stress, la perturbation, qui déclenche des processus de rééquilibration dans un organisme, soit par refoulement ou annihilation, soit par intégration, évolution, c'est-à-dire modification et changement.

Ainsi l'événement est un test actif sur le système dans lequel il intervient, et de plus, il nous permet d'approcher le problème phénoménologiquement et théoriquement primordial pour la science de toute société et surtout des sociétés modernes : le changement.

En effet, et en éliminant bien entendu les événements qui peuvent être inscrits dans les régularités statistiques (comme suicides, délinquances, accidents d'autos), les événements interviennent de façon multiple et décisive dans l'histoire humaine, qu'ils soient d'origine externe à la vie sociale, comme les cataclysmes naturels, les modifications climatiques, etc. qu'ils soient d'origine sociale, mais externes à une société considérée, comme les invasions, agressions, guerres, qu'ils soient enfin internes aux sociétés, comme les événements politiques, les conflits sociaux ou les crises.

Ces deux derniers types d'événements sont si importants qu'ils donnent aux sociétés leur caractère historique. Ce qui signifie pour nous qu'il ne faut pas vouloir saisir seulement de la réalité sociale les systèmes équilibrés. Ceux-ci doivent être conçus seulement, selon la si juste expression de Max Weber dont on n'a pas encore épuisé toute la saveur, comme des « rationalisations utopiques », instruments commodes qu'il ne faut pas prendre à la lettre, considérer comme modèles « vrais », de la réalité sociale. Celle-ci est bien plutôt fonctionnelle-dysfonctionnelle, par rapport à ces pseudo-modèles. Elle est constituée par une dialectique permanente entre tendances à la constitution de systèmes équilibrés et les contre-tendances déséquilibrantes. Cette dialectique, d'où naissent les modifications, évolutives ou involutives (lesquelles sont à leur façon évolutives) est effectivement jalonnée par les événements, qui se présentent à nous comme autant de messages énigmatiques, autant d'avertissements, c'est-à-dire autant de révélateurs signifiants.

Nous ne sommes qu'aux amorces d'une sociologie événementielle. Notons seulement ici comme pôles d'intérêt méthodologique :

1. l'attention déjà signalée aux processus de modification et résorption provoqués par l'événement,

2. l'attention au déclenchement d'autres événements ou de processus nouveaux par synchronisation de dynamismes conjoncturellement assemblés mais jusqu'alors indépendants et/ou par mises en résonance d'isomorphismes qui étaient demeurés latents sous les différences ou hétérogénéités. Ainsi la révolte étudiante du 3 mai 1968 a immédiatement synchronisé et exalté des tendances contestataires et ludiques présentes ou latentes dans diverses catégories d'adolescents (lycéens, jeunes travailleurs, jeunes marginaux) et elle a mis en virulence des isomorphismes juvéniles par rapport aux hétéro-morphismes entrant en latence. Dans un deuxième stade, et de façon encore plus remarquable pour le sociologue du présent, la révolte étudiante juvénile (englobant cette fois des jeunes ouvriers) a synchronisé et mis en virulence une opposition isomorphe entre ceux qui subissent un pouvoir et ceux qui le détiennent, et cela pour quelques semaines, en dépit des différences de conditions et des hétérogénéités de tous ordres.

L'étude de la virulence événementielle ne peut être séparée des processus de communication des événements et des caractères symboliques, voire mythologiques, qu'ils acquièrent dès qu'ils entrent dans la communication sociale.

Crise.

Le complexe d'événements qui constitue une crise est, dans un système social, ce qui est le plus, à la fois perturbateur et informateur. La crise, dans son sens médical originel, est la perturbation qui permet le diagnostic. La crise, donnée fondamentale de la clinique en physiologie et en psychologie, doit être à nos yeux une donnée fondamentale pour une anthropo-sociologie clinique, ce qui est déjà le cas dans les deux grandes doctrines métadisciplinaires, phénoménales et anthropo-socio-historiques de notre temps, celle de Marx et celle de Freud.

Nous reprenons du reste ici deux postulats heuristiques de Marx et de Freud :

1. La crise est un révélateur signifiant de réalités (systèmes ou processus) latents ou souterrains, ce qui postule effectivement l'importance de l'immergé, du latent, de l'inconscient dans l'univers social.

2. La crise est un révélateur signifiant de réalités conflictuelles qui jouent un rôle vital et mortel au sein des sociétés, ce qui postule l'importance de la dialectique et du conflictuel dans l'univers social.

La crise n'est pas seulement un révélateur; elle est un déclencheur. Elle déclenche une problématisation, c'est-à-dire la mise en problème dans les secteurs touchés par la crise, de ce qui semblait auparavant, évident et naturel. Cette problématisation, par effet et contre-effet (inquiétude ou angoisse) déclenche un processus de rationalisation, c'est-à-dire une forte activité idéologique (voire mythologique) pour colmater la brèche problématique, ce qui entraîne des processus magiques d'immolation (des « coupables ») et éventuellement, quand la crise est résorbée, un refoulement psychologique qui prend rapidement forme d'amnésie.

Plus profondément, la crise déclenche des processus d'une part de régression au *statu quo ante* d'autre part de modification en chaîne (selon les lignes dégagées plus haut à propos de l'événement) pouvant entraîner transformation. Il y a, dans la rencontre des processus de régression et de transformation, une dialectique conflictuelle-associative qui peut se traduire par des phénomènes de stabilisation, régulation, évolution, révolution.

Dans leur caractère sociologiquement paroxystique, les crises font jaillir les éléments et processus d'innovation-évolution, mais en même temps elles font resurgir un fond archaïque-mythologique et magique, dans le sens fort bien éclairé par Freud pour la névrose individuelle (magique avec le monde) et qu'il faut désormais éclairer dans la dimension historico-sociologique.

Ce n'est que par la crise que peut se saisir aussi bien le changement que la résistance au changement.

La temporalité sociale.

Ainsi nous intégrons profondément la sociologie dans les processus d'évolution-involution. Nous réinterrogeons le développement; nous tendons à établir un second mariage entre la sociologie et l'histoire. Le premier mariage fut celui où, dans la première moitié de ce siècle, sous l'influence du marxisme et l'impulsion de l'école des Annales, l'histoire est allée vers la sociologie. Mais pendant ce temps, la sociologie se détournait de l'histoire. Or il s'agit d'aller vers l'histoire, non seulement pour rétablir les ruptures, accidents, événements, crises, au sein de la problématique sociologique mais aussi pour comprendre que le soi-disant irrationnel expulsé par la sociologie, l'événement, la crise, ont leur logique et leur structure. Par cette voie, nous serons amenés à concevoir, ce qui à la fois généralise et anéantit la tendance communément nommée structuralisme, *que le devenir à ses structures.*

Allons plus loin encore. En considérant l'histoire comme déséquilibre permanent, pathologie permanente, voire hystérie permanente, nous ne plongeons pas dans l'irrationnel mais nous nous situons dans la perspective clinique qui nous permet de concevoir non seulement les structures dialectiques du devenir mais aussi à travers les diverses manifestations phénoménales, les structures hystériques de l'anthropos.

Sociologie clinique.

Tout ceci nous amène à formuler la nécessité d'une sociologie clinique, c'est-à-dire qui parte de l'observation directe de l'événementiel ou accidentel, du cas extrême ou pathologique, à commencer par la crise. Ce qui était rejeté comme insignifiant par la sociologie dominante, c'est-à-dire ce qui est impondérable ou minoritaire statistiquement, ce qui perturbe la structure ou le système, tout cela pour nous est extrêmement signifiant comme révélateur, déclencheur, enzyme, ferment, virus, accélérateur, modificateur.

Une sociologie clinique prend un sens tout à fait étonnant dans la contemporanéité du sujet (chercheur) et du sujet-objet (de la recherche). On n'a voulu voir jusqu'ici que l'aspect scientifiquement perturbateur de cette relation. L'historien justifiait la validité scientifique de son propos par la distanciation temporelle entre son attention et l'objet d'études (le « recul » historique). Le sociologue se voulait savant en refusant le corps à corps concret, c'est-à-dire la dialectique entre le sujet chercheur et le sujet-objet étudié.

Il apparaît aujourd'hui que les sciences les plus avancées, comme la micro-physique, redécouvrent la problématique de l'indissolubilité et l'inter-contamination du couple sujet-objet. Tant que les méthodes de simulation n'auront pas développé des possibilités de substituts analogiques à la méthode expérimentale, les sciences humaines seront prisonnières de cette dialectique qui signifie très précisément, du point de vue méthodologique, que la science est un art et que l'art est une science, que le sociologue est comme le clinicien pour qui l'art et la science se confondent dans l'opération du diagnostic.

Ajoutons : s'il est vrai que la science de l'homme social souffre de ne pouvoir expérimenter rigoureusement, la seule approximation d'expérimentation ne serait-elle pas celle qu'offre le seul laboratoire à notre disposition, c'est-à-dire la scène historico-mondiale? Ne s'agirait-il pas aujourd'hui d'affiner la méthode comparative en concevant désormais les isomorphismes sous un mode beaucoup plus souple qu'on concevait autrefois les analogies? Ne s'agirait-il pas à l'aide d'une sémiologie adéquate, reconnaissant que tout ce qui émerge à la vie sociale est signe, de concevoir que ces signes constituent des test sociaux spontanés, riches d'un signifiant énigmatique à élucider? La voie est ouverte, et nous n'en sommes qu'au premier pas.

Le terrain du présent.

En ce qui concerne le terrain du présent, c'est-à-dire la présence de l'enquêteur-chercheur au phénomène-événement étudié, il nous faut tirer les avantages des inconvénients scientifiques bien connus d'une trop grande proximité avec le concret, et pallier le plus possible ces inconvénients mêmes. C'est-à-dire d'abord qu'il faut utiliser à fond et multiplement les possibilités ouvertes par la présence de l'enquêteur dans le processus :

1. Par le plein-emploi de l'observation, avec non seulement l'utilisation de toutes techniques d'enregistrement (magnétophones, caméras) mais la multiplication des foyers d'observation (travail d'équipe)... Et non pas répression mais recours à la sensibilité personnelle du chercheur, ce que nous avons nommé stendhalisme et balzacisme, voire proustisme sociologiques.

2. Par l'intervention éventuelle, depuis un questionnement au-delà du questionnaire visant à provoquer des tests sociaux (non seulement opinions mais aussi comportements) dans une situation donnée, jusqu'aux interventions « maieutiques » qui, dynamisant le terrain ou s'inscrivant dans un dynamisme donné, pourraient à la fois engager l'investigation dans une voie péri-expérimentale tout en tentant d'apporter une aide au groupe humain engagé dans la situation ou le processus étudié.

De telles pratiques sont évidemment aléatoires et périlleuses. Aussi l'enquête sur le terrain du présent nécessite auto-correction et auto-régulation, art, initiative, souplesse, qui ne peuvent s'atteindre qu'en s'arrachant au cadre de l'enquête managériale, techno-bureaucratique pré-programmée et en créant des équipes de travail d'un type peu conventionnel.

De plus, l'enquête sur le terrain du présent ne saurait se boucler en une monographie descriptive. Elle doit se référer à une phénoménologie du monde contemporain et à une théorie générale, non pas pour y trouver purement et simplement guidage et confirmation, mais aussi pour les mettre en problème. Plus une enquête pose un problème empirique, plus elle pose un problème théorique. Ainsi les études sur mai-juin 68, selon notre expérience, reviennent inévitablement en boomerang sur la théorie générale de la société dont les zones d'ombre coïncident avec les foyers centraux de cette crise.

CONCLUSION

Ainsi nous nous situons au cœur dialectique de l'événementiel et du théorique, de l'historique et du sociologique, du contemporain et de l'anthropologique, et plus précisément ici, du phénomène et de la discipline, de la crise et du système, de l'actuel et du virtuel, du courant et du contre-courant, de l'évolution et de l'involution, de l'innovation et de l'archaïque.

Table

SYNTHÈSE 5

★

Préface à l'édition de 1970 7

Introduction 11

1. Histoire d'une rumeur 17
   — L'arrière-fond et l'origine 17
   — Mai 1969 : De l'incubation à la métastase 23
   — Juin 1969 : Riposte, résorption, résidus, germes 30

2. Structure d'un mythe 39
   — Traite des Blanches new-look. Un nouvel archétype 39
   — Le juif 48
   — L'émancipation féminine et la ville moderne 56
   — Un mythe polymorphe 64

3. Les anti-mythes 67

4. Conducteurs et anticorps 79
   — Les milieux conducteurs 79
   — Les anticorps 84
   — L'intelligentsia ambiguë 84

5. Le « stress » juif 89

6. Le ressac politique 95

7. Les interrogations 101

★

Journaux d'enquête 117

Edgar Morin 119
Bernard Paillard 143
Evelyne Burguière 159
Suzanne de Lusignan 173
Julia Vérone 187

★

Documents 195

1. Les articles du 2 juin 1969 197
2. Les communiqués (3, 4 juin) 199
3. Le 5 juin 1969 203
4. L'Eglise 211
5. La presse parisienne 211
6. Note annexe : la rumeur de Rouen 218

★

La Rumeur d'Amiens 221

Claude Fischler 223

★

Principes d'une sociologie du présent 243

imprimerie bussière à saint-amand (6-86)
dépôt légal 4e trim. 1982. n° 6280-2 (1133).